勞祿命女醫

2

風 文創 1202

南風行 著

目錄

第二十六章 …… 005
第二十七章 …… 017
第二十八章 …… 029
第二十九章 …… 041
第三十章 …… 053
第三十一章 …… 065
第三十二章 …… 079
第三十三章 …… 091
第三十四章 …… 103
第三十五章 …… 115
第三十六章 …… 127
第三十七章 …… 139
第三十八章 …… 151
第三十九章 …… 163
第四十章 …… 175
第四十一章 …… 187
第四十二章 …… 201
第四十三章 …… 213
第四十四章 …… 225
第四十五章 …… 239
第四十六章 …… 251
第四十七章 …… 263
第四十八章 …… 275
第四十九章 …… 287
第五十章 …… 299

第二十六章

梅妍騎著小紅馬趕到了縣衙側門，剛把馬拴好，就聽到差役大喝一聲。「梅小穩婆來啦！」

側門裡衝出一群差役，走在最後的是雷捕頭。

虎背熊腰的雷捕頭提著一對馬燈，特別迅速地安在小紅馬身上。「梅小穩婆，咱也沒什麼錢，這對馬燈是縣衙庫房裡的破舊存貨，哥幾個修一下就能用了。這樣妳晚上接生趕路能看得清，就安全多了。」

其中常與雷捕頭同行的胡差役拿著一個小小的紙卷。「這是我們夜巡的時間和路線，妳聽外面的梆子聲，不論是出門還是回家，從這些地方走，我們一定在。還有，這是白天巡邏時刻表和路線，妳也記好。」

另一名憨憨的、人高馬大的王差役塞給梅妍一個竹哨。「妳盡快記住夜巡圖，在路線遇到什麼事情，妳就使勁吹這個哨子，大夥兒的耳朵靈著呢，很快就會趕過去救妳。」

梅妍頗有些受寵若驚，看著抓耳撓腮傻笑的差役們，笑意盈盈地認真行禮。「多謝各位差大哥，謝謝雷捕頭！」

「快進去吧！」雷捕頭一甩手，千萬不能讓莫大人等急了。

手。

梅妍點頭，以極快的速度走進內院，看到夏喜遠遠地在迴廊盡頭等著，開心地揮了揮手。

夏喜小跑過來，拉著梅妍的手。「梅小穩婆，夫人的心情好了許多，今日還下床活動過，早飯吃了不少。」

「分泌物呢？」梅妍最關心的是這個。

「幾乎沒了。」夏喜高興得沒法形容，夫人好久沒有這樣發自內心地笑了。

「行，帶我去看看，然後去見夫人。」梅妍算了一下時間，再過兩日就能再做測試。

很快，梅妍在夏喜的帶領下，走進臥房，看到了臉色明顯好轉、神采奕奕的莫夫人，從妝容服飾到儀容形態都煥然一新。

「民女見過莫夫人。」

莫夫人囑咐。「快起來，莫要拘泥這些。」

梅妍笑咪咪地打量莫夫人，由衷稱讚。「莫夫人，您今日真是判若兩人。」

莫夫人拿帕子捂了嘴，但笑紋很明顯。「貧嘴，哪有這樣大的差別？整日哄我開心。」

「真的！」梅妍特別嚴肅認真。

莫夫人開門見山。「等我身體完全康復以後，妳帶我去育幼堂走走吧。」

「啊？」梅妍簡直不敢相信，這還是那個說不喜歡孩子、嫌吵的莫夫人？

「啊什麼？」莫夫人把梅妍招到身邊，湊到她耳畔低聲說：「他修書一封說自己不行，加急送回國都城去了。」

「不行？」梅妍皺緊眉頭，再看到莫夫人暗藏嬌羞的神情，這才反應過來。

哇！莫大人真男人呀！

莫夫人昨晚睡得很香，今日更是覺得哪裡都好，彷彿卸掉千斤重擔一樣身心舒暢。

「不對啊！」梅妍猛地想到了一些事情。「莫夫人，信發出去多久了？現在追回來還來得及嗎？」

莫夫人笑著問：「為何？」

梅妍哭笑不得。「您和莫大人身體都不錯，度過這個劫難，生育的可能性很大。莫大人把信寫得這麼絕，哪天您真的有身孕了，旁人豈不是懷疑您做了什麼？」

莫夫人的笑意僵在臉上，反應過來時，夏喜早就已經不在屋子裡了。

足足兩刻鐘後，夏喜才跑回來。「夫人，奴婢去稟明了老爺，老爺跑到門外攔下了信差，回書房重寫以後，才交給信差發出去，您放心吧。」

莫夫人撫著胸口，只覺得心跳都要停了。

梅妍長舒一口氣。好險呀！

莫夫人還想問什麼，張了張嘴卻沒發出聲音。

莫石堅在這時走進來。「夫人請放心，我改成了子嗣艱難，這樣就萬無一失了。」然後和善地向梅妍微一點頭，又轉身走了。

梅姸趕緊行禮，氣沖沖瞪著眼睛的莫石堅嚇人，眼神和善的莫石堅竟是更嚇人。

莫夫人趕緊拉著梅姸安慰。「他是天生的黑面神，有次赴宴還嚇哭過孩子。」

梅姸細思後點頭，她見過各式各樣的人，真比較起來，莫石堅真算和善的。

莫夫人追問道：「梅小穩婆，何時才能再做檢查，確認我是良性還是惡性的？」

「三日後見分曉。」梅姸不假思索地回答。

莫夫人徹底安心以後，總算有心思來考慮自己。「梅小穩婆，我這幾年悶在縣衙，確實對身子不好，既然夫君是縣令，縣令夫人也是要體恤民情的。妳提的育幼堂，等我身子好了以後，帶我去瞧瞧。」

梅姸微微皺眉，莫夫人之前提到孩子時的厭惡很真實，但也不至於轉變這麼快啊，這已是提第二次了。

莫夫人笑得溫婉。「胡郎中也提過一次，我就想著等身體好了去瞧瞧。」

梅姸臉上還是笑咪咪，心裡困惑更多。大鄴各地都設有「育幼堂」和「撫老院」，負責管理和運營的也都是縣衙，因為這是聚攏民心的事情，當地的鄉紳富戶也會積極參與。郎中多半是有人出錢相請，才會去那裡診治，或者偶爾固定幾日去義診。胡郎中投入大半積蓄不算，還力邀自己加入，甚至鼓動莫夫人加入，育幼堂的孩子們到底有什麼特別的？

莫夫人又問：「梅小穩婆，秋草巷修葺需要很長時間，妳這幾日還能休息好嗎？」

梅姸實話實說。「胡郎中把自己的一套小屋給我們暫住，昨晚休息得很好。」

「那就好。」莫夫人沒想到胡郎中如此熱心。「梅小穩婆，若三日後我恢復不錯，一起去育幼堂看看吧。」

「好呀。」梅妍大方答應。

莫夫人怎麼也沒想到，來清遠這麼久，遇到第一位可以閒聊的女子，竟然是名穩婆，聽著有些不可思議，但凡是與梅妍打過交道的人，應該都能理解。

「莫夫人，三日後見。」梅妍招呼著。「如果忽然有不舒服，隨時可以找我。」

莫夫人驚訝。「妳這麼快就走？」剛聊沒多久啊。

梅妍當然知道莫夫人的用意，還是認真解釋。「莫夫人，婆婆一個人在家準備三餐，我不放心，就醫館、縣衙、產棚、新家各處跑。」

莫夫人嘆氣。「去吧。」

等梅妍離開，莫夫人囑咐。「夏喜，替我收拾便於出門的夏裝。」

「是，夫人。」夏喜立刻準備。

梅妍每天騎著小紅馬穿梭在新家、產棚、醫館和縣衙，雖然不用去看望莫夫人，但還是要賺馬川的跑腿費，從睜眼忙到閉眼，時間過得飛快。

即使這樣忙碌，梅妍隱約覺得還有一件什麼很重要的事情沒做，直到經過縣衙時被馬川叫住。「今日公審，妳準備得如何？」

什麼公審?!梅妍一臉懵懂。

「刀廚娘被誣為妖邪一案的公審，一刻鐘後升堂。」馬川立刻看出梅妍的慌亂。「莫非妳只是經過而已？」

梅妍反應過來，閉上眼睛深呼吸，片刻後睜開眼睛。「你給的案卷我都記得，就算仔細查體，也沒有任何可以支持她的證據。做過，就會留有證據，但是她沒做過，哪來證據？」

馬川的眉心擰出疙瘩。「這樁案子不僅決定著刀氏的生死，還賭上了莫大人的前程，以及清遠縣之後的安寧。莫大人若被調離，我也會離開，新官上任不見得會再用妳當查驗穩婆。」

梅妍的心跳得極快，快到有些承受不住的地步，頭還隱隱作痛起來。

正在這時，師爺走過來。「馬仵作，梅小穩婆，升堂了。」

馬川微一點頭，跟在師爺身後，見梅妍還站在原地，伸手拽了一下她的衣袖。

梅妍瞬間回神，越混亂、越冷靜的特質迅速發揮作用。實證不行，還有什麼法子？思來想去，剛好對上馬川的視線，只能用眼神示意詢問。

馬川搖頭，實在無解，更重要的是這次公審，之前與莫縣令陽奉陰違的鄉紳富戶們都來了，在特意清理乾淨的縣衙外廣場各處，占據了極好的位置。即使沒有極好的對策，現在也是箭在弦上，不得不發。

馬川小聲提醒。「隨機應變。」

梅姸神色嚴肅地點頭。

縣衙外的高臺之上，莫縣令官袍頂戴在陽光下閃閃發亮，正襟危坐，高喊一聲。「升堂！」

「威武！」差役們整齊劃一地提著刑杖敲擊，高臺之下並未完全填實，瞬間變成了巨大的鼓面，齊整的敲擊聲傳得很遠。

莫石堅神采奕奕。「清遠縣公審刀氏廚娘妖邪案，全場肅靜。」

「是。」圍觀的百姓們齊聲問候行禮。

「審案期間，凡咆哮公堂者杖責十。」

圍得裡三層、外三層的百姓們瞬間安靜，全神貫注地望著高臺上的莫石堅，陽光給官袍打上一層耀眼的薄光，自帶光芒，彷彿神明降臨。

「傳苦主刀氏廚娘。」師爺高聲宣布。

刀廚娘走上高臺，臉色蠟黃，形容憔悴，彷彿能被一陣風颳走。「莫大人，民女狀告俞記茶肆掌櫃俞長順夫婦、說書人吳瓜、觀濤樓掌櫃王財四人造謠滋事、毀人名聲！」

莫石堅一拍驚堂木。「傳俞氏夫妻、吳瓜、王財四人上堂！」

四人你推我搡地走上木梯，走到高臺上以後，腳下像生了根，不再向前挪半步。

師爺皺著眉頭提醒。「被告四人還不見過莫大人？」

四人又一陣推搡，還是誰都不肯動。

陽光熾烈，莫石堅坐的位置最高，曬得也最厲害，後背黏著內衣全是汗，見四人造謠得最起勁，人前卻這副窩囊樣，耐心很快就用完了。「來人，被告四人蔑視公堂，杖責各五。」

差役們立刻擺好刑凳，捋袖子拿人。

四個人嚇得僵住，雙腿顫得幾乎站不住，連跌帶爬地撲過去行禮。「莫大人，饒命啊，莫大人……」

正在這時，一個清遠小有名聲的鄉紳站起來，一拱手。「莫大人，按常例，妖邪上堂，先杖責二十以免逃跑，您怎麼先打起被告來？」

刀廚娘怔住了，眼睛瞪得幾乎脫眶。

縣衙上下每個人的臉色都有微妙的變化，就知道這幫老傢伙來準沒好事，張口閉口都是常例、慣例，根本不把莫石堅放在眼裡。

師爺站出來。「刀氏一案還未有定論，就先杖責二十，是否太過草率了？」

一位拄著枴杖的老者走出來。「師爺此言差矣，妖邪案此前已有三例，縣令大人恐橫生枝節，所以都先杖責二十，以免妖邪外逃，禍害其他人。常例自有常例的道理。」

老者不是別人，正是清遠私塾的老師姓石名澗，所教弟子能人頗多，平日受人敬重，就連莫石堅見了，也必須道一聲石老先生。

莫石堅額頭的青筋不易察覺地跳動著，這個老東西人如其名，就是塊油鹽不進的石頭。

「莫大人，您不下令？」石澗身形筆直地拄著枴杖，風度極好。「這是打算庇佑妖邪嗎？」

「槓起來了。」臺下圍觀的百姓裡，不知道誰先開了口，很快議論聲一片，像熱油鍋進了水。

石澗這一頂「庇佑妖邪」的帽子扣下來，就是要攪混這次公審。莫石堅做了許多準備，卻沒想到鄉紳富戶們會這麼快發難。

他們這是連臉面都不要了？何必為難一個酒樓的廚娘？而且要置她於死地。

梅妍與馬川交換了一下眼色。

這群人先下手為強，如此毫不掩飾地急切，究竟為了什麼？

馬川站出來。「確實有效的前例，的確應當遵守。但是石老先生，您在清遠威望高，也只在清遠而已；清遠有三樁前例，也只是在清遠。石老先生，前例也好，清遠也好，這裡仍是大鄴，百姓也是大鄴子民，大鄴律令適用於所有地方，任何賤民、良民、富戶鄉紳不得蔑視大鄴律令。」

「馬仵作，公堂之上，不到驗屍環節，哪需要你出現？」石澗反唇相譏。

換成清遠以前的仵作，早就被石澗的說辭逼退了，可馬川根本不是尋常仵作，回答得極為坦然。「今日公審，清遠百姓人人看得，人人都可以說話，仵作自然也可以。更何況，人生無常，今日是刀廚娘被誣為妖邪，誰知道明日是否會變成我馬川？變成清遠任何一位百姓？」

底下圍觀的人群一下子就炸鍋了，馬川說得有道理。

梅妍望著馬川挺拔的背影，生出一些敬意，生在世家，還能體恤百姓疾苦，沒長成「何不食肉糜」的紈袴子弟，真不容易。

百姓的怒意被挑起，發出的聲浪一陣高過一陣，支持莫石堅的居多。

梅妍機敏地發現，清遠的百姓們對鄉紳富戶的敬畏只是表面，真正碰到關乎自己切身利益的時候，並不讓步。

莫石堅一拍驚堂木。「大鄴民律第一百四十四條，未判為妖邪者，不得動刑審訊。刀氏乃良民，作為苦主上告，哪有未判先刑的道理？」

石澗的眼睛炯炯。「那就命人先驗刀氏。」

莫石堅高聲問話。「查驗穩婆梅氏何在？」

「民女在。」梅妍面對鄉紳富戶的各種眼神，毫無懼意。

「去查驗刀氏，可有自取胎兒？是否有妖邪之徵？」

「是。」梅妍應下，跟在差役身後，走去驗房。

刀氏頻頻回頭看梅妍，幾次欲言又止，只是眼巴巴地看幾眼，走得極慢。

差役們打開驗房門，為了公正守在屏風外。

梅妍扶刀氏坐在檢查床上，嗓音溫和。「把衣服脫去，放心，屏風是半透的，我擋著呢。不要害怕，只是檢查一下身體。」

刀氏在梅妍的輕聲細語中放鬆下來，眼睛仍一直望著她。

梅妍又給刀氏擺好體位。「好啦，現在躺下，撐起雙腿，放鬆，我會撫觸腹部，我問妳答，這樣疼嗎？」

「不疼。」

「這樣呢？」

「也不疼。」

「妳胳膊上的傷是怎麼回事？」

「磨刀時撞在刃上傷的。」

梅妍查體很仔細，花了三刻鐘的時間，填寫查驗文書又用了一刻鐘，等刀氏穿戴整齊才撤了屏風。「差大哥，查驗完畢。」

差役們將刀氏帶到公審臺上，梅妍將厚厚一疊查驗文書遞給等候多時的師爺，又退到角落，意外發現圍觀的百姓更多了，連綠柳居的掌櫃、醫館的胡郎中和房牙錢花臉都來了。

莫石堅將一頁又一頁查驗文書仔細看完，又重新收好。「查驗穩婆梅氏出具文書，確認刀氏是普通女子，與常人無二。」

刀氏整個人身形一晃。

石潤渾身凌厲，眼神像刀一樣戳著梅妍。「穩婆梅氏，妳如何保證今日查驗確實無誤。」

梅妍立刻明白，查驗是這場官司輸贏的核心，所以，自己會成為鄉紳富戶們刁難的對象，以及炮火最密集的進攻點，俗稱活靶子。

「回石老先生的話，梅氏身為查驗穩婆，沒有今日與往日之分，認真查驗，將所見所得逐條記錄，呈報給莫大人，是職責所在。」

「哼，說得比唱得還好聽，妳不過是得了美色的便宜，否則怎麼會年紀輕輕就成為查驗穩婆？別以為我們不知道，妳與馬仵作是鄰居，整日眉來眼去，最近又三天兩頭往縣衙跑。」一名書生模樣的人，站起來含沙射影道。

陶桂兒立刻跳起來。「王書生，你瞎說什麼呢？梅小穩婆救了我娘親和阿弟的性命，前幾日還救了柴家媳婦的性命，一家三人母子平安。梅小穩婆接生如此厲害就算了，偏偏還生得貌美，待人和善。她查驗盡責，還了一名女子的清白。怎麼？不服氣啊？」

陶桂兒說的事情，是清遠最近的大熱門事件，無人不知、無人不曉，百姓們聽了紛紛點頭，轉頭罵人。「就是！王書生，你安什麼心？張嘴就來，這是要毀梅小穩婆名聲嗎？」

「還讀書人呢？都讀到狗肚子裡去了！」

石澗甩了一記淩厲的眼刀，讓王書生垂頭喪氣地閉了嘴。

第二十七章

梅妍站在高臺之上，看了一眼陶桂兒，眼中有了笑意。她有想過自己會成為活靶子，卻沒想到清遠百姓們的眼睛還挺亮的。

石澗上前一步。「穩婆梅氏，妳可知道，包庇妖邪做虛假查驗，與妖邪同罪同罰？」

梅妍在石澗滿是蔑視的眼神下，不卑不亢地回答。「梅氏只是如實相告，沒有作假。」

一個竹筒「啪」的一聲被擲上高臺，一人高聲說道：「這是三年前俞婆替刀氏接生後做的口錄。」

人群一陣譁然。三年前？這算是什麼證物？

「這份口錄一式三份，我現在就來讀一下。」一名男子提高嗓音。「廚娘刀氏，膝關節後有青色突起，呈小球團塊狀，其周血管密布，著實駭人。」

刀氏整個人瑟瑟發抖，驚惶的眼神怎麼也藏不住。

石澗拿鼻孔對著梅妍。「穩婆梅氏，刀氏膝下現在還有那突起物，妳到底查驗了什麼？妳還有何話可說？」

人群裡又一陣譁然，許多人看梅妍的眼神有了微妙的變化。

梅妍呵呵一笑。「我確實見到了，也寫在查驗文書上了，不信的話，可以拿查驗文書當場比對。」

莫石堅一拍驚堂木，從查驗文書中找出一張紙。「梅氏記錄在這張紙上，局部有畫圖並標記，此並非妖邪，而是因為久站所致的血脈不通癥狀。」

紙張被雷捕頭拿著在高臺上慢慢走動，向臺下百姓們展示。

石澗臉色一僵。「妳這分明是包庇妖邪，如此異物怎麼可能是常人？還寫什麼與常人無異？」

梅妍眨了眨痠脹的眼睛。「石老先生，梅氏知道您博覽群書，但您既不是郎中，也不是仵作，如何知道什麼是妖邪，又哪裡生病？還是說，您覺得生病就是妖邪？人吃五穀雜糧，為生活奔忙，哪有不生病的道理？」

石澗是出了名的嚴師，威名在外，不論是以前的學生還是新招的，都乖得像老鼠見到貓，萬萬沒想到，一個年輕穩婆竟敢如此頂撞，只覺得顏面受損，怒火中燒。

「妳區區賤籍穩婆，竟敢在公審公堂之上如此狡辯？」

梅妍閉了閉眼睛，大鄴的「萬般皆下品，唯有讀書高」的風氣真心不行，她睜開眼睛。「石老先生，您可知被判為妖邪會死得多慘？妖邪之案會牽涉多少人？我區區一個賤籍上公堂是為了查驗，查驗完畢被您無端指責，辯解只是為了自保。怎麼？如實相告、盡自己的本分、為自己辯解，都不可以嗎？」

石澗只聽到百姓們再次沸騰。

「對啊，那還公審什麼？捂嘴不讓說嗎？查驗還是罪過了？」

「梅小穩婆有什麼錯？她都寫在文書上了，是對是錯，讓仵作評判，請胡郎中評判，在這兒費什麼口舌？」

正在這時，胡郎中拄著枴杖慢悠悠地上了高臺，拿到梅妍的查驗文書，又拿了扔到臺上的竹筒紙頁，兩相對比，搖頭嘆氣。「石老頭啊！你琴棋書畫樣樣精通，可你學生畫的這是什麼東西？」

胡郎中和石澗，是清遠兩個「活化石」，名望相當，年歲相同，連生日都相近，奇怪的是，胡郎中從不參加鄉紳富戶的集會，與他們形同陌路。

「怎麼？」石澗更加不悅。

胡郎中將內容相同、結論相反的兩張紙放在一起。「大家看看梅小穩婆的字和畫，再看看這份口述，這差別……呵呵……」

「喲，讀書人字畫也就這樣啊？」

「梅小穩婆寫的字好看，畫得也清楚啊，那畫的什麼呀？」

「讀這麼多年書就這樣？」

百姓們發問直接，嘲諷得也犀利，石澗的臉被唇槍舌劍扎成篩子了，臉色越來越難看，猛地開口。「梅氏，賤籍不得識字作畫！妳從哪裡偷學的！」

梅妍嘴角一抽。真是……柿子撿軟的捏唄，這石老先生外表看起來溫文爾雅，氣勢逼人，罵人不帶髒字，內心卻比俞婆惡毒百倍。

梅妍對那一句「賤籍怎麼了」的憤怒還沒開口，莫石堅就說道：「石老先生，讀書人心懷天下，憐憫蒼生，守禮有節，您再三咆哮公堂，出言污辱梅穩婆，您的憐憫在哪裡？穩婆梅氏雖是賤籍，到清遠一個月不到，便救了五條人命，還一名女子清白，為人謙和有禮，由清遠醫館胡郎中提議，綠柳居掌櫃、陶泥水匠全家、柴家等共計二十六人附議，昨日穩婆梅氏已脫離賤籍，成為良民。這是清遠縣衙良民文書，穩婆梅氏過來接好。」

臺下百姓瞬間安靜。老天爺啊，梅小穩婆脫賤籍了？

梅妍一臉傻。幸福來得太快就像龍捲風，這是什麼神轉折？作夢都不敢肖想啊！

「穩婆梅氏！」莫石堅出聲提醒。文書上還有不少手印是差役們摁的。

梅妍努力維持住平靜，接過良民文書，說話的聲音有些顫抖。「穩婆梅氏謝莫大人，謝胡郎中，謝每一位附議的鄉民們。」

陶桂兒帶頭叫好鼓掌，百姓們的情緒被帶起來，鼓掌叫好聲一陣高過一陣。

這下，不只石澗的臉色難看，鄉紳富戶們的臉色更加難看。

莫石堅是故意的。這樣，他們故意拖延公審，趁梅氏落單時直接打殺的機會就沒有了，打殺良民、尤其是有好名聲的良民是大罪。

然而沒想到，第二招來得這樣快。

胡郎中語氣淡淡的、慢悠悠地開口。「梅小穩婆說得沒錯，這是長久站立後的血脈不通，血脈成團、血運不良，稱為下肢血脈瘀積症，是廚娘刀氏練刀工、片魚過得辛苦的證明。石老頭，你放著好好的名師不當，放著修葺一新的私塾不待，跑來蹚這渾水，何苦來哉？」

石澗老臉實在掛不住。「刀氏妖邪不只這一個證據，莫大人，您為何不看完紙頁再問？」

莫石堅拿起梅妍寫畫俱全的查驗文書。「石老先生，您的意思是，堂堂清遠縣衙的查驗穩婆，還有這如此詳實的查驗文書，還抵不過您那三年前的俞婆口述？」

莫石堅話鋒一轉。「本官倒想問一下，俞婆若於三年前發現，身為查驗穩婆的她，為何當時不上告？反而跑到您那兒去說？平日最瞧不起賤民的石老先生，還信以為真，命人畫下圖文，留到三年後的今日來作為呈堂證供？石老先生，您莫非是未卜先知的神算子？手眼通天嗎？」

臺下的百姓們又一次炸了鍋，議論紛紛，說得還特別難聽，鄉紳富戶們的臉色越來越難看，本以為石澗出馬一定勝券在握，現在看起來可能會陰溝裡翻船。

石澗怎麼也沒想到，平日見到都禮讓有加的莫石堅，會在公堂之上讓自己下不了臺，一時之間錯愕，但又很快回過神來。

「莫大人，就算胡郎中認同那是血脈瘀積症，那刀氏手指、手背上各處突起的鮮紅刀疤又該如何解釋？」

莫石堅捏著厚厚的查驗文書，心裡感慨縣衙有梅妍這樣聰慧務實的查驗穩婆，運氣真的太好了，這樣想著，又抽出一張紙。「雷捕頭，將這張示眾。」

雷捕頭又舉著查驗文書繞著高臺走了一圈，梅妍把刀氏雙手上所有的傷疤都畫了下來，又在圖旁標注，聽到百姓們一陣陣地讚嘆，對梅妍又多了幾分佩服。

真的不怕不識貨，就怕貨比貨。

百姓裡也有識字的，一邊看、一邊讀出聲。「刀氏屬瘢痕疙瘩體質，傷疤會異常增生，屬於特殊體質，應該儘量避免受傷。」

石澗冷冷一笑。「胡老頭，老夫飽讀詩書，醫書也看了不少，沒有哪本書上紀錄這什麼瘢痕疙瘩體質，也沒有血脈瘀積症。非親非故的，你還把宅子給穩婆梅氏居住，你到底安的什麼心？」

百姓們一陣譁然。

「秋草巷在翻建，穩婆梅氏這幾日實在無處安身，老夫那套屋子，借住過的人沒有五十，也有三十。」胡郎中瞧不上石澗的原因就在這裡。「石老頭，以為誰都像你一樣，年紀一大把還隔三差五納小妾啊？年紀都夠當人家祖父、曾祖父了，你個老不修的！」

胡郎中語氣慢悠悠地說罷，臺下百姓們先是哄堂大笑，議論的聲浪一陣高過一陣。

梅妍本以為胡郎中在公堂上語速能快一點，萬萬沒想到，還是那個熟悉的快俠節奏，只不過這位老快俠肺活量驚人，可以慢悠悠地說這麼多話。

「你……」石澗自詡風雅之士，被胡郎中這通搶白，再被百姓們指指點點，只覺得自己正在烤架上，翻來覆去盡是煎熬。「胡老頭，說一千、道一萬，拿不出證據來，你就是與穩婆梅氏顛倒黑白！」

胡郎中看向梅妍。

梅妍皮笑肉不笑。「證據是嗎？就像之前一樣，隨機尋找就是了。」

莫石堅見梅妍胸有成竹，安慰道：「穩婆梅氏，但說無妨。」

「梅小穩婆，妳說，我們這就去找！」雷捕頭大聲道。

梅妍清了清嗓子。「血脈瘀積的原由很簡單，水往低處流，人血也是如此。」當然，下肢大靜脈沒有靜脈瓣是關鍵，但她又不能在人前說得太詳細。

「廚娘刀氏做魚膾，從早站到晚。所以，負重奔波的挑工、久站持重的男女，都可能會出現相同症狀。其實不用到處找，每日巡邏的差役們，幾乎人人都有。」

雷捕頭和差役們立刻站成一排背對臺下，掀起褲腿，果然每個人都有，輕重程度不同而已。

石澗一瞧，臉色精彩極了。臺下百姓們立刻爆出一陣陣刺耳至極的笑聲。

「哎喲，我的腿也有啊！」

「我也是！」

「哎喲喂，難不成我們都是妖邪？」

「我好害怕呀……」

莫石堅一拍驚堂木。「穩婆梅氏，刀氏的疤痕又如何解釋？」

梅妍更加鎮定。「回莫大人話，誰從小到大沒受過傷呢？臺下百姓這麼多，隨便找找都會有的。」

雷捕頭立刻帶著差役們奔到臺下，在圍觀的百姓中翻找一陣，果然找出五、六人也是有如此疤痕。

梅妍打算將科普小知識進行到底。「廚娘刀氏如此，她的父母長輩中肯定也有這樣的，這不是病。就像有的人天生不怕苦味，有人天生能承受疼痛，有些生來就眼睛大，只是人與人不同而已。」

石澗的嗓子陡然拔高起來。「那廚娘刀氏吸取自己腹中孩兒補身一事，又該如何解釋？」

莫石堅覺得火候到了，一拍驚堂木。「俞記茶肆掌櫃俞長順夫婦、說書人吳瓜、觀濤樓掌櫃王財四人，你們誰親眼見到此事了？就敢編造此等令人驚悚的流言出來？」

四人嚇得紛紛跪倒，沒一個敢說話，因為根本沒人見到。

石澗捋著鬍鬚，語重心長。「空穴來風，必有緣由。」

梅妍不屑地笑了。

「穩婆梅氏，妳敢蔑視公堂？」石澗終於抓到梅妍的錯處，興奮得嗓音都變了。

梅妍望著刀氏強忍的淚水，強行壓抑的憤懣神情，大聲問：「石老先生，佛曰，三千大世界，三千小世界，這世間有許多我們不知道、不了解的事情，但妖邪是什麼？妖邪是潛藏在人群裡的精魅，他們來無影、去無蹤，無處可尋，無人得見，他們食人魂魄增長自己的修為，他們漠視人命，隨意摧殘，這些才是妖邪本質。」

梅妍瞪著石澗道：「若刀氏能做吸取自己骨肉滋養的事情，還做得毫無痕跡，有這樣的手段，為何還要起早貪黑做廚娘？夏日後廚炎熱如火爐，汗流浹背地要中暑；冬日冰寒無比，滿手凍瘡，這中間的苦楚，有幾個能熬得住？」

梅妍視線轉向臺下百姓。「做魚膾的刀有多沈、多鋒利，刀氏手上的老繭知道，那一條條傷痕知道。為什麼？為自己的女兒多添一點嫁妝，為父母、公婆多買一件新衣裳，為給自己的家人帶來更好的生活。她若真是妖邪，對鄉紳富戶們略施手段，金銀財寶要多少、有多少；開口唸咒，什麼樣的豪門大宅沒有？何必忍受十月懷胎的辛苦？何必過得如此艱辛？」

高臺上下安靜得可怕，每個人經由梅妍的話都想到了自己。

是啊，每日辛苦奔忙的滋味只有自己最清楚，想明白的人紛紛看向石澗，眼神各異，鄙視的占了絕大多數，還石老先生？呸！

莫石堅接過師爺的呈堂證供，一拍驚堂木。「今日判決如下，廚娘刀氏只是尋常百姓，並非妖邪，誣告案成立。」

刀氏怔怔地望著梅妍，強忍許久的眼淚，映著布滿血絲的眼睛，彷彿帶血，一顆又一顆滾落，點點滴滴落在衣襟上。

跪在高臺上的四人，即使背對著臺下，也能感覺到憤怒熾烈的視線燒灼，四個人互相看了不知道多少次，沒人先開口，因為沒人敢，但也不敢互相推諉。

莫石堅朗聲問道：「觀濤樓掌櫃王財，你為何造這樣的謠言？」

王財是四個人裡看起來最鎮定的，清了清嗓子。「啟稟莫大人，聚在一起閒聊而已，隨便說說何必當真？

「清遠縣裡每天家長裡短，東說西聽，不知道要說多少人，又有多少人被說，也沒見誰這樣當真，還告上縣衙的。女人啊，頭髮長、見識短，小家子氣罷了。」

正在這時，梅妍眼角餘光一閃，直接攔住突然動手的廚娘刀氏。「動他們會髒了妳的手，不值得！」

「啊！」刀氏憤懣地大叫試圖掙脫梅妍，本身是個訥口的人，實心眼得只能做廚娘，平日與人爭執根本無法反駁，只會在被惹急的時候動手，此時此刻恨不得借梅妍的嘴巴來用。她好恨！好恨啊！

梅妍差點被刀氏推開，幸好雷捕頭動作夠快給攔住了。

刀氏滿眼期盼地望著梅妍，一直掉眼淚，一個字都說不出來。

梅妍見過無數的眼神，這樣殷切盼望又憤怒的眼神，卻是第一次見，但是沒聽劉蓮說她是個啞巴呀？為何不說話呢？

莫石堅也有些納悶。升堂時還能說話，怎麼現在這關頭一個字都不說，大喊大叫的成何體統？

梅妍忽然開口問：「廚娘刀氏，妳是不是嗓子腫痛沒法說話了？」

刀氏拚命點頭。

胡郎中走到刀氏面前，示意她張嘴，看了以後倒抽了一口涼氣。「妳這孩子，如此嚴重的口舌炎火，為何不到醫館來瞧？」

梅妍趕緊過去看，刀氏的扁桃腺發炎到三度腫脹，扁桃腺上還有膿性滲液，一摸她的額頭，燙得驚人，轉身向莫石堅稟報。「莫大人，刀氏約莫因為官司著急上火，病來如山倒還在強撐……」

正在這時，綠柳居掌櫃款款走上臺，向莫石堅行禮。「莫大人，民女身為綠柳居掌櫃，又是刀氏的東家，對她頗有了解。她性情剛烈，這種情況是不會離開去診病的，不如，由民女代為說話。」

石潤冷哼一聲。「怪事年年有，今年特別多。竟然還有代人言語的？」

綠柳居掌櫃搖著團扇。「石老先生，您是清遠數一數二的鄉紳，卻對我綠柳居裡的一名廚娘厲聲指責，以大欺小得這麼明顯？當我們都是瞎的嗎？」

綠柳居掌櫃風情萬種地說著扎人的話。「還有，之前對穩婆梅氏一口一個賤民，呵，這就是讀書人的嘴臉嗎？」

「妳！」石澗氣得鬍鬚亂顫。

綠柳居掌櫃繼續。「莫大人，民女知道為何俞婆隱匿查驗文書三年不報官，因為三年前，觀濤樓掌櫃王財與綠柳居同時推出魚膾這道新菜色，卻怎麼也做不過我家，就來挖大廚，沒挖成，轉而要挖走店裡的廚娘刀氏，也沒得逞。於是，王掌櫃就動了歪腦筋，挑我家訥口的刀廚娘下手！」

第二十八章

觀濤樓掌櫃王財虎著臉，惡狠狠地盯著綠柳居掌櫃。「妳放屁！」

綠柳居掌櫃一搖團扇，眼神柔媚。「王掌櫃，你一定覺得奇怪，綠柳居的大廚一人頂三人在用；刀廚娘做魚膾，從早到晚沒有休息；二廚、三廚，甚至於跑堂的小二、洗碗盤的大娘都是如此。但沒人能從綠柳居這裡挖走一個人！」

綠柳居掌櫃嘲諷一笑。「因為，民女知道要想馬兒跑，又想馬兒不吃草，那是極為不要臉面的事情。綠柳居的工薪是你們店裡的兩倍，年底還有分紅。當然，你挖人時的價錢開得比我更高，為何他們不走？因為在我這裡，只要專心做好自己的事，不用整日諂媚扮醜討掌櫃歡心。在你店裡扮猴子，在我店裡是人，這就是差別！」

百姓們發出一陣陣唏噓，觀濤樓與綠柳居同一年開張，原本菜品、口味差不多，現下綠柳居越做越好，觀濤樓卻門可羅雀，倒閉是早晚的事。

綠柳居掌櫃嗓音動人。「王掌櫃，你一個人都沒能挖走，就來與我提合作，被我拒了。你平日鑽在錢眼裡，哪有閒工夫與人插科打諢、家長裡短？你就是故意的！」

綠柳居掌櫃搖著扇子，語氣篤定。「你先造謠廚娘刀氏，誣她是妖邪，把妖邪一事定死，就可以用綠柳居包庇妖邪為由，打砸也好，搶奪也好，鬧得這裡無法安寧，食客們不敢上門，綠柳居就倒了。綠柳居的名號值錢，地皮更值錢，王掌櫃，你打得一手好算盤啊！」

圍觀的百姓們已經被這案子的轉折給炸麻了，沒承想妖邪案背後竟然是這樣的，譁然聲一陣大過一陣，讓人越想越害怕。

師爺見機提高嗓音。「王財，你們惡意造謠，毀刀氏名聲和生計是假，意圖搞垮綠柳居是真，這不是尋常的毀人名聲案，列起罪狀來，可是數罪並罰。」

莫石堅微微點頭，不愧是綠柳居掌櫃，看得清、分得明，由她出面點出來，再好不過，一拍驚堂木。「王財，你還有何話要說？」

觀濤樓掌櫃王財扯著嗓子喊：「莫大人，冤枉啊，這些是俞記茶肆俞長順夫婦先說起的，他們是俞穩婆的叔嬸，那些證詞最先都是他們說的！」

「王財，你說話要憑良心，明明是你總和我們說要搞倒綠柳居，實在沒什麼好法子，我們才說了這些的，你怎麼能這樣？」

「你們血口噴人！」

「哎喲喂，我姪女只是那樣一說，你可是麻溜地找了吳瓜兩人編了多少本子，說了多少場。呸！不要臉的狗東西！」

說書人吳瓜立刻急眼了。「我就是一說書的，你們給錢讓我每日在集市上說，我收了錢當然要說啊，現在竟然都想賴到我頭上來？」

吳瓜猛地轉身，指著臺下的人。「你們聽的時候個個叫好，現在聽還是笑嘻嘻的，沒你們這些愛聽的，我能說這麼久？別現在一個個地裝好人！」

臺下圍觀的百姓們頓時安靜了。

這些流言蜚語、怪力亂神就是因為口耳相傳，吳瓜的街角書場每天都聚著不少人，每個人都聽得津津有味，回去再轉述，傳得好不熱鬧。

吳瓜笑得特別大聲。「不說話了是吧？都啞巴了？你們一個個的都是幫凶！」手指到哪兒，臺下的人都紛紛避開。

梅妍有些擔憂地望著廚娘刀氏，她的呼吸非常急促，額頭、臉頰上全是細密的汗水，又站在陽光熾烈的地方，為了自己的名聲像座石像一動不動。

正在這時，綠柳居掌櫃拉著刀氏，眼神堅定。「莫大人已經判定妳不是妖邪了，他們的目標是綠柳居，妳只是個靶子，妳放心歇下，只要綠柳居在一日，我始終是妳東家。」

「可是……」刀氏說話有些喘。「我心裡過意不去，也賠不起啊……」

什麼賠不起？梅妍不明白。

綠柳居掌櫃湊到梅妍耳畔，這樣那樣一說，令梅妍驚詫不已。

沒有半點轉圜的時間，石澗忽然開口。「莫大人，公堂之上，穩婆梅氏與綠柳居掌櫃竊竊耳語，成何體統？分明是藐視公堂！」

梅妍藉著扶住刀氏的位置旁人看不清她說話，極小聲囑咐。「暈過去，快。」

刀氏毫無預兆地倒地，幸虧梅妍和綠柳居掌櫃反應快，兩人勉強扶住。

梅妍同時出聲。「胡郎中，急救！」

胡郎中的反應更快。「請莫大人暫時休堂，待苦主身體好轉後再升堂。」

莫石堅收到馬川使的眼色，一拍驚堂木。「退堂，擇日再審！四名被告暫時收監，不得取保候審。」

一隊差役立刻將四人押回縣衙；另一隊差役用擔架將刀氏送到縣衙內院，胡郎中和柴謹兩人進去診病。

臺下那些早已不自在的百姓們潮水一樣退去，圍觀的鄉紳富戶們也紛紛離開。

梅妍與馬川下了高臺，兩人在縣衙內繞了一圈，拉上雷捕頭和師爺，以及綠柳居掌櫃，直奔莫石堅的書房。

回到書房的莫石堅一口氣喝了三盞茶湯，看著書房外的人直皺眉頭。「發生了什麼事？」

綠柳居掌櫃仍然搖著團扇。「莫大人，廚娘刀氏在家做吃食練刀工時不小心將前臂燙傷，敷了金瘡藥和傷藥，還是疼痛難忍。刀氏的兒女都是心疼娘親的好孩子，聽穩婆楊氏說，老樹蜂窩裡的蜜蠟可以養傷口，就爬樹掏蜂窩，沒承想蜂窩突然掉落，群蜂飛舞，螫傷了刀氏的兒女，還螫了樹下吃草的牛，牛受驚狂奔傷了柴氏……就是梅小穩婆前幾日救治的柴氏。」

綠柳居掌櫃一一細數道：「事發前兩日，柴氏找梅小穩婆預約臨盆接生，再往前幾日，梅小穩婆剛被定為縣衙的查驗穩婆，你們覺得是巧合嗎？還有，今日石澗百般刁難，如果不是梅小穩婆做事周全、精通醫理，只要被問倒或有疏漏，查驗穩婆就會換成楊氏。再者，如果莫大人沒有事先預備良民文書，退堂之時就是梅小穩婆喪命之日。」

梅妍聽完，一陣陣地後怕。

雷捕頭、師爺、馬川和莫石堅面面相覷，只覺得寒毛直豎，幾人幾乎下意識地將梅妍護在中間。

綠柳居掌櫃繼續問：「莫大人，刀氏的兒子六歲，女兒三歲，可以作為人證嗎？」

馬川接話。「按大鄴律令，十五歲及以上才能作為人證。」

莫大人負著雙手在背後，繞著案桌走了兩圈。「雷捕頭，你找一名差役，火速趕去柴家附近，上樹看看，有沒有蜂窩斷離的痕跡。」

「是。」雷捕頭應聲離開。

只兩刻鐘，就有差役回報。「莫大人，師爺，那棵樹已經被砍斷，蜂窩不見了，但是找到了附著蜂窩的那根樹枝。刀氏的兒女額頭、手臂、小腿都有被蜂螫出的腫包，看著實在可憐。」

莫石堅把樹枝接過來一看，上面確實有極深的抓握和攀爬痕跡，那是只有成人才能留下的痕跡。

下一刻，雷捕頭提著一個極大的麻袋進了書房，安排差役守住內院，又闔上門窗以後，才解開麻袋的袋口——

楊穩婆睜眼就嚇得驚叫。「啊……唔……」只一聲就被捂住了嘴。

「閉嘴！」

雷捕頭一吼，楊穩婆就嚇得進氣少、出氣多，整個人抖得不成樣子。

馬川一拱手。「莫大人，草民等人退下了。」說完眼神一掃。

梅妍拉著綠柳居掌櫃，跟在馬川身後一起離開，停在內院的迴廊中間，四下無人的地方。

綠柳居掌櫃搖著團扇，從上到下打量梅妍。「梅小穩婆，妳不怕嗎？」

梅妍很平靜。「怕啊，有用嗎？憤怒多點，但是怒傷肝，不值得。」

綠柳居掌櫃笑了。「妳不後悔？」

「後悔有用嗎？」梅妍沒好氣地回答，忽然意識到什麼。「不行，我要回去看婆婆！」

馬川攔住梅妍。「從現在起，沒有差役陪同，妳不得離開縣衙半步！」

梅妍簡直不敢相信。「那群人連孩子都不放過，那我婆婆怎麼辦？」

馬川繼續寬慰。「莫大人用了幾年時間，才把縣衙裡的眼線都拔掉，換成自己的人。雷捕頭和差役們已經安排到位，妳儘管放心。」

梅妍閉上眼睛，腦袋裡亂糟糟的，脫離賤籍的喜悅還沒感受到，先體會了後怕。

綠柳居掌櫃打量著梅妍，盈盈一笑。「梅小穩婆，現在後悔也來不及了，妳聰慧過人，不如一起想想該如何對付這群利用妖邪案禍害人的混帳東西。畢竟，差役們也挺忙的，只有千日作賊的，沒有千日防賊的，妳不可能在縣衙待一輩子。」

梅妍被逗樂了。「掌櫃，您太瞧得起我了，莫大人、師爺、雷捕頭和差役們，還有馬仵作，他們辦案經驗豐富又周全，哪用得上我？」

「不，梅小穩婆。」綠柳居掌櫃一針見血。「妳看事物與我們都不同，就憑妳一句水向低處流，就能讓人明白那血脈瘀積症是怎麼回事。若是胡郎中來解釋，必定要之乎者也一番，讓人聽得雲裡霧裡，完全不明白。」

馬川看著梅妍。「妳有何想法儘管說。」

梅妍知道被馬川盯上，是沒什麼機會糊弄過去的，反正橫豎已經在這艘船上，早解脫、早安全。畢竟，她在那麼多地方，救了那麼多人，還是第一次有縣令給她發良民文書，她總得負點責任。

「行吧，我要一塊這麼大、平整的木板，可以架起來，上面鋪滿粗草紙，」梅妍邊說邊比劃。「我要畫一些東西。」

馬川帶路，邊走邊說：「去縣衙的廂房，莫縣令給我留的，安靜而且物品齊全。」

進入廂房，梅妍看到了與莫石堅書房裡一樣大的案桌，自己動手清空案上的東西，放下背包，取出粗草紙逐一鋪在案桌上，一塊又一塊用漿糊黏在一起，鋪成了一塊巨大的紙板。

一枝炭筆在紙板的左上角畫了一個圈，在圈裡寫「水向低處流」，下拉箭頭，再畫一個圈繼續寫「血脈瘀積症」，再橫畫箭頭，畫圈寫「久站負重、長時間行走所致」。

漸漸的，一份心智圖畫完，梅妍再將這些劃進一個大圈，右拉箭頭，再畫圈寫上「刀氏被定為妖邪」、「綠柳居被指庇佑妖邪，被毀易主，被吞併，造謠者四人最終得利」。

馬川和綠柳居掌櫃兩人望著這些，目瞪口呆。

梅妍看了他倆一眼。「據我看資料的總結，這應該不是個案，而是一群人，利用對妖邪的恐懼，打壓行業裡的翹楚，非法占有他們的財富，妖邪被處死，受牽連的人不會少，也就不會有人翻案。」

梅妍點著圖道：「清遠共有四樁妖邪案，其他三樁的呈堂證供寫得像兒戲，讓人無從查證，但是我想，得利者應該過得非常逍遙。用這樣的方法來推導，再加上搜集來的其他證詞，就可以完成逆推。」

綠柳居掌櫃一拍手。「妙啊！每次由一位鄉紳出面，先震懾百姓，給縣令、師爺和差役們施壓，或者乾脆與之勾結，仵作和穩婆人微言輕，和一下稀泥，妖邪案就可以判定，他們就得逞了。」

馬川緩緩開口。「升堂伊始，鄉紳提出杖責刀氏，如果莫大人屈於他們的威壓，刀氏就要生挨二十杖責，不死也會去半條命。」

綠柳居掌櫃扔了團扇，憤憤開口。「到時，就算證明刀氏不是妖邪，我綠柳居也再也沒了魚膾廚娘。」

梅妍接續指出。「因為莫大人堅持，馬仵作掮起了百姓的憤怒，他們第一招沒有得逞，所以，石澗出面，用俞婆的供詞來打壓我。沒承想，我查驗文書寫得非常詳細，而且胡郎中也來聽公審，還願意上臺作證，我沒有被駁倒，他們要換穩婆的計劃落空。」

三人對上午公審進行了最全面的整理，梅妍讀，馬川寫，綠柳居掌櫃的覆核，橫向對比另外三樁妖邪案。

第一樁妖邪案，一位長得特別美貌的少年被誣為水鬼燒死，少年是石澗私塾破例招收的學生，他不僅外貌俊秀、天資聰慧，且極為努力，是父母的老來子。

只用了一年時間，就成為私塾最好的學生，沒有之一，石澗以個人名義推薦直接參加春試。而少年被燒死後，他的父親和母親在半個月內先後去世，親朋好友無人奔喪。

當時的縣令讓房牙錢花臉出了這家人的喪葬棺殮錢，接收了房產田地，沒承想賣了一年都無人願意接手，最後以一成的價錢賣給了一位外來的商戶，現在成了租屋。私塾另一名學生頂替少年的名額直接參加春試，一舉高中，從此石澗成為真正的名師。

本該有厚厚一疊呈堂證供、人證物證，然而這案子只有薄薄一張紙和寥寥數筆，還被水浸暈了字跡，以及後續打聽到的一些暫時無法辨別真偽的消息。

三人仔細辨別紙上的字跡，少年被斷定為水鬼的理由竟然是「雙腳踝上一橫掌有魚鱗狀異物」，梅妍第一反應就是鱗屑病，第二反應就是想罵人。

欲加之罪，何患無辭？秋冬季節氣候乾燥寒冷，這裡的人又沒條件像現代人一樣塗潤膚乳，每個人都會掉皮屑的！按這樣判斷，全大鄴都是妖邪！

「怎麼了？」馬川很少看到梅妍這樣無聲的憤怒。

梅妍在紙板上寫。「頂替水鬼少年春試的學生有重大嫌疑，石澗恐怕也有。」

馬川和綠柳居掌櫃表示同意。

第二樁妖邪案，是一位技藝高超的繡娘被判為蜘蛛精被淹死，繡娘被處死後，繡娘所在的繡莊生意一落千丈，苦撐了半年倒閉，現在是租用商鋪，主人同樣是外來商戶。

繡娘被判為蜘蛛精的原因是，她的舌下兩側有鋸齒狀的肉刺，體毛也格外旺盛。

梅妍氣得差點掀桌。馬川與綠柳居掌櫃，也是看得臉色發青。

這幫畜牲！縣衙從上到下都草菅人命！

梅妍氣得連炭筆都握不住，馬川接手在紙板上寫。「現在生意最好的繡莊嫌疑最大，鋪子主人也有嫌疑。」

第三樁妖邪案，一位肉攤店家被誣為山豬成精直接斬立決。

在梅妍看來山豬成精的理由更荒唐。「肉攤主是位壯漢，左臉、右前臂、左胸口、後背正中和左側小腿上，共有七塊大小不等的黑色皮膚，皮膚上還有密集的汗毛。」

三個人的臉色越發不好看，只覺得縣令才應該判斬立決！

肉攤主死後，父母突發急症而亡，妻子隱姓埋名改嫁，有人低價盤下肉攤，幾經轉手，現在也是出租商鋪，房契上的人名同樣不是清遠的人。

把所有信息都條理分明地寫在紙板上，再加以區分、劃出重點，最後在整個紙板的最下方，四個紅色大圈裡寫著得益人。

馬川立刻出了廂房，把莫石堅、師爺和雷捕頭拉進來。

他們對著鋪滿一個案桌的紙看了不少時間，看到最後，莫石堅轉身。「這法子誰想出來的？」

梅妍立刻回答。「馬仵作！」畢竟，上面絕大多數的字都是馬川寫的。

「梅小穩婆！」馬川也回答道，與梅妍同時互指對方。

莫石堅瞪了兩人一眼，厲聲吩咐。「雷捕頭，去查這些人，找錢花臉查鋪子、房產、地契交易，再查那些被定為妖邪的人，親朋好友現在何處？」

「是！」雷捕頭向梅妍和馬川豎起大拇指，腳步迅捷地走了。

莫石堅打量梅妍，半晌才開口。「梅氏，妳不應該只做穩婆，還應該在醫館坐診看女科，不，為何本官覺得妳連郎中都可以做得？」

第二十九章

梅妍連連擺手。「莫大人，您過獎了，我只是為了自保和讓產婦母子平安，用了更多時間學習而已，剛好又遇上經驗豐富的婆婆。」

莫石堅斷過許多案子，有可靠的仵作和穩婆實在太重要了，必須將梅妍牢牢留住才行。「這幾日，妳儘管放心留在縣衙，妳家婆婆那邊有差役巡邏照護。」

「多謝莫大人。」梅妍再次道謝。

「莫大人，民女告辭。」綠柳居掌櫃行禮。

「去吧，差役們也會加強綠柳居的巡查。」莫石堅已經布署過了。

「多謝莫大人。」綠柳居掌櫃風姿綽約地轉身離開，臨到出門又回眸一笑。「莫大人，有時間帶莫夫人到綠柳居來呀，有雅座，有美食。」

「到時再說吧。」莫石堅最近腦子裡塞了太多事情，整日焦頭爛額，哪有心情去綠柳居？再說了，秋草巷正在修葺，大把大把的銀子花銷出去，哪還有閒錢去綠柳居開銷？

真不愧是綠柳居的掌櫃，梅妍望著她離去的背影，很是佩服，隨時隨地招攬生意，知人善用，不過分壓榨員工，精明卻不招人厭惡。

「莫大人，民女去看望莫夫人。」梅妍打算溜之大吉。

「去吧。」莫石堅與夫人和解，心情好了不少。

馬川望著梅妍離去的身影，直到被莫石堅撞了一下胳膊，這才詫異地回神。「莫大人，有事？」

「她現在是良民了。」莫石堅使了個眼色。

馬川幽幽地笑了一下。「多謝莫大人，草民對她沒有其他念頭。」

莫石堅甩了袖子揚長而去。「司馬公子，眼神騙不了人，你回去照著鏡子再說一遍試試？」

不只眼神，馬川平日的眼神多嚇人，一看到梅妍就柔和許多，傻子才看不出來。哦，馬川不是傻子，是死鴨子。

馬川被噎得夠嗆，梅妍聰慧又有活力，耀眼得像陽光，帶給他許多新鮮有趣的體驗，是在大司馬府裡一輩子都感受不到的，這就足夠了。人不能太貪心，既要、又要、還要，最後只會被慾望吞噬，失去自制能力。

梅妍說去看莫夫人並不完全是開溜的藉口，畢竟她也想知道「一劑猛藥」的持續效果究竟有多大，直到她見到了在迴廊裡悠悠踱步的身影。

「民女見過莫夫人。」梅妍與莫夫人的視線交集，立刻行禮。

莫夫人四處走走，一是為了散心，二也是為了莫石堅的公審不順而煩心，剛聽夏喜說完梅妍如何在公堂之上駁斥石澗，又覺得自己慧眼識珠。

「梅小穩婆來得正好，聽說妳今日在公堂之上不懼鄉紳，好樣的。」

梅妍微笑回答。「既然是縣衙的查驗穩婆，自然要盡自己的本分，把所見記錄在案，不懼鄉紳的其實是胡郎中。」聽胡郎中罵石澗可解氣了。

莫夫人先是搖頭，在縣衙當差的多了去了，像梅妍這樣盡本分的寥寥，然後又點頭。「梅小穩婆，現在妳是良民了，不用再這樣過謙。」

梅妍眼睛一亮。「讓民女賤籍變良民的，是莫夫人您吧？」

莫夫人淺淺微笑。「是啊，我這些年見過許多穩婆，妳這樣年輕又精通醫理的穩婆，還是第一次見。胡郎中說，給我用的藥都是妳建議的。」

「沒有，沒有，不敢，不敢，是胡郎中太謙虛了。」梅妍簡直不敢相信胡郎中竟然這樣說，這樣天大的人情，只能去育幼堂還了，唉！

「梅小穩婆，妳去瞧瞧那個廚娘，我這兒好著呢。」莫夫人知道公審不順利，心裡著急，沒心情閒聊太久。

「莫夫人，民女告退。」梅妍立刻離開。

清遠縣衙騰出的空房裡，屏風分隔兩端，廚娘刀氏雙眼緊閉躺著，渾身燙得像火燒。

綠柳居的掌櫃正按胡郎中所說的，給廚娘擦身降溫，可是擦完一遍，體溫卻沒降下多少來。

柴謹當醫徒兩年，還是第一次見到成人如此高燒，也是第一次見到胡郎中的慢吞吞有了裂縫，更是第一次希望讓人發怵的梅小穩婆趕緊過來。

梅妍被雷捕頭帶到空房前，探頭問：「胡郎中，掌櫃，刀氏怎麼樣了？」

「梅小穩婆快來！」綠柳居掌櫃招呼著。「刀氏還是燙得嚇人。」

胡郎中語速難得快了一些些。「梅小穩婆，老夫這輩子沒遇到這樣高燒的婦人。」

梅妍心裡咯噔一下，原來刀氏不是聽她的話裝暈，是懷著恨意死撐到底的崩塌，這時候沒時間替她悲憤，腦海裡冒出無數思緒，不論成功與否只能一試。

「掌櫃，能不能把刀氏的孩子接來？」

「好！」綠柳居掌櫃應聲離開。

胡郎中絞盡腦汁，只能想到以往急救時的失敗，沒有任何經驗可以用，閉上眼睛再睜開。「梅小穩婆，直說吧，老夫可以做什麼？」

梅妍深呼吸三次以後，才恭敬詢問。「胡郎中，有沒有什麼施針的法子？能引發劇烈疼痛，令人清醒的。」

「有，但維持不了多久。」胡郎中剛要提診箱，才發現自己今日來湊熱鬧，診箱還在醫館裡。「徒兒，替為師把診箱拿來。」

柴謹應了一聲就出去了。

梅妍又問：「胡郎中，清遠哪裡有冰塊？」

有。」

綠柳居掌櫃剛好折回來，邊走邊說：「梅小穩婆，綠柳居的地窖裡有儲冰，要多少都

梅妍想了想。「我們須儘可能把她的體溫先降下來，否則會影響神志。」

「行，聽妳的！」綠柳居掌櫃沒有絲毫猶豫。

兩刻鐘後，綠柳居掌櫃展現出的卓越管理能力令縣衙上下大為震驚。

梅妍要冰塊，綠柳居掌櫃不僅調來了滿滿一車冰塊，還把大廚、二廚和伙夫都帶來了，不為其他，專門來操刀剁冰；洗碗盤的幫廚娘把空屋前後清掃乾淨，再輔助梅妍替刀氏更衣擦汗，保證不給縣衙添任何麻煩。

就這樣忙活了一個時辰，刀氏的體溫降到正常，滿臉潮紅恢復成正常的臉色，眼睛也睜開了，一見綠柳居掌櫃和梅妍，眼淚就止不住地掉落。

「妳嗓子疼別說話，攢著所有的力氣。」梅妍及時制止刀氏說話。「公審還沒結束，還有許多事情要做。還有，莫生氣，氣出病來沒人替。」

刀氏用力點頭，但還是無聲地說了「謝謝」。

梅妍、胡郎中和綠柳居掌櫃，不約而同地悄悄輕舒一口氣。

胖大廚在門外問：「掌櫃，冰塊還要嗎？不趕緊存起來就要化完了！」

綠柳居掌櫃打開房門吩咐。「胖大廚，你先把人都帶回去，掛歇業牌，然後做十二人份的吃食來。」

梅妍把食療單給綠柳居掌櫃。「刀氏太過消瘦，咽喉腫脹得太厲害，只能吃容易消化的流質吃食，能不能麻煩胖大廚……」

「行。」綠柳居掌櫃把單子拿給胖大廚看。「收好，這幾日照著這個做，給刀氏吃的。」

「好！」胖大廚瞥了幾眼。「記下了。」

柴謹剛好煎了第一頓湯藥回來，見此情形就愣了。「你認字啊？」

胖大廚不屑地哼哼。「廢話，不識字怎麼記菜譜？呿！」說完揚長而去。

柴謹的眼睛瞪得溜圓，指著胖大廚隨著腳步顫抖的寬厚背影。「他唸過私塾？怎麼可能，我在私塾沒見過他！」

綠柳居掌櫃呵呵一聲。「綠柳居上到大廚，下到洗碗廚娘，個個認字，我教的。」

梅妍睜大眼睛。劉蓮認字，陶桂兒認字，柴氏的婆婆似乎也認字，而綠柳居上下竟然全認字……清遠縣的學習氛圍這麼濃啊？太厲害了！

胡郎中捋著鬍鬚，逐個兒打量，若有所思地微微點頭，不言不語。

正在這時，雷捕頭一手抱一個孩子，把刀氏的一雙兒女都送進來了。「胡郎中，梅小穩婆，孩子放這兒了。」說完，還從荷包裡掏出兩粒糖哄他們，看到小小的笑臉才放心地離開。

梅妍沒想到外表粗獷的雷捕頭，還有溫柔細緻的一面，不由得想到小紅馬身上的馬燈，一時間覺得反差萌爆表。

「等一下。」胡郎中攔住兩個孩子，向柴謹示意。

梅妍又和柴謹一起，替兩個孩子清理螫傷，塗上胡郎中秘製的蜂藥膏。

「阿娘！」兩個孩子得到允許，立刻撲過去，緊緊地抱住娘親，淚水在眼睛裡打轉，努力不哭出來。

刀氏勉強擠出一點笑容，滿眼都是孩子。

這時候，什麼話、什麼舉動都顯得多餘，梅妍悄悄溜出房子，走到迴廊的角落感受一下涼快的穿堂風，吹了一會兒才發現，胡郎中、綠柳居掌櫃和柴謹三個人都在身邊。

更奇怪的是，馬川也出現了，更令人意外的是，開口第一句是問綠柳居掌櫃。「妳姓甚名誰？」

綠柳居掌櫃眉眼瞬間風情萬種，彷彿剛才體貼照顧刀氏的是另一個人，從廣袖裡抽出團扇，搖曳生姿，出口的話卻截然相反。「馬仵作，民女可不是嫌犯。」

馬川不以為意。「作為一個掌櫃，妳過度熱心了。剛才差役們去查人頭，意外發現，綠柳居內外沒有一個是清遠人，還都認識字。」

綠柳居掌櫃回眸一笑，語氣裡盡是諷刺。「喲，馬仵作，公審被打斷，那麼多事情要查，怎麼先查到綠柳居頭上來了？民女是繳稅不夠？還是所聘之人有問題啊？」

馬川也不客氣。「莫大人打算將妖邪四案合併公審，但找不到妖邪苦主們的親故，無人代為起訴，按大鄴律令，這案子就只能沈了。」

綠柳居掌櫃臉色一變。「此話當真？」

馬川並不解釋，轉身就走。

「民女姓花名落，被當成水鬼燒死的少年姓花名葉，是民女的弟弟。」花落橫眉冷對，指尖用力，把團扇的扇面生生戳出了一個洞。「我來清遠開綠柳居，就是為了我阿弟。」

馬川邁出的左腳立時停住，猛地轉身。「妳是花家人？」

「司馬公子，別來無恙。」花落面沈如水，恭敬行禮。「多謝胡太醫救治刀氏。」

胡郎中仍然緩緩地捋著鬍鬚，淡定悠閒，以更緩慢的語速開口。「哦，原來是花落姑娘啊，好久不見。」

花落的眼神又恢復些柔情似水，但又暗藏著不確定和不信任。「司馬公子，你確定莫大人撐得住這樣的大案嗎？」

「莫大人敢公審妖邪案，就已經把自己豁出去了。」馬川的身板更加挺拔。「查大鄴層出不窮的妖邪案，沒有豁出去的覺悟和打算，是不會碰這些案子的。」

「呵，你司馬家呢？也能像莫大人那樣豁出去嗎？」花落嫣紅的嘴角一彎，滿眼盡是嘲諷。

馬川的眼神變得複雜起來，卻也只是轉瞬即逝。「我當仵作已兩年有餘，還不夠豁得出去嗎？」

梅妍滿臉震驚，腦子裡一片空白，還嗡嗡作響，彷彿忽然與周遭隔絕，只能看到他們的嘴巴開合，卻已經聽不清他們在說些什麼……

她這樣螻蟻般的草民，是怎麼摻和進神仙打架的？

柴謹嚇得直接撞到了迴廊的花牆邊沿，眼冒金星，還疼得齜牙咧嘴。

司馬公子？胡太醫？花落姑娘?!

胡郎中捋著花白鬍鬚，提點找不著北的柴謹。「徒兒，為師第一日就教過你，醫者鎮定自若，臨危不懼亦不亂，山崩於前而面不改色。」

柴謹捂著腦袋，眼含熱淚。「是，徒兒記住了。」

胡郎中繼續慢悠悠地扎小刀。「瞧梅小穩婆，連眉頭都沒皺一下。」

柴謹的手從腦袋上移到胸口，躺平任嘲。「徒兒記住了。」

從震驚中緩過來的梅妍，覺得自己像亂入了鶴群的蘆花雞，視線從馬川、胡郎中和花落身上逐一掃過，忽然就笑了。認唄，還能怎麼辦呢？

花落望著失態的柴謹，視線落在始終淡然的梅妍身上。「梅小穩婆，妳……不怕嗎？」

梅妍雙手一攤。「花落姑娘，我只是一名穩婆，整日奔忙只為好好生活，不惹事也不怕事。我去看看刀氏，你們……您們慢慢聊。」說完，徑直走開，腳步沒有半點停頓。

胡郎中的壽眉一動，眼中更多讚許。「徒兒，去看刀氏。」

柴謹灰溜溜地跟上，今晚作夢肯定全是師父，哦不，胡太醫的說教，左一句「看看梅小穩婆」、右一句「梅小穩婆為何能做到」，想到這裡也不震驚了，瞬間情緒低落。

胡郎中出言提醒。「醫者行正方圓，徒兒，你走路怎麼能駝背？」

柴謹挺直腰板，走出了視死如歸的步伐。

刀氏病情危重，晚上多半沒得睡了，嗯，挺好！

胡郎中捋著鬍鬚，臉色前所未有地陰沈，與平日的慈祥溫和判若兩人。

「花落姑娘，當時的縣令是個酒糊塗，迫於鄉紳富戶的威壓之勢；當時的仵作姓馬，只可惜人微言輕，雖提出花葉並非妖邪，卻無人理睬。杖責二十，以防妖邪逃跑，就是那時立下的舊例。」

花落捏著扇柄的指節隱隱發白，呼吸急促許多。「什麼樣的杖責？」

胡郎中嘴唇動了幾下，沒能發出聲音，最後清了清嗓子。

「升堂時沒有預告，老夫出診前，把花葉的診病記錄交給仵作馬平，注明疑因無名草藥引起皮膚異樣，仵作也同意表示會據理力爭。可老夫出診歸來，剛好見到差役們押著囚車從縣衙側門離開，向城外的火刑地去了，當時老夫還奇怪，什麼樣的惡囚要用到火刑？」

胡郎中重重嘆氣。「三日後才知道是花葉，越想越不安，就去找仵作馬平，約好晚上到老夫家裡喝一盅。但他沒來我家，第二日一早我就出診去了，三日後才回到清遠，去縣衙找他，捕頭差役說他三日沒去縣衙了。老夫找到馬平家裡，家中無人，東西卻都在。

「馬平在清遠孤身一人，只偶爾與老夫閒聊喝酒，他不在……」胡郎中再也說不下去了，馬平忽然失蹤，沒有至親報官，他說破嘴，縣衙上下也不當一回事。縣衙很快另招仵作，馬平這個人彷彿從未在清遠出現過，就連最熱鬧的說書場也沒人提起他，自然也沒人知道他是如何盡職盡責的。

花落的呼吸更加急促，陡然提高嗓音盯緊胡郎中。「什麼樣的杖責？」

「老夫只遠遠看了一眼，勉強能看到身影，但血腥味迎面撲來，濃得嗆人。」胡郎中垂下頭。「依老夫多年刀針科的經驗，寸骨寸斷。」

花落將手中的團扇「嗤啦」一撕為二，波光流轉的明眸布滿血絲，整個人不易察覺地顫抖著。

馬川閉上眼睛又睜開。「胡郎中，可有其他人證？」

胡郎中搖頭嘆氣。「老夫曾多次暗中打聽，但差役們閉口不提，沒多久縣令便調離，差役們離開的，遠調的，一個不剩。前三樁妖邪案都是如此。」

花落咬牙切齒地開口。「司馬公子，你不說點什麼？」

「花落姑娘不愧是國都城的傳奇花魁，司馬佩服。」馬川低頭。「但是大鄴律令講究人證、物證。」

花落將手中的團扇砸向馬川，頭也不回地走了。

馬川不躲不閃硬挨了下來，眉骨被斜劃了一長條傷口，滲著點點血珠，仍然面無表情地跟上。

胡郎中長嘆了一口氣，笑起來清風朗月，像畫中走出來的嫡仙似的少年花葉，在公堂上經歷了什麼樣的絕望，又是怎樣熬過刑亭的二十杖，被綁在火刑架時他是清醒的還是昏迷的？

除了馬平仵作，縣衙內外還有其他人替他說過一句話嗎？當時的縣令、師爺、捕頭、差役們，一點一點摧毀他時，心中可曾有半點不忍？他們午夜夢迴的時候，會不會夢到花葉？

所有的一切都湮滅在時間裡，現在的清遠縣沒人談論，更沒人提起。

胡郎中瞇起眼睛，在心裡怒罵石潤。以他當時的名望，有心硬保一定能保住，但他沒有。就這樣還為人師表？還談什麼一日為師、終身為父？

緩緩抬頭活動一下日漸僵硬的頸項，望著湛藍如洗的天空，朗朗乾坤，有司馬玉川，有莫石堅，有梅姸和花落這群豁出去的人，花葉還有機會昭雪嗎？如果連他們最終都是蚍蜉撼樹，那大鄴還有什麼可指望的？

胡郎中拄著枴杖，努力挺直腰背，瞥見刺眼的陽光被雲朵遮蔽，內心卻豁然開朗，如果蚍蜉足夠多，不只能撼樹，還能把樹幹都啃斷。

反正他也只剩一把老骨頭了，還有什麼豁不出去的？

嗯，他不僅豁得出去，還要護著這些小的。

第三十章

梅妍在屋子裡照看刀氏，柴謹抓緊時間又去熬了一帖藥。

即使退燒了，刀氏仍然沒法說話，湯藥都是用麥稈當吸管勉強喝下去的，胖大廚按照食單送來了肉末蛋羹，刀氏偏要與孩子們一起吃。

「阿娘和哥哥吃。」小女兒癟著嘴，眼淚汪汪。

「阿娘和妹妹吃，我不餓。」哥哥努力扮大人。

刀氏極緩慢地吃了一些，把碗推給兩個孩子，示意自己吃飽了。

一碗肉末蛋羹母子三人推來讓去的場景，看得梅妍和柴謹鼻子發酸，兩人不約而同移開視線，沒多久，就聽到花落跺著腳走進來。

臉上帶血的馬川走到梅妍跟前，指了指額角的血痕。

梅妍有些傻眼。這一路走來連根樹枝都沒有，他怎麼把自己搞成這樣的？

柴謹嚇了一大跳。「司馬公子，您這是怎麼了？」

馬川一言不發，臉繃得很緊。

「坐下。」梅妍比馬川矮這麼多，只能讓他坐下，她才搆得著。

唉！小短腿的無奈。

馬川依言坐下，梅妍很快將傷口處理完畢。

「梅小穩婆，妳不擔心馬仵作嗎？」花落渾身冒著涼氣，陰森森地問。

梅妍當然知道花落現在的心情，不假思索地回答。「掌櫃，我覺得擔心自己比較合適。」一時刻提醒自己是鶴群裡的蘆花雞這個殘酷的事實。

花落沒有言語，陰鬱的眼神稍稍緩和，只是偶爾扎馬川一下。

胡郎中進屋，壽眉微顫，看了一眼馬川眉骨的傷，仍是慢悠悠地開口。「冤有頭，債有主，何必殃及無辜？」

花落緩緩低頭，又從寬袖裡取出一把團扇，若無其事地輕輕搖扇。

最怕空氣突然安靜，就連刀氏的兒女如今都不敢發出一點響動。

梅妍當然感覺到了暗流湧動的怪異氣氛，但因為今日衝擊太大，實在懶得搭理，任由屋子越來越安靜，氣氛凝重得能掉渣。

正在這時，雷捕頭的大嗓門在屋外響起。「馬仵作，梅小穩婆，莫大人有請。」

梅妍不明所以地站起身，和馬川離開屋子，跟著雷捕頭七彎十八繞地到了刑亭，更意外的是，裡面只有莫石堅和楊穩婆兩人。

楊穩婆狼狽極了，頭髮散亂得像雜草，臉上淚痕、鼻涕什麼都有，看到梅妍和馬川進刑亭，嚇得整個人恨不得縮起來。

「見過莫大人。」梅妍自認已經沒什麼可以嚇到自己了，語氣格外淡然。

「見過莫大……」馬川的話音未落，雙手就接住了一卷紙，打開後用最快的速度翻完，又交到梅妍手裡，憂心忡忡地注視著她。

不管怎麼說，她都是意外捲進這裡面的，哪怕剛開始是他有意為之，現在卻希望她只做穩婆，不要做查驗穩婆該多好。

公審開始前，梅妍就獨自面對了這麼多事情，要不是雷捕頭和差役們想得周到，只怕她早就被人抓走了。無論如何，他也要保住她，沒有萬一，沒有可能！

梅妍一目十行地看完，壓抑了大半天的怒火躥起，將手中的紙頁到楊穩婆臉上。「楊穩婆，我還是那句話，既然都是穩婆，我們就在接生上見真章。如果我婆婆有個三長兩短，我會讓妳知道什麼是求生不得、求死不能。」

莫石堅和馬川面面相覷，這樣說話的梅妍令人覺得陌生而陰森，與平日裡溫暖陽光的感覺完全不同，彷彿是自己的錯覺，可耳朵卻真真確確地聽到了。

梅妍回頭見到僵硬的兩人，勉強擠出一點笑意，眼神卻極為陰冷。「楊穩婆，他們給了妳多少好處，讓妳不惜以身試法也要除掉我？一個查驗穩婆的身分？還是十兩紋銀的報酬？」

楊穩婆被梅妍盯得大氣都不敢喘，在她駭人的眼神裡節節敗退，小聲回答。「二十兩紋銀。」

「二十兩？」梅妍作為老穿越人盤算了一下。嗯，對賤民來說已經是天價了，真夠看得起她。「他們是誰？」

「我鬼迷心竅，真的，一時起了貪念……」楊穩婆緊閉雙眼，又悄悄睜開一條縫，與梅妍的視線撞了個正著，嚇得渾身一激靈，以前覺得她長得好看還待人和善，現在看來，她真是裝的，這眼神要多嚇人、有多嚇人。「我不能說……」

梅妍深吸一口氣，努力控制住自己蠢蠢欲動的拳頭，盯著楊穩婆。

「妳為了這二十兩紋銀，坑害刀氏的一雙兒女，又害得柴氏和龍鳳胎在鬼門關來回了好幾趟。」

楊穩婆察覺到莫石堅、馬川和梅妍的視線越來越陰沈，渾身如墜冰窖。「我、我，一時鬼迷心竅，真的，我……真的不知道……」

「不，妳不僅知道，還知道得非常清楚。」梅妍實在忍不住，一把揪住楊穩婆的衣襟。「龍鳳胎本就凶險，胎位不正是常有的事，臨盆前更是不能有半點閃失，孕婦一旦出事，很難救回來。還有，不論是柴家到秋草巷還是醫館，柴氏多半會死在路上，沒人能救得了，包括我在內。」

梅妍咬牙切齒道：「只是這次柴氏遇到瘋牛，拚命護住腹中胎兒，送醫時半路遇上了我，胡郎中願意與我拚盡全力，才僥倖救回柴氏母子。受了那麼重的傷，胎位還是正的，妳不信吧？若不是我親手接生的，我也不信。妳不是蓄意誆騙，而是教唆孩童與蓄意殺人，按大鄴律令是判斬立決的重罪！」

梅妍沒有讓步，而是越發緊逼。「楊氏，妳的心夠黑，但是有人比妳更黑，妳篤定柴氏必死，有人篤定這一切最後會終結在妳身上。斬立決的那日，他們會在廣場周圍的茶肆、酒樓的雅間裡，看著妳人頭落地，然後微微一笑嘆口氣，說妳天生蠢沒法子。」

「啊！」楊穩婆驚懼交加，牙齒不斷地打顫，不大的眼睛幾乎要暴出眼眶。

梅妍鬆開楊穩婆的衣襟，耐心地撫平皺褶，直視她的雙眼。「清遠三個穩婆，俞穩婆已經廢了，妳也折了，他們還有人選。橫豎是死，妳說出來也許還能減免些罪行，還是妳心甘情願當替死鬼和墊腳石？死了還要被人踩墳頭。」

梅妍冷笑著。「妳必須在公審之時大聲說出所有真相，那些人如何威逼利誘妳。那樣，至少在以後的某天，說書場裡，還會有人站起來說，不是，楊穩婆替自家接生時也有母子平安。

「妳好好考慮。」梅妍說完，向莫石堅與馬川行禮，走出腥臭又壓抑的刑亭。

「莫、莫、莫大人……」楊穩婆頸間和額頭的青筋根根暴起。「我說，我什麼都說！」

隱在隔間的師爺立刻帶著紙筆和小矮几，開始記錄楊穩婆的口供。

莫石堅與馬川互看一眼，方才的梅妍與平日判若兩人，陌生得似乎從未見過，令人心生寒意。

梅妍一口氣走出刑亭，徑直走到迴廊的角落，找了塊石頭坐下，望著天空多變的雲彩發呆，任由熱風撲面。不知過了多久，聽到身後的腳步聲，才扭過頭，意外地看到馬川一臉擔憂，又扭頭繼續望天。

「妳……」馬川剛開口，就被打斷。

「馬仵作，民女心情不好，不想閒聊。」

馬川本就不善談天，問不下去了，乾脆站到梅妍身邊，順著她的視線一起望天。

「欸，這麼大的案子，很多事情要調查、要做，你這麼閒嗎？」梅妍沒好氣地開口。

馬川在腦海裡琢磨了幾千句的開口詞，最後試探。「妳和梅婆婆是血親嗎？」

「不是。」梅妍把社交精神拋到腦後，生著無休無止的悶氣。

「妳們的關係比許多人家的血親都更好。」馬川說的是真心話。

「我這個人呢，別人對我好，我就對他更好；如果別人對我不好，我有記仇小本本。」

梅妍話還沒說完，就聽到馬川的噗哧聲，很不客氣地給了他一個大白眼。

「妳說，當我是個假人。」馬川擠出一句。

「不要。」梅妍抬腳就走。「我去守著刀氏。」她哪敢拿司馬玉川當樹洞？

馬川望著梅妍消失在迴廊轉角處，悵然若失，良久才跟著去了安置刀氏的屋子，還沒進門就聞到濃烈的湯藥味，聽到孩子們的嘰喳。

綠柳居的廚子們首先保證刀氏的流質飲食，都要切碎剁碎，費時費力，所以其他人的吃食就只能隨便對付。

於是，梅妍進屋就吃到了綠柳居的招牌大包子，外加麵湯。

孩子們有單獨的吃食，但兄妹倆都搶著要照顧阿娘，被掌櫃花落勸住才乖乖吃飯。

胡郎中和柴謹也吃得很香，吃完沒多久，兩人又趕去臨時產棚看柴氏。

花落望著出奇沈默、冷著臉的梅妍，柳腰一扭就坐到了她身邊。「發生什麼事？」

「沒有啊。」梅妍對著大包子惡狠狠地咬一大口。

「梅小穩婆，我呢閱人無數，妳剛才不僅對我假笑，還拿包子堵自己的嘴。」花落打心裡喜歡梅妍，更多的是敬佩。

梅妍又咬了一口大包子，覺得沒人有義務看自己的臭臉，於是真誠感慨。「綠柳居的包子真好吃呀！」

「強顏歡笑。」花落觀人於微。

梅妍怒極反笑。「妳好歹是清遠第一酒樓綠柳居的掌櫃，沒必要來哄我。」

花落伸手搶了梅妍的包子。「說不說，不說不給吃。」

梅妍傻眼，怎麼也沒想到綠柳居掌櫃也有孩子氣的時候，國都城第一花魁的形象瞬間崩塌，想到她的弟弟花葉，忽然就有了同病相憐的感覺，嘆了口氣。「他們為了破壞公審，處心積慮地設計我和婆婆。」

梅妍話頭一開，就停不下來。「他們在我往返縣衙、臨時產棚、秋草巷和新屋的必經之路上設伏，幸好差役大哥們對我頗為照顧，沒能得手；又威逼利誘楊穩婆，做的惡事一樁樁一件件。」

梅妍恨恨地瞪著桌子。「穩婆已是三教九流最下流，繳著重稅，每日辛苦奔忙也不過勉強餬口，只是盡查驗穩婆的本分，就成了他們的眼中釘、肉中刺，明槍暗箭不斷。他們當穩婆是什麼？好鬥的蟋蟀？爭個你死我活的鬥雞？隨便拿根草逗一下，就等著看你死我活的好戲供他們消遣？」

梅妍看了一眼刀氏的兒女。「我只有婆婆一個最親近的人，他們也只有一個阿娘。」

花落緊繃著身體，努力放鬆緊握的雙拳，維持風情萬種的模樣，內心的憤怒與理智纏鬥，姣好的臉龐肌肉微微繃緊，半晌才開口。「梅小穩婆，妳還會繼續查驗嗎？」

「查啊！」梅妍不假思索地回答。「怕他們不成？」

「真的？」花落兩眼發光。「妳不怕？」

「怕有用嗎？」梅妍歪頭賣萌。

花落笑了。「梅小穩婆，妳有什麼特別喜歡吃的菜嗎？我讓大廚給妳做！」

梅妍搖頭。「掌櫃，先把包子還給我，好餓啊！」說完搶回自己的小半個包子，大口開吃，化憤怒為食量。

於是，馬川進屋就看到——

花落端著湯碗勸梅妍。「妳慢點吃，還有呢，先喝些湯，別噎著了。」

馬川的眉頭一皺。

花落何時與梅妍如此親近？而且，陌生得嚇人的梅妍又恢復成平日的樣子，這麼短的時間裡發生了什麼？

梅妍看到馬川，想到剛才自己的態度頗有些惡劣，招呼著。「馬仵作，吃包子！」說完，拋了個大包子過去。

馬川接住張嘴就咬。

花落忽然開口。「十文一個。」

梅妍立時被包子噎到，現在想來，綠柳居應該是故意不賣吃食給馬川的，他倆是結過什麼仇嗎？注意到花落看馬川的眼神，非常不善，可就算她是國都城第一花魁，對馬川也應該非常客氣才對，畢竟大司馬家是大鄴的四大柱之一啊。

更出乎梅妍意料的是，馬川直接從荷包裡掏了十文，擱在矮几上，繼續斯文地吃包子，接地氣得很。

花落毫不客氣地收了十文錢，轉頭又和顏悅色地問梅妍。「麵湯鹹淡合適嗎？還要再加一些嗎？」

梅妍腦海裡「變色龍」三個大字閃閃發亮，不愧是第一花魁，多麼強大的表情管理，佩服佩服。

正在這時，刀氏的兒女過來依偎在梅妍兩側，嘰嘰喳喳地搶著開口。

「梅小穩婆，我的眼睛不疼了。」

「我也是，我的胳膊包消腫了。」

「梅小穩婆，妳長得真好看呀！」

「梅小穩婆，我可以叫妳姊姊嗎？」

梅妍被問得一時不知道該回答哪個，只能岔開話題。「綠柳居掌櫃才是第一好看的人呀，我這樣哪叫好看？」

兩個孩子完全不受梅妍導向，堅定地說自己想說的。

「梅小穩婆，我阿娘會好起來的吧？」

「梅小穩婆，我們沒有阿爹了，妳能救阿娘的吧？」

梅妍望著兩雙黑亮的、充滿期盼的眼睛，微笑回答。「我盡力好嗎？你倆現在乖乖的，不要說話，讓你們阿娘好好休息。休息好，身體才能好得快。」

「嗯。」兩個孩子非常認真地點頭。

梅妍好不容易哄好孩子們，刀氏又開始發燒，很快就燒到了嚇人的地步。

正在啃第十個包子的胖大廚一聽，把包子全塞進嘴裡，小跑著衝出去，不到兩刻鐘的時間，運冰車和二廚、三廚就趕來了。

此時，梅妍已經完成了一次溫水擦浴，刀氏的身體熱度退了些，卻退得不夠。

於是第二波剁冰聲響起，大家為了刀氏再次行動起來，兩個孩子眼巴巴地看著，乖巧懂事地遞帕子擦汗，讓滿屋的人心疼不已。

直到日暮時分，刀氏的體溫終於穩定下來，所有人都長舒一口氣。

屋外，幾個廚子的衣服都黏在身上，伸長脖子咕嚕地灌水，胖大廚喝完拿袖子一抹嘴。「弟兄們回去做晚飯！」

一群人坐在空了的運冰車回綠柳居，屋子裡又只剩梅妍、花落、刀氏和孩子們。

沒多久，柴謹帶著湯藥走進來。梅妍和柴謹一起檢查刀氏咽喉的情況，出人意料的是，三度腫脹已經消退到二度，刀氏吃飯喝藥都順利了許多。

胡郎中拄著枴杖慢悠悠地走進來，問：「梅小穩婆，老夫今日這三副藥效如何？」

梅妍不假思索地回答。「藥效驚人。」

胡郎中滿是皺紋的臉龐上有了笑意。「有用就行，徒兒，你先回家休息吧，明日還按今日的方子煎藥。」

「是。」柴謹今日過得痛並快樂著，抓藥、熬藥累掉了半條命，出汗太多覺得自己已經餿了，快樂的是自己拜師竟然拜到了太醫，能被太醫收為醫徒，爹娘聽到消息後驚喜交加得都快哭了。

第三十一章

彷彿商量好的，柴謹離開沒多久，馬川帶著兩張小椅子走進屋子，自己拿了一張坐下，與胡郎中互相打量。

梅妍好不容易忙完，就見到他倆大眼瞪小眼，只覺得這是他們之間的事情，沒必要摻和。

胡郎中清了清嗓子。「梅小穩婆，等刀氏痊癒後妳願去醫館坐診嗎？」

梅妍眨了眨眼睛。「胡郎中，坐診的事情還是以後再說吧。」最近忙得命都快沒了，還坐診？

「那妳何時去育幼堂？」胡郎中不打算放過梅妍。

梅妍簡直不敢相信。「胡郎中，柴氏的病情只能算穩定，刀氏能在三日後不發燒就謝天謝地了，我還有其他病人，婆婆還沒人照顧，根本沒時間考慮其他。」

胡郎中聽完輕嘆一聲，撫著額頭，沈默不語。

梅妍敏銳地感覺到，胡郎中平日的淡定被異樣的焦躁擊穿，坐姿都是緊繃的，究竟發生了什麼？

馬川看了一眼梅妍，移開視線，再看她一眼，又移開視線。

梅妍撞見了馬川的視線，裝作沒看見，繼續閉目養神，只覺得他們今日都有些奇怪，尤其是綠柳居掌櫃花落大美人對馬川的態度。

偏偏這時，花落盯著馬川，語氣不善。「馬仵作，你就打算待在這裡一動不動嗎？」

梅妍更奇怪了，就算花落是國都城的第一花魁，在大司馬家面前，應該也只有溫言軟語、笑臉相迎的分，地位和權勢都有著天壤之別。

但更讓人驚掉下巴的事情發生了，馬川猛地站起來。「胡郎中，可否帶路，我想去馬仵作家裡看一下，不論他家是不是還在。」

胡郎中拄著枴杖起身。「可以。」

花落幾乎同一時間站起來。「我也去！」

「妳要避嫌，刀氏病情嚴重，孩子還年幼，梅小穩婆需要幫手。若妳信不過在下，大可去找更值得信任的人。」馬川頭也不回地往外走。

胡郎中緊跟著出去了。

如果是平日，梅妍的好奇心肯定會讓她跟著，但是現在，呵，知道得越多越危險，好奇害死貓，雖然一腳踩進這個漩渦，全身而退才最關鍵。

最關鍵的是，術業有專攻，梅妍相信馬川和莫石堅的能力。

所以，目前對梅妍而言，最重要的是保住刀氏。

屏風後面，刀氏疲憊入睡，兒子在左，女兒在右，三個人的手緊握在一起。

夜剛開始，今晚漫長得很。

天剛矇矇亮，屏風後，刀氏和孩子們睡得很沈。

屏風外的大木盆裡擺滿了換下的衣物，吃食的碗碟整齊地堆在矮几上，屋子裡瀰漫著隱約的酸味。

梅妍斜倚在屏風邊，屏風搖搖欲墜，整個人在摔倒的邊緣反覆試探。

花落背靠牆面，即使在累死邊緣還保持著完美的姿態。

馬川和胡郎中兩人提著燈籠進來，就看到了這一幕。

屏風終於不堪重負吱呀一聲準備倒塌，被馬川眼急手快地扶住。

梅妍因為突然失重瞬間驚醒，睜眼就看到馬川過於靠近的大臉和黑漆漆的黑眼圈，嚇得瞬間靠牆站好，覺得他晚上可能去作賊了。

馬川若無其事地提醒。「以後打盹不要靠著屏風。」

「哦。」梅妍應下，轉身就看到胡郎中的大金魚眼。「胡郎中早。」

「今天剛好第七日，妳該去見莫夫人了。」馬川繼續提醒。「莫大人昨晚沒怎麼睡。」

梅妍眨了眨眼睛，才想起來該做什麼，她差點又忘了。「馬仵作過目不忘，天縱之才，多謝提醒，我現在就去。」

梅妍跑出去幾步，又折回來問馬川。「雷捕頭抓到雄青蛙了嗎？」

外面立刻傳來雷捕頭的超大嗓門。「梅小穩婆，妳快看，我昨晚去河邊抓的，一個比一個大，我還挑了一下，都挺好看的，保證都是雄的。」

「哇，雷捕頭好厲害呀！」梅妍由衷稱讚。

「嘿嘿……」雷捕頭樂得傻笑。「梅小穩婆，現在就走嗎？」

「走。」梅妍答得特別乾脆。

書房裡，莫石堅嘴上的疱還沒消，又新添了碩大的黑眼圈，就算喝了胡郎中開的祛火茶，還是覺得咽喉腫痛，整個人熱得不行。

師爺小心翼翼地寬慰。「大人，夫人前兩日就已在小院子轉悠，臉色氣色都瞧著不錯，您這樣擔心，夫人看了也會心疼的。」

莫石堅一聲嘆氣，把師爺後面的話給堵住了。

空氣突然安靜。

良久，師爺不只心慌，還怕莫石堅事務纏身而病倒，繼續寬慰。「大人，雷捕頭昨夜就去河邊抓青蛙了，梅小穩婆素來穩重，這時間可能已經去內院了。大人，您不要慌，現在，沒有消息就是最好的消息。」

莫石堅又長嘆一聲，索性閉目養神，內心慌亂得很。

等了又等，一等再等。

了。

直到天光大亮，夏喜沒來，梅小穩婆也沒來，這下，不只莫石堅，就連師爺都慌起來了。

怎麼這麼久？上次好像挺快的。

師爺悄悄溜出書房，在通向內院的迴廊口左右張望，裡面安靜極了，既沒有高興，也沒有哭泣，夏喜和梅小穩婆都不見蹤影。不看還好，一看更慌了。

於是，師爺又找到雷捕頭。「怎麼樣？」

雷捕頭一臉迷惑。「什麼怎麼樣？」

師爺驚得鬍鬚直顫。「梅小穩婆沒去夫人那裡？」

「去啦！」雷捕頭聲若洪鐘。「我看著梅小穩婆進去的，雄青蛙也是我送到迴廊盡頭的。」

「那怎麼還沒消息啊？梅小穩婆呢？」師爺真是急得跳腳。「大人在書房裡轉悠，地都快被走破了。」

正在這時，迴廊盡頭處出現一柄天青色紙傘，因為紙傘擋著，師爺和雷捕頭都看不清撐傘的是什麼人，但是瞧著精緻的紙傘，多半是莫夫人。

紙傘越來越近，師爺和雷捕頭為了避嫌，麻溜地往書房走。

雷捕頭特別高大，步伐比尋常人大得多，還沒到書房就扯開大嗓門。「莫大人，快出來……」

莫石堅整個人從書房衝出來，聲音顫抖。「怎麼了？出什麼事了？」

「您快看！看那邊！」雷捕頭長手一指，紙傘已經出了迴廊。

莫石堅大步奔去，步步煎熬又滿懷期待，顧不上什麼官步端正，邊走邊問：「是夫人嗎？」

撐著紙傘的人也加快了腳步，兩廂在通往書房的小石徑上相遇，傘落人出，梳妝打扮了一個時辰的莫夫人，穿著綢質夏裙，笑靨如花。

「夫人怎麼樣？」莫石堅覺得好久都沒見過這麼美麗的夫人了。

「梅小穩婆測了又測，用盡了青蛙，說是良性的。」莫夫人輕描淡寫地隱去了自己等待時的焦灼。「以後每半個月測一次，要隨測一年。」

莫石堅說話的聲音都在抖，視線在夫人的臉上生了根似的，捨不得移開。「真的？夫人，妳沒騙我吧？」

梅妍大聲回答。「民女不敢欺瞞大人。」

莫石堅長嘆一口氣，彷彿吐盡了這幾日的惡氣，整個人神清氣爽起來，激動得拉著夫人的手，不住摩娑。

莫夫人急著抽回。「大人，還有人……」

莫石堅哼了一聲。「哪來的人？」

莫夫人環視四周，驚訝地發現，梅小穩婆、雷捕頭和師爺都像憑空消失了一樣。

夫妻倆的手緊緊地握在一起，良久，莫石堅才開口。「夫人今日真好看，出水芙蓉也遜色許多。」

沒來得及躲很遠的梅妍聽了最後一句，不禁莞爾，莫石堅是她遇到的真心疼愛尊敬夫人的縣令了。

莫夫人的檢查結果很好，梅妍卸下了壓在心頭的一塊巨石，心情出奇地好，腳步輕快地離開內院，縣衙外的陽光正好，還有點涼風。

雷捕頭眼明手快，果斷出聲。「梅小穩婆，莫大人有令，妳不得離開縣衙半步。」

梅妍縮回邁出的右腳，轉頭問：「雷捕頭，今早應該給柴氏做檢查，而且算算時候，我也要去陶家看一眼，真的不能出去嗎？臨時產棚和陶家離縣衙都不太遠，我騎馬很快的。」

「不行！」雷捕頭拒絕地極為乾脆，現在外面真的不安全。

「多謝雷捕頭。」梅妍垂下雙肩，如果柴氏或者陶家有事，肯定會來找，所以，還是回去守著刀氏吧。

「梅姑娘！」

「哎，」梅妍轉頭就看到劉蓮。「妳怎麼來了？」

劉蓮提著兩個大食盒，遞給梅妍。「兩層的是桂兒今日送來的，說她阿娘和弟弟都很好，讓妳不要擔心，複查可以過幾日再去。這三層的是柴家送來的，胡郎中和柴謹今早去產棚瞧過了，珠兒現在的臉色好多了，藥方也改過了，妳交代的事情我都記得牢牢的，放心吧。」

梅妍立刻笑開了，撲過去抱劉蓮。「蓮姊姊最美，蓮姊姊最棒，蓮姊姊最能幹！」

「梅姑娘，妳……」劉蓮從來沒被人這樣誇過、抱過，臉一下子紅透了，好半晌，才推開梅妍。「我還要去產棚呢。」

「哦。」梅妍鬆手接過兩個大食盒，高興又有點落寞。「也不知道婆婆昨晚睡得好不好？」

劉蓮笑著揮手。「昨晚柴氏婆婆來換我，我陪著婆婆的，放心吧。」

梅妍看著劉蓮的背影消失在轉角，這才開開心心地提著兩個大食盒往回走，見雷捕頭不遠不近地跟著，突然回頭。「雷捕頭，剪刀石頭布！」

雷捕頭身體反應比大腦更快，大手伸出「布」。

「啊，我輸了。」梅妍看了看自己的石頭，打開食盒。「雷捕頭，挑個喜歡的吧。」

雷捕頭也不客氣，挑了一塊大棗糕，全塞到嘴裡，邊吃邊點頭。「嗯，真香。」

好巧不巧，巡邏的差役們回來了，正餓著呢，紛紛大喊：「梅小穩婆，見者有份！」

「來呀！」梅妍把食盒擱在附近的石桌上。「石頭，剪刀，布！」

縣衙的院子裡立刻熱鬧起來。

「石頭，剪刀，布！」

「剪刀！」

「布！」

「哦！贏了！我挑一個！」贏的差役很高興。

「石頭，剪刀，布！」

「石頭！」

「剪刀！」

「輸了……」差役垂頭喪氣。

梅妍笑咪咪。「你輸了，我給你挑一個！不管你喜歡不喜歡。」

「還能這樣啊？」差役們鬧烘烘。

梅妍特別大方地把食盒分層全打開。「對啊，贏了，你挑一個。輸了，我給你挑一個。」

不到一刻鐘，食盒只剩一層了。

莫大人忽然出現。「一個個都沒事做了?!」

雷捕頭和差役們一哄而散。

「見過莫大人。」梅妍趕緊把食盒收好。

莫石堅故作嚴肅且不吭聲，也不離開。

梅妍把最後的食盒拿出來。「莫大人，您嚐嚐嗎？」

「本官都吃完了，妳還吃什麼？」莫石堅繃著臉打趣。

「獨樂樂不如眾樂樂。」梅妍還是微笑。

「好一個獨樂樂不如眾樂樂！」莫石堅從食盒裡挑了兩塊芸豆糕，轉身就走。

梅妍提著食盒回到刀氏房裡。嗯……還有綠柳居的大夥兒和馬川，算了，就當慶祝莫夫人是良性吧，十分鐘後，食盒裡空空如也，乾淨又透亮。

花落很不客氣地吃了三塊白玉蘭花糕，逗梅妍。「妳吃了幾塊？」

梅妍嘿嘿一笑。「我吃了最喜歡的小魚兒糕。」嗯，沒錯，在送人和讓人挑的時候，私藏了一塊紅鯉魚形狀的糕點，雖然現在早就不能轉發好運錦鯉了，但錦鯉信念不能丟。

畢竟，作為大鄴老穿越人，梅妍的荷包比臉還乾淨，家裡的存錢陶罐還經常落空，實在是太丟穿越人的臉了，苛捐雜稅一大堆，她實在沒辦法。

只能安慰自己大約是五行缺金，所以，賺錢是梅妍的終生事業，不死不休。

花落微蹙秀眉，梅妍分贈糕點的時候，自己就在旁邊瞧著，明明是把食盒逐層、逐個分送的，怎麼還能有一個鯉魚糕？她是怎麼做到的？

想著想著，花落樂了，梅妍也是有小心思的呢，更喜歡逗她了。「妳是喜歡鯉魚糕裡的棗泥，還是純喜歡紅鯉魚？」

梅妍眼睛彎彎。「都喜歡。」

花落嗤笑。「妳要真喜歡，改日我出去採買的時候，帶兩條給妳就是了。」

「不要。」梅妍不假思索地拒絕。「天熱養不活。」沒有增氧泵浦，河魚很難度夏，天氣悶熱缺氧，立刻肚皮朝天。

「不收妳錢。」花落一甩帕子。「送妳。」

梅妍很有自知之明，把錦鯉養死那還得了？可不是沒好運了嗎？立刻把頭搖得像波浪鼓。「真的不要了。」

花落不以為然。「紅鯉魚雖然貴，本掌櫃還是送得起的，又不是貴死人的綠毛龜，那我是真送不起。」

綠毛龜？梅妍眨了眨眼睛。「綠毛龜很貴嗎？」

花落一指戳梅妍。「一隻品相很好的綠毛龜，頭頂、龜背和龜尾都有綠毛，在水中游動似綠影，願意出兩進屋子買的，大有人在。綠毛少一些，那也是五十兩起價的。」

梅妍忽然兩眼發光，以前她也動過經商賺錢的念頭，無奈買稅、賣稅都太高，只能放棄，可現在不同，她有了減免稅賦的機會，做買賣才有可能盈利。

劉蓮買回劉記鐵匠鋪至少要花五十兩，梅妍喜歡胡郎中提供的磚木房子，買或租也都需要大把的錢，再加上，如果答應胡郎中照料育幼堂，那花銷肯定猛增。

這幾日忙得梅妍根本沒心思想其他，如今柴氏脫離危險，莫夫人的葡萄胎是良性，現在只要忙著照顧刀氏就行，按刀氏目前的情形，能夠熬過三日就康復有望，今天是第二日。

之後，梅妍就可以專心賺錢了，想到這些，心情又好上三分。

「想什麼呢？」花落拿指尖挑梅妍的下頷。

「調皮。」梅妍反手去挑花落的下巴。「花掌櫃，妳知道有誰想買綠毛龜嗎？」

反被調戲的花落有些迷惑。「妳家有？」

梅妍搖頭，家裡雖然沒有，但她穿越前是「冷知識愛好者」，知道綠毛龜的形成原因和自然條件，萬萬沒想到，在大鄴除了接生，還有把「冷知識」變成錢的可能性。

花落覺得梅妍是純心鬧人。「只要妳有，我就能給妳賣出去，每隻不少於這個數！」說完伸出兩根手指晃悠。

「二十兩？」梅妍小聲問。

花落點頭。

「說話算話？」

「騙妳是小狗！」

「一言為定！」梅妍突然伸手擊掌。哇哦，隱約聽到真金白銀悅耳的響聲了呢！

馬川是真不明白，正直勇敢又善良的梅妍，怎麼能和一人千面的花落聊得這麼開心？

正在這時，胡郎中拄著枴杖，柴謹端著湯藥，兩人一前一後走進屋子，望聞問切以後，胡郎中捋著鬍鬚，先問膽顫心驚的柴謹。「徒兒，你如何看待刀氏之疾？」

柴謹縮著脖子，支支吾吾半晌，才豁出去。「刀氏是因為驚懼憂思過度，導致體內正陽虛弱，現在只能治標，等她心平氣和、正陽恢復，身體才有好轉的可能……」

然後就是一堆太陽經、少陰經，這不足、那有虛，繞得人發暈。

梅妍勉強聽完，覺得柴謹的中心思想是，刀氏因為心理壓力和負面情緒過重，導致了免疫系統功能下降，扁桃腺發炎，又因為工作繁重和心理壓力，沒有及時就醫，最後病來如山倒。也不知道是不是這個意思？

柴謹說完縮著脖子等挨批，自從遇到梅妍，師父如果只是每日三批，他就能開心得蹦起來。

胡郎中沒有言語，捋著鬍鬚盯著梅妍。「梅小穩婆，今日妳有何打算？」

第三十二章

梅妍把夜晚時的治療紀錄單遞過去。「刀氏現在食療和湯藥齊用，身體在好轉，因為之前虧損過大，所以恢復得極慢。」

胡郎中看完紀錄單，微微點頭，拿起紙筆一揮而就，把藥方交給柴謹。

柴謹如獲大赦，把湯藥碗交給梅妍，捧著藥方樂顛顛地回醫館煎藥去了。

刀氏和兩個孩子只是聽著，一言不發。

足足過了一盞茶的工夫，胡郎中才開口。「刀氏，莫縣令已經按律判妳不是妖邪。公審時，清遠百姓都在高臺之下聽得仔細，以後不會再有人拿妖邪一事來說嘴，所以妳大可放心。現在把妳留在縣衙，一是因為妳病重，二是因為莫大人要斷了以妖邪為由頭害人的路子，現正四處搜集證據，人證、物證俱在，才能把案子坐實。」

「快些好起來。」花落安慰道：「好起來以後，我綠柳居才能重做魚膾，我們個個過得很好，那些見不得我們好的人就不好了。」

刀氏有許多話想說，卻又不知道怎麼說，也不知說了以後大家有什麼反應，所以她只是點頭，非常用力且認真地點頭。

胡郎中拄著枴杖離開，來縣衙前醫館門前已經有六位病人候診了，必須趕緊回去。

綠柳居的洗碗廚娘把大盆的衣物帶走，胖大廚把食單帶走，為了刀氏忙碌的一天又開始了。

馬川面無表情地打量花落。「妳今日不開店？」

花落搖著團扇呵呵笑。「綠柳居這兩日開店就別想做生意，來瞧熱鬧的、說三道四的，比平日人多了三倍，營收卻不到平日的三成，何苦來哉呢？刀氏是我好不容易招攬來的好廚娘，只要綠柳居的人齊全，就算不要這塊招牌，還可以去開其他的店面鋪子，有什麼可急的？」

馬川沈默不語。

花落熱心招呼。「刀氏，吃早飯喝湯藥了。」

刀氏雖然又出了一身虛汗，但胃口明顯好轉，早飯和湯藥進得不錯，並沒有噁心反胃，梅妍照實記錄下來。嗯，胃腸功能並沒有受高燒的影響。

花落看著忙前忙後的梅妍，又打量無所事事的馬川，又嘴上長針似地戳人。「馬仵作，你在縣衙當差這麼清閒呢？」

梅妍見刀氏情況趨於穩定，被病人撲滅的八卦之火復燃，視線在花落與馬川身上來回。

他倆什麼關係？說他們相識已久吧，馬川第一眼並沒認出花落，以他過目不忘的天賦，應該是真沒見過；但是，花落一說出姓名，馬川立刻就反應過來。很明顯，是花落單方面熟悉馬川。

花落現在是掌櫃，只是曾經的第一花魁，能認識赫赫有名的司馬公子，必定是兩人有過交集，嗯……司馬公子逛銷金窟也很正常。

事實上，梅妍不僅是「冷知識愛好者」，還是「劇本殺迷」，短時間內就腦補出了「癡心花魁與傲嬌高冷世家公子的N版故事」。要不，照著他倆寫個話本，找人說書，看看能不能大賣？噹，是不是又能創一條生財之道呢？

梅妍越想越覺得有意思。

馬川毫無徵兆地開口，既突然又突兀。「不是妳想得那樣。」

梅妍抬頭一臉無辜地望著馬川，更無辜地問：「馬仵作你怎麼了？」

馬川垂著眼簾，又恢復了平日的木頭樣子。

花落慢半拍意識到了，立刻伸手戳梅妍，一臉恨鐵不成鋼。「梅小穩婆，少聽那些話本。」

梅妍最擅長扮乖，立刻正襟危坐。「哦。」

花落湊到梅妍耳畔想開口，抬頭就看到馬川帶著寒意的視線，改而拉住梅妍的手，在她手掌心裡寫寫畫畫。「我是司馬家的眼線。」

梅妍怕癢，被花落這樣一寫，抑制不住地想笑，可又躲不開，整個人的姿勢有些失控。

馬川突然起身走近。「梅姑娘，跟我來。」

花落存心和馬川過不去，伸手拽住梅妍的手，與馬川對峙。「不行，梅小穩婆要看著刀氏，萬一她再發燒，我怎麼辦？」

「有事到莫大人書房外稟報。」馬川的聲線平直。「梅姑娘，走。」

「不行！」

「走！」

梅妍哭笑不得。「花掌櫃，妳放手，我去去就來。」說完，就跟著馬川向莫石堅的書房走。

馬川邊走邊說：「花落行事乖張，性格陰戾，妳多加小心。」

梅妍有些反應不過來。「她是我見過唯一關心夥計的掌櫃。」

馬川欲言又止，卻只是張了張嘴，最後才下狠心似地開口。「防人之心不可無，不只對她，對我也是。」

梅妍有一瞬的驚愕，又立刻反應過來。「你？」

「怎麼？」馬川臉上的表情異樣豐富。「我就這樣讓人放心？」內心卻頗有些雀躍。

梅妍粲然一笑。「尋常人都不願意當的仵作，你一當兩年；放棄司馬家那樣豪奢的生活，住在秋草巷那樣的地方，這種苦不是誰都能吃的。」

馬川苦笑。「身為世家子弟，一切以家族利益為重，這些只是鑲金邊的手段，謀求的是更多利益，更多話語權而已。」

梅妍被馬川極為反常的話震驚，又覺得怪異。「你找我來是為了聊天？」

馬川壓低嗓音。「跟我來看一些東西。」

梅妍跟著馬川走進莫石堅的書房，發現裡面多了許多屏風，屏風後面有一塊巨大的木板，一半是她和馬川整理的四件「妖邪案」匯總，另一半是新貼上去的、特別陳舊的紙張。莫石堅的大書案委屈兮兮地放在角落，書架也換了位置，顯得格外擁擠。

「民女見過莫大人。」梅妍行禮。

愁眉不展的莫石堅和快把頭髮撓光了的師爺，只是勉強點頭。

馬川頗有些身心疲憊。「昨晚我跟著胡郎中去了負責第一任妖邪案的仵作家裡，只剩一個空房子，家具和什物一概不見，泥牆上貼了這些紙張，字跡怪異，還有許多畫。」

貼滿紙的空房子？梅妍進前一看，紙張沾了許多浮灰，似乎還沾染了不明液體而呈現各種灰暗的顏色。「劇本殺」的基因動了，腦海裡浮出許多聯想。

馬川熟悉所有的紙頁和製作，但對這些沒有半點幫助。「滿牆的紙張，許多都發黑了，一碰就碎，能帶回來的只有這些。」

梅妍從包袱裡抽出布口罩，挨個兒分發。「莫大人，師爺，馬仵作還是把口罩戴上吧，這些紙張來歷不明又帶著異味，不知藏了多少髒污。湊得太近琢磨，若剛好身體過度疲勞，極有可能染上不明疾病，就算是胡郎中，也很難醫治。」

一屋子人立刻把口罩戴得嚴嚴實實，不到五分鐘，個個悶成了大紅臉。

梅妍逐頁看過，沈默半晌。「莫大人，民女不認識這些字，這些畫與符號似乎在哪裡見過，但又說不上來。」

馬川點頭。「莫大人，我也這樣覺得。」

師爺思考時習慣揪鬍子，左右兩邊鬍鬚已經明顯不一樣多，看起來既滑稽又心酸。

莫石堅皺著眉頭。「大鄴要求仵作識字，但真正識字的並不多，馬平不僅識字，按這些字畫符號，甚至有頗為精通的感覺，這就有些離奇了。」

梅妍打開工具包取出鑷子，小心翼翼地揭開紙張一角。「這張紙是雙層的，那張是三層的，嗯……他這是做什麼？用紙糊牆？」

莫石堅拿出鑒賞書畫的全套工具，分給馬川和師爺，仔細檢查下來，果然像梅妍所說，每張紙都是兩層起算，最多的紙張甚至有六層。

馬川立刻聯想到剛到空房子時，滿牆起皮的紙張揚著浮灰的情形。「有人故意損毀這些紙張，倉促之間，只鏟掉了一部分。」

莫石堅的眉頭皺得更緊了。「在你和胡郎中之前，就有人去過那裡。」

師爺一拍大腿。「那人把房子裡所有物品都帶走了，又毀掉絕大部分的紙張，認定自此萬無一失。」

馬川點頭。「對，空房子裡有股異常刺鼻的酸腐味，牆上那些損毀的形狀像潑了什麼一樣。」

三個人立刻討論起來。關鍵點在於，做這些的是馬平本人，還是另有他人？馬平是被害，還是逃離？

梅妍越聽越緊張，有種想逃開的衝動。

就在這時，馬川開口。「梅小穩婆，去照看刀氏。」

師爺不樂意了。「馬仵作，梅小穩婆冰雪聰明，也許還能發現什麼。哦，當我沒說。」師爺在莫石堅的注視下閉嘴。

莫石堅似笑非笑地打量馬川，眼神裡有深意。

梅妍立刻行禮告辭，這不是紙上談兵的「劇本殺」，而是血淋淋的凶殺案，她這樣微不足道的穩婆摻和進來，最後的結果多半是倒楣炮灰。螻蟻尚且偷生，更何況是她呢？

刀氏房裡，花落見到梅妍時悄悄鬆了一口氣。

梅妍摸了一下刀氏額頭，沒有發燒，又迎上兩個孩子充滿期盼的眼睛。「你們的阿娘身體在好轉，你們悄悄許願了是不是？」

「嗯！」兩個孩子特別認真地點頭。

梅妍看著刀氏小女兒亂糟糟的頭髮，從工具包裡拿出梳子。「來，我替妳把頭髮梳一下。」

小女孩趕緊坐好，一動不動地等梳頭。

梅妍邊給她梳頭邊問：「許了什麼願呢？」

「只要阿娘能好起來，我就一直乖乖聽話。」小女孩才三歲，卻在艱難的生活裡過早成熟了。

「阿娘好起來以後，我要拜胡郎中為師，以後也要當郎中。」小男孩握緊拳頭，眼睛瞪得大大的，表示自己的決心。

「那我以後要當穩婆！」小女孩不甘示弱。

梅妍被逗樂了，把兩個孩子的頭梳好。「好，我記下了，五年，十年以後，看你們有沒有做到。」

「嗯！」兩孩子不約而同地點頭，明顯比阿娘能說得多。

花落緊張時總會給自己找許多事情做，但是在縣衙什麼都做不了，就只有逗梅妍一件事情可做。「梅小穩婆，如果妳當拍花子，清遠縣都能被妳拍空，信不信？」

梅妍逗回去。「花掌櫃，您若當拍花子，巴嶺郡的人都能被妳拍走，信不信？」

花落笑了又笑。「梅小穩婆，妳太高看我了，在許多人心裡，妳與我是截然不同的，以後妳就會知道了。」

梅妍和花落守著刀氏，綠柳居的夥計們為刀氏食單和梅妍、花落的三餐吃食奔忙。好在直到晌午時分，刀氏都沒有發燒，胖大廚、二廚、三廚不用帶冰車切冰剁冰，節省了不少時間，可以更專心地做吃食。

梅妍聽著屋外的陣陣知了聲，盤算著刀氏的臥床時間有些過長了，再這樣躺下去，可能有其他問題，就和花落一起把刀氏慢慢扶著坐起來。

刀氏額頭上全是汗，好在沒有眩暈和其他狀況。

坐了兩刻鐘後，梅妍建議刀氏慢慢挪到床沿邊，把兩個孩子拎到床上，給阿娘捶背。

刀氏紅了眼圈，望著梅妍欲言又止，又看向花落，即使嗓子沙啞還是要說。「花掌櫃雇我，是極好的東家；梅小穩婆在公審時不懼石澗，力證我不是妖邪，既救我，也救綠柳居。說起來怕妳們笑話，偷藏那柄刀，本是我自盡用的，自我了斷總比被當成妖邪受盡折磨死的好。只可憐了兩個孩子，我在家一遍遍地說，別怕，不管天上地下，阿娘去哪兒都會帶著他倆，他們很高興……」

兩個孩子抱緊了刀氏的胳膊。

梅妍很不是滋味，刀氏和孩子們淒楚悲涼的眼神，令人不忍直視。

「都說虎毒不食子，可是我不願看到他們再過我小時候的日子，太苦了，真的太苦了……我一直覺得自己是個很苦命的人，自小沒了爹娘，好不容易成親有了自己的家，孩子他爹被徵了兵，我一個人拉拔兩個孩子。

「冬日凍瘡、夏日刀傷也沒什麼，我從小就這樣，只願孩子們不用吃這樣的苦。當廚娘的收入很多，他們吃得飽、穿得暖，我還給他們攢夠了束脩的錢。」刀氏抬起手摸了摸兩個孩子的頭。「那日聽到有人說我是妖邪，覺得天都黑了……我恨，我好恨啊，為何只有我過得這樣苦？為何別人都能平安順遂？我深夜出門到處走，好想放一把大火燒掉那些人的家，看他們死在大火裡……我……

「直到前日，我才覺得不對，我遇上了清明的莫縣令、雷捕頭、花掌櫃、綠柳居的大夥兒、梅小穩婆、馬仵作和胡郎中……明明非親非故，大家都護著我，甚至連孩子都照看到了……我的命不錯，要惜福知足。」刀氏淚流滿面，嗓子還是很疼，但胸口不再覺得堵得慌。「孩子們別怕，就算到鬼門關，阿娘也咬著牙爬回來！」

「阿娘……」兩個孩子抱著刀氏放聲大哭。

花落眼中含淚，半仰著頭，努力把淚水眨回去，半晌才打趣。「真是人不可貌相，平日從早到晚都不說一句話的人，今兒卻說了這麼多，刀氏啊，妳裝得挺好啊……」

刀氏的臉羞得通紅。「小時候想說許多話，可誰有空閒聽一名孤女的話呢？慢慢的，也就不說話了。說與不說，真的沒差別。」

梅妍心裡五味雜陳，卻沒什麼淚意，雖然穿來是棄女，但在幾乎喪命的時候遇到了梅婆婆，睜眼就是慈祥的笑容，還有那句刻骨銘心的「不怕，有婆婆在」。

「梅小穩婆，我……」刀氏見梅妍不說話，想到剛才自己說的，立時就慌了，趕緊解釋。「我沒放火，我……」

梅妍起身，伸出雙臂抱住刀氏和孩子們。「為了心裡的盼頭吃盡了苦，生活都被毀了，綠柳居也無辜被流言拖累，妳沒放火，已經好過絕大多數人了。」

刀氏錯愕地望著梅妍。她本以為自己會被指責，怎麼會是如今這樣？

「梅小穩婆，我沒有好過絕大多數人，是花掌櫃一直勸我再堅持幾日，多熬半個月……她說，哪天夫君滿心歡喜地回來，心心念念的老婆、孩子都不見了，只剩下空空的房子，該怎麼活下去？」

梅妍放開他們，寬慰道：「妳的身子和嗓子剛有起色，又說了這麼多話，好好歇著，等完全好了，我們有得是時間聽妳說。」

「嗯。」刀氏點頭，彷彿把積攢了半輩子的苦和怨氣都吐盡了，整個人像卸下千斤重擔，雙眼的神采比前兩日更多了。

花落一甩帕子，眉眼俱笑。「欸，我這麼精明的掌櫃，絕不做虧本的買賣，我幫妳這麼多，不是不求回報的！妳要怎麼謝我？」

刀氏一怔，良久才小心翼翼地回答。「我把刀工再練好些？」

花落笑得像九尾狐。「以後不管是誰，花多少錢挖妳，妳都不能走！」

刀氏依舊只點頭，想了想。「花掌櫃，梅小穩婆，若我今晚不再發燒，明日就請莫大人再開公審堂吧，哪有人生病住在縣衙的？還勞動這麼多人忙活？」

花落和梅妍異口同聲地阻止。「不行！」

梅妍簡直不敢相信。「妳病得很重，今日只是緩過來了些，還沒脫離危險，明日公審再被那些人氣得暈厥，我和胡郎中也不是每次都能把人救回來的！」

刀氏不信。「梅小穩婆，妳是我見過、聽過的最厲害的穩婆，胡郎中又是最厲害的郎中，若是換其他人，也許我早就沒了。」

梅妍特別嚴肅。「我是穩婆，女子臨盆就是過鬼門關，我也有救不回的女子，還不只一個。妳已經是做阿娘的人，別不把自己的身體當回事！」

「真有啊？」刀氏吃驚不小。

梅妍的笑臉消失不見。「對，就是花掌櫃說的那樣，丈夫服兵徭沒了，妻子在家遇上意外早產，一屍兩命，留下兩個孩子整日哭爹喊娘。」

花落和刀氏最關心孩子。「那兩個孩子怎麼樣了？」

第三十三章

梅妍嘆氣。「按理說，孩子會被大伯家收養，但後來我們離開了，並不清楚。我接生只希望母子平安，所以盡心盡力，但希望也只是個念想，事與願違的時候不少，別拿自己的命去搏。」

刀氏看了看孩子，還是點頭。「梅小穩婆，多謝了。」

梅妍怕刀氏沒聽進去，補了一句。「妳在公堂上暈厥的時候，我也沒把握一定能救活妳，多虧了胡郎中施針、開方熬藥。」

刀氏不再言語，但明顯是聽進去了。

梅妍這才鬆了一口氣。「妳先躺著休息，若下午身體還好，再坐起來，病來如山倒，病去如抽絲，急不得！」

刀氏笑得尷尬。「梅小穩婆，我從小生病都是硬撐，一直撐到現在，這是我第一次瞧郎中，也是第一次喝湯藥。」小時候如果熬不過，早死了。

梅妍忽然想到一樁事情。「清遠有育幼堂，孤兒們都可以去，妳以前的家鄉沒有嗎？為何妳一直孤零零的？」

花落伸手就是一戳。「梅小穩婆，妳走南闖北見識確實不少，只怕是沒進過育幼堂吧？」

梅姸點頭。

花落呵呵一笑。「育幼堂這種地方，既費錢又費力還費人，不能給父母官添彩盈利，還要縣衙倒貼銀兩，平日花銷全靠富戶鄉紳們的募集。也是有做得極好的，更多的，並不是人待的地方。」

刀氏癟了癟嘴。「我在育幼堂待過半年，有次病得很沈，就被趕出去了，後來再沒進去過，那裡每日只有一頓，冬冷夏熱，挨罵被打是常有的事，比睡大街好不了多少。」

梅姸又想到了胡郎中。「清遠的育幼堂怎麼樣？」

花落和刀氏不約而同地回答。「很好。」

花落又補充。「胡郎中把自己半生積蓄都投進去了，打理的人又是精挑細選的，再做不好就沒天理了。」

梅姸無語望蒼天。胡郎中到底打了什麼樣的算盤？她很慌啊！望著刀氏為難的臉色，她心裡仍然覺得不太對勁，又問：「如果育幼堂真的不錯，妳為何不給孩子們留一條後路？」

刀氏連連擺手。「沒有，不是，我當時真的鑽進牛角尖了！」

花落岔開這個艱難的話題。「梅小穩婆，妳以後只會越來越忙，應該趕緊找幫手，不然，妳一個人會被拖垮的。」

梅姸先點頭然後又搖頭。「現在有劉蓮還能頂一段時間，可靠的幫手實在不好找，只能平日裡注意著。」

另外，有著五百文的接生費用門檻，梅妍覺得找來的孕婦不會太多，所以有劉蓮和梅婆婆兩位好幫手，也不用著急找。

花落看穿了梅妍的心思。「清遠縣的孕婦並不算多，但是清遠地理位置便利，縣城外或者臨縣的人找來，也不是難事，不然胡郎中也不至於三天兩頭地出診。梅小穩婆，綠柳居名聲在外，每日營收有一半是縣城外的人來光顧的。妳的名聲傳出去是早晚的事，還是早些準備，免得到時手忙腳亂。」

梅妍點頭。花落說得有道理，真等到孕婦一個個地找來，想立刻找到可靠的幫手，堪比白日作夢，尤其是穩婆這個職業，加上如今的接生環境，碰上一屍兩命常有。回頭問一下劉蓮，清遠還有哪些心細如絲又家境不好的女子，趁現在有時間，趕緊惡補培養起來，以備不時之需。

梅妍拿紙筆迅速記下，又把招收條件理好，放進背包裡。

只等刀氏妖邪案公審結束，就把這件事擺上日程。

也許是刀氏自幼像荒草一樣野蠻生長，練就了超強的身體素質，也可能是卸下了沈重的精神壓力，更可能是感受到了眾人真誠的支持，總之，刀氏痊癒的速度遠超梅妍的想像。

刀氏「病來如山倒」，卻沒「病去如抽絲」，梅妍預估三日能脫離危險，在她身上硬生生成了「三日基本痊癒」的奇跡。

於是，在刀氏強烈要求下，第四日一大早，清遠縣衙妖邪案第二次公審就此開始。

縣衙外的廣場上，滿是挨挨蹭蹭、翹首引領的圍觀人群，廣場四周的茶肆和酒樓雅間爆滿，炎熱的天氣也抵不過百姓對「惡有惡報」的期待。

穿戴整齊的莫石堅在差役們的「威武」聲和刑杖聲走上高臺，師爺和雷捕頭分立兩側，馬川和梅妍站在角落聽候差遣。

刀氏和一雙兒女三人作為苦主上臺，發現臺下人群的眼神與三日前有了極大的變化，之前的擔憂、驚恐和漠視，現在幾乎全都成了關切。

梅妍在臺上敏銳地察覺到，僅僅三日，作為鄉紳代表的石澗明顯滄桑了許多，整個人像塊曝曬多年的嶙峋湖石，不僅灰頭土臉，眼神還有些閃爍。

想來，這位石老先生晚節不保是一定的，至於能不能壽終正寢，就不知道了。

臺下人群的議論聲越來越大，還有些人不知怎麼地推搡起來。

莫石堅一拍驚堂木。「妖邪案升堂！」

臺上、臺下瞬間安靜，夏蟬嘈雜的鳴叫聲一陣高過一陣，讓所有人平添兩分煩躁。

梅妍本以為還要照著上次的流程走一遍，萬萬沒想到莫石堅開口就是：「今日公審，接續三日前進度繼續。」

臺下所有人面面相覷。這……麼快？

「俞記茶肆掌櫃俞長順夫婦、說書人吳瓜、觀濤樓掌櫃王財四人造謠滋事、毀人名聲，人證物證俱在，現判決如下，廚娘刀氏只是尋常人，並非妖邪。觀濤樓掌櫃王財心胸狹隘，去綠柳居謀求合營被拒，挖廚娘刀氏再次被拒，誣刀氏為妖邪在世，欲連坐綠柳居上下，心腸歹毒至極。」

觀濤樓掌櫃王財越聽眼睛瞪得越大。莫石堅一升堂就直接判，這是連申辯的機會都不給，要一棍子打死的節奏！不對，鄉紳富戶們明明打了包票，會保他無事的，怎麼會這樣？

莫石堅故意停頓片刻。「按大鄴金錢律第一百三十四條，觀濤樓掌櫃王財犯非法同業競爭罪；又按大鄴民律第三十七條，王財誣人妖邪欲致人於死地，兩罪並罰，判觀濤樓即刻停業不得開業，判王財賠償綠柳居的營收損失五百兩，判王財賠償廚娘刀氏名譽損失、工作損失五十兩。」

王財雙腿一軟直接癱在高臺之上，整個人連雙眼都顫抖起來，情急之下，立刻起身衝向莫石堅，還沒走出三步就被差役們用刑杖架住，他下頷顫抖著喊道：「莫大人！莫大人！您怎麼能這樣判？觀濤樓停業還要賠五百五十兩！這是連我和家人的命都一起要了啊！莫大人，您不能這樣！」

莫石堅笑得冷酷。「王財，你當初算盤打得叮噹響，就是要逼死刀氏，再找人去綠柳居打砸，鬧得掌櫃不能開店，熬到生意冷清經營不下去，你再以極低價購入。是不是？」

王財一時語塞，結結巴巴地否認。「沒有，我不是，我沒有！」更讓他害怕的是，鄉紳富戶沒一個站出來幫他說話的，這和之前說好的完全不同。

莫石堅冷哼一聲。「眼紅心黑不知頭上有青天。」

石澗的臉色難看極了，他準備的反駁人證、物證，被莫石堅「接著審」給摁死了，根本沒有出場的機會，現在又將王財兩罪同罰，打了他一個措手不及。

莫石堅一拍驚堂木，補充道：「王財的賠款限這個月底繳清，未繳清以前，王財家人與親朋好友不得離開清遠半步，若有敢違反者，與王財同罪論處。若賠款逾期未能繳清，抄王財家典賣籌滿為止。」

王財慘叫一聲，暈倒在地。

莫石堅連眼皮都沒抬。「來人，拉下去，給他一桶清水。」

差役們將王財拖下高臺，同時眼神凜冽地掃過俞氏夫婦和吳瓜，滿意地看到他們臉色發白、大汗淋漓。

莫石堅盯上了說書先生吳瓜。「吳瓜，站到臺上！」

吳瓜看到王財這樣的下場，之前質問全場的氣勢全無，雙腿顫抖地走到位置上。「莫大人，草民只是收人錢財，替人找樂子……說書先生哪個不是滿嘴跑馬？草民真不知道那麼多人會當真，更不知道他們會去找刀氏和綠柳居的麻煩，天地良心！莫大人，草民不算冤，但草民真的沒去找過刀氏和綠柳居的麻煩啊！」

梅妍望著跪在階下的吳瓜，之前滿腔怒火早就在照看刀氏時消散了，現在只剩下敵意，說書人確實滿嘴跑馬，但吳瓜做得很巧妙，還試圖甩脫罪名。

莫石堅連眉頭都沒動一下。「吳瓜，身為說書人，明知人言可畏、眾口爍金，為了些許錢財就編纂妖邪話本，毀人名聲，在公堂之上還試圖詭辯脫罪，來人！」

吳瓜嘴皮子再俐落，也知道莫石堅和以往的縣令都不同，要罰是真罰，要打板子也是真打，一下就慌了神。「莫大人，饒命啊，莫大人！」

莫石堅繼續。「吳瓜在公堂之上巧言詭辯，杖責十；為收錢財毀人名聲，不顧孤兒寡母的艱辛，用心極為險惡，罰沒自開說之日至今的所有收入。」

吳瓜急了。「莫大人，說書是餬口的行當，平日所得都花銷掉了，根本交不出來！」

莫石堅皮笑肉不笑。「你也知道是餬口行當？高臺之下的清遠百姓哪個不是辛苦奔波只為餬口？因為你的話本，害刀氏沒了收入，害綠柳居盈收虧損，他們的辛苦餬口錢找誰要？」

吳瓜抬手就給自己一巴掌。「莫大人，您行行好，多寬容幾日，草民一定交出那些日子的盈收，共計五兩銀子。」

師爺站出來，繞著吳瓜轉悠一圈。「吳瓜，你是斤斤計較的人，每日收入都有記帳，帳本在我這裡，你靠誣衊刀氏妖邪寫的話本，可是賺了足足十五兩銀子。」

吳瓜看到帳本時眼睛都直了，頓時語無倫次。「不是，哪來的，這不是草民寫的！莫大人，這一定是有人編排草民……莫大人，師爺！」

莫石堅扯起嘴角。「吳瓜，若本官宣來人證，你在公堂之上詭辯不認，就是罪加一等，杖責十五。你這樣精明的人，可要考慮清楚了。若要人不知，除非己莫為！」

吳瓜頓時閉了嘴，眼神卻不斷看向石澗，怎麼也沒想到老人家像入定高僧一樣，眼觀鼻、鼻觀心，只當自己的喊冤和訴苦是耳邊風，沒有半點反應，更別說上前說話。

吳瓜內心一陣陣地發寒。這些鄉紳富戶們吹牛能上天，現在一見風向不對，都裝成看官，只剩自己頂下這樣的惡名。該死的！這群吃人不吐骨頭的人！

莫石堅雖然對吳瓜說話，但是雷捕頭、馬川和差役們都緊盯著鄉紳富戶們的反應，見他們到現在為止都安靜無比，就知道今日四個嫌犯都是他們的棄子了。

同時，他當然知道，吳瓜的話本盈收肯定交了一部分出去，就算是王財把綠柳居搞到手，也不可能獨吞這個鋪子，一樣要交出相當部分給鄉紳富戶；俞記茶肆每個月交的例錢也不少。

說到底，這四個人更像老翁漁船上那一排繫了頸繩的鸕鶿，每日從早到晚入水上船，繳足老翁要的鮮魚，真正能到嘴的只有幾條小魚而已。而現在，他們四個被水草纏了腳，不斷撲騰，見漁船不穩，老翁就拿起竿子把他們趕走，鸕鶿以後還能抓，船弄翻了才不划算。

莫石堅只冷眼旁觀。「吳瓜，念你日常需要花銷，本官改判你在這個月底前繳足十兩銀錢，在公堂之上詭辯之罪，也不加杖責。」

吳瓜一聽少了五兩，激動不已。「多謝莫大人，多謝大人！」

莫石堅繼續。「吳瓜，命你明日起，重編一份刀氏被誣妖邪的話本，從早說到晚，每說一遍，自搧一記耳光，直到你攢夠十兩銀錢上繳為止。」

臺下百姓發出一陣噓聲。

吳瓜簡直不敢相信。這分明是讓他一天天地活受罪啊，可是，就算這樣進退兩難，他也必須硬著頭皮撐下去，自搧耳光，總比多受刑杖來得好，便咬牙切齒地道謝。「多謝大人。」

莫石堅又拍驚堂木。「來人，帶吳瓜下去，杖責十，立即執行！」

吳瓜像個麻袋一樣被差役們拖走。

很快，臺上、臺下就聽到了清脆的板子聲，吳瓜的哀號聲，以及雷捕頭不緊不慢地讀數聲。

莫石堅的視線落在俞氏夫婦身上。「俞記茶肆，俞氏夫妻，道聽塗說，顛倒黑白，每人杖責五，罰沒十日盈收，交到綠柳居和廚娘刀氏手裡，明日繳清，否則杖責加倍。」

臺下爆發出一陣振耳欲聾的叫好聲。

「莫大人，真是青天大老爺啊！」

「莫青天！」

莫石堅聽著此起彼伏的呼聲，沒有半點得意之色，一拍驚堂木高聲問道：「服不服?!」

「服！」百姓們異口同聲。

莫石堅又問：「是不是該罰?!」

「是！」百姓們的呼聲一陣高過一陣。

莫石堅一拍驚堂木，高聲說道：「去廚娘刀氏家和綠柳居扔過石頭、摔過東西、追罵不停的人，除去孩童，全都上前一步！」

百姓們的呼聲戛然而止，各異的神情僵在臉上，就在這極短的震驚猶豫時間裡，挨挨H蹭蹭的人潮忽然有了許多間隙。

莫石堅提高嗓音。「鄉親們，蓄意造謠誣衊者，確實可惡，他們惡有惡報，自然有律法等著嚴懲他們。

「但是，如果鄉親們聽到這樣或那樣的閒話都能思考一下，不被牽著走，分一下青紅皂白，而不是黑白不分地跑上門肆意謾罵、打砸，刀氏也不至於忍無可忍擊鼓鳴冤。刀氏與你們並無差別，每日睜眼為自己、為子女奔忙，人心險惡，妖邪案也好，誣人清白的案子也好，鄉親們聽到以後想一想，是對是錯，聽還是不聽，信還是不信？」

莫石堅威嚴的視線一掃百姓們。「朗朗乾坤，天網恢恢，每日巡察的差役們已經將打砸鬧事的一併記錄在案，今日就好好算一下帳。鄉親們記住，世事本無常，此等飛來橫禍亦是無常，不知道哪天就會落在誰的頭上！」

莫石堅說完，人群的間隔變得更大，空氣卻安靜得嚇人。「雷捕頭，將記錄在案的紙張取出來，公示在公堂之上。肆意辱罵的、打砸洩私憤的，是人，是個有擔當的人，就站出來領罰。人都會犯錯，知錯能改，善莫大焉，今日受罰只為了好好地長長記性，明日不再犯。即日起，若再有人以妖邪之名構陷無辜百姓，謀奪家財、意圖禍害連坐，嚴懲不怠，知法犯法者罪加一等！」

雷捕頭和差役們迅速走到高臺下，將記錄在案的人一一拽走。

臺上、臺下的百姓們，緊張地連大氣都不敢出一聲，自幼在清遠生活的男女老幼，第一次知道亂說閒話、找人罵街、隨機打砸是要吃官司的。

莫石堅要的就是這種效果，一拍驚堂木，高聲問道：「你們每個人都要先向刀氏和綠柳居掌櫃行禮道歉，之後就是杖責、去綠柳居花銷、賠付刀氏和綠柳居損壞物件，三選一。」

第三十四章

高臺上共十四人，聽完都倒抽一口氣，各自飛快地盤算著，有個人最快伸手。「回莫大人的話，草民願意去綠柳居花銷。」

其他人紛紛附和，行禮道歉已經夠丟人了，再去賠付心裡更是嘔得慌，不如拿些錢去綠柳居花銷，好歹還能飽個口腹之慾。至於杖責，聽吳瓜、俞氏夫妻那慘叫聲，不可能！

綠柳居花掌櫃搖著團扇，笑意盈盈。「那就先歡迎各位客官了。」誰都會打算，而且莫石堅並沒有規定他們要花銷哪些，有膽砸罵綠柳居和綠柳居的人，一定要付出代價，才能記得牢。

莫石堅補充一句。「你們若心懷仇恨，意圖對刁氏母子和綠柳居上下報復，本官的話放在這裡，你們一定會後悔。師爺，讓他們簽字畫押。」

「是，莫大人。」師爺奮筆疾書到現在，甩了甩痠疼的手腕，給每個人簽字畫押，忙活得不亦樂乎。

臺下的議論聲，從竊竊私語，到交頭接耳，直到成了一片閒聊的聲浪。

就在所有人都以為妖邪案到此結束時，莫石堅忽然站起身來，似笑非笑地望著石澗。

「石老先生，您身為清遠最有名的鄉紳之一，不趁此機會說點什麼？」

所有人的視線都集中在了試圖開溜的石澗身上。

石澗臉色複雜至極，半晌才開口。「莫大人，老夫年事已高，受人蒙蔽，實在慚愧得很。」只覺得臉頰比挨了幾巴掌還要疼。

莫石堅又重新坐下。「受人蒙蔽？石老先生，您眼神清明，言行有禮，怎麼會有受人蒙蔽的時候呢？」

石澗當然聽出這話裡有話，但是仗著自己處置得乾淨，有恃無恐。「莫大人，您這是什麼話？人非聖賢，孰能無過？」

莫石堅向師爺使了個眼色，不緊不慢。「石老先生，您是讀過聖賢書的人，當私塾先生這些年，一直清貧度日，萬萬沒想到，石老先生家的田地、房產真不少呢。」

師爺立刻取來幾張紙。「莫大人查了石澗這六年的買賣契約，共有房屋五套，鋪子、地契六張，家中良田兩百畝，真是人不可貌相啊！」

最怕空氣突然安靜，百姓們緊盯著石澗，隱隱覺得還有什麼後續。

胡郎中拄著枴杖，慢悠悠又聲音清晰地取笑。「難怪石頭有錢納妾。你有幾房小妾？六個還是七個？一個靠束脩過日子的私塾先生，哪來這麼多錢財？」

梅妍簡直不敢相信剛才聽到的，私塾先生的生活算得上富足，雖比尋常百姓好一些，但是起碼不吃不喝、不睡覺奮鬥兩百年，才有可能攢下如此龐大的私產，呵呵……

安靜的臺下突然爆發出許多議論聲，討論起來比集市還要熱鬧。

石澗的臉脹得通紅，像隨時能燒起來，捋著雪白的鬍鬚，頗為仙風道骨地開口。「莫大人，老夫教書這麼多年，得意門生不在少數，他們感念師徒恩情贈予，並不違背大鄴律法吧？」

莫石堅用恭敬的態度，說著最諷刺的話。「石老先生，莫某不才，從五品到七品的官都當過，清遠縣令是正七品，所以知道官級俸銀有多少。有能力這樣置辦、這樣大手筆的贈予，至少官拜三品，或是欽差，石老先生竟然有三品大員這樣的弟子，還請報上名諱，哪日莫某回國都城探親，也能去拜訪一下。」

梅妍本以為莫石堅什麼事情都擺在臉上，沒想到他陰陽怪氣的造詣這樣高，說得石澗幾乎維持不住往日的風度，臉色還由紅轉白，分明是被莫石堅戳要害。

高臺下面的議論更大聲，也更嘈雜。

更有甚者大聲提問。「我可是聽老人家說了，朝中無人莫當官。石老先生，您有這樣厲害的弟子怎麼不早說？弟子這樣厲害，把您接去國都城的宅子裡養老，那是何等風光的事情。」

「石老先生，您哪位弟子啊，說出來給大夥兒聽聽，佩服一下也好呀！」

清遠縣以及附近的百姓都知道，石澗為人孤傲，收弟子時百般挑剔，私塾裡全是本縣和周邊地方的弟子，那些孩子六歲進私塾，怎樣讀書長大，百姓們心裡都有數。

畢竟，從開私塾的那天起到現在，私塾還沒出過一位狀元及第的弟子，所以結合莫大人的話，石澗背後肯定做了不少見不得光的事情，不然真金白銀和地契擺在那兒，總不能是天上掉下來的吧？

不少百姓被莫石堅的話點醒，憤怒的情緒很快蔓延開來，注視石澗的目光也極不和善。

莫石堅伸展了一下右前臂。「石老先生，您別急，也不要生氣，待本官傳個人證上來，您就知道自己是不是被蒙蔽了。雷捕頭，帶人證！」

高臺上下的百姓們都糊塗了。還有人證？這是怎麼回事？

幾乎同時，雷捕頭提溜著小雞似的楊穩婆上了高臺。「回莫大人，人證穩婆楊氏帶到。」

穩婆楊氏在盛夏熾熱的陽光下，顫抖得像秋風中瑟瑟發抖的黃葉，眼神有一分渙散。

「民女穩婆楊氏，見過莫大人。」

莫石堅一拍驚堂木。「穩婆楊氏，妳有何話要說？」

楊穩婆的頭髮散亂，說話都帶顫。「莫大人，穩婆楊氏今日在公堂上出現，就沒打算能活著回去，民女今日有許多話要說。」

突然周圍傳出一陣不大不小的關窗聲。

百姓們循聲側目，廣場附近的茶肆和酒樓臨窗的位置都關了，個個納悶，這是怎麼了？公審還沒結束呢，怎麼就不看了？

莫石堅一揮手，雷捕頭掏出竹哨，吹出多變的哨音。幾乎同時間，關窗的茶肆和酒樓的大門、側門都紛紛關閉，有不少人被困在裡面，不能離開。

梅妍卻輕舒一口氣，楊穩婆願意當污點證人真是太好了，畢竟她犯的也是殺頭的重罪。但萬萬沒想到的是，楊穩婆竟然向自己走來，梅妍一時有些傻眼，不知她這是要做什麼？

楊穩婆的面容猙獰還帶著笑。「梅小穩婆，妳也在啊？妳長得美又年輕，正是大好年華，不像我，三十不到，看起來像四十歲一樣。」

雷捕頭一把將楊穩婆從梅妍面前拽離，眼神凌厲地警告。

楊穩婆的笑容凝在臉上，眼神裡無限嚮往。「多好啊，長得美又年輕，接生又厲害，來清遠一個月不到，就有那麼多人喜歡妳。給陶家接生，陶家和親家一起幫妳把破草屋修葺好了；給柴氏接生，柴氏婆婆恨不得給妳做個生辰牌每日三炷香那樣供著。妳才接生了兩次，到縣衙走動幾次，就當上了查驗穩婆……」

說著，楊穩婆眼中含著恨。「妳還是清遠第一個良民穩婆。現在清遠但凡願意出錢的，都想找妳接生，有些明明才剛懷孕沒多久啊，是想讓我這樣的穩婆活活餓死嗎？妳這是把人往死裡逼啊！」

高臺下的百姓們一陣唏噓。

楊穩婆望著梅妍，露出不懷好意的笑，橫豎是個死，誰都別想好過。

梅妍冷笑。「楊穩婆，瞧妳這話說的，陶家難產那夜很冷，陶家父女求遍了清遠三個穩婆，實在沒法子才找上我，是因為我長得好看？還是因為我年輕？那晚，妳們三個穩婆中任何一個人願意上門，陶家父女都不會請我，原因更不會是我年輕又長得不錯。」
守在臺下的陶桂兒大罵道：「姓楊的，妳還有臉提這事？阿爹和我怎麼求妳們的？只求妳們上門看一下，就算阿娘真的難產不治，我們也不會怪妳的，不能讓阿娘孤零零的死在家裡啊！妳們連門都沒開，就讓我們準備掛白！
「梅小穩婆說夜半出診要一兩銀子，我們同意了，她騎著馬就去了。我阿娘和弟弟最後都平安，梅小穩婆只收了五百文，說另外五百文是給阿娘補身子用的，她還在我家守了一夜。妳們三個接生完就不管，誰守過夜？誰三日後上門複診過？柴家阿姊臨盆前後，梅小穩婆守了幾夜？」陶桂兒扠著腰怒罵。「姓楊的我告訴妳！我們要的是接生認真負責、為人著想的穩婆，誰管她高矮胖瘦是美是醜？」
高臺下的百姓們又是一陣議論聲，方才楊穩婆極力營造的悲涼氛圍被陶桂兒破得一乾二淨，楊穩婆也被噎得臉都青了。
梅妍一直以為陶桂兒是個綿軟的性子，沒想到戰鬥力這麼高。
莫石堅一拍驚堂木。「穩婆楊氏，不得說與指證無關之事！」
楊穩婆嘆息似地回道：「是，莫大人。我這樣想著，有人也這樣告訴我，不除掉穩婆梅氏，就等著餓死。但是，只要她接生的人死了，她沒救回來，名聲就臭了。反正懷了雙胞胎就是九死一生的，再出點意外，必死無疑。」
臺下百姓們瞪大了眼睛，互相使眼色。怎麼回事，柴氏不是被瘋牛踩傷的嗎？

「我楊氏雖然是賤籍，但也不敢做這樣殺人的事情。他們又說了，沒事，不用我殺人，只要我對刀氏的兒女說些話就成了。廚娘刀氏的手不是傷到了嗎？我只要告訴他們蜂蜜能治刀傷、燙傷，他們就去爬樹掏蜂窩了，然後牛就被蜂螫了，哈哈哈……我後來才知道，那棵樹啊，他們早做了手腳的，可惜手腳做得差了些，只掉了蜂窩，孩子沒事，不然根本不會有人來找我的麻煩是不是？」

臺下百姓們的眼神憤怒至極。

梅妍搶先一步，緊緊抱住刀氏，咬牙切齒地湊到她耳邊。「我救下了柴氏和她的孩子們，大夥兒知道以後，就不會再恨你們了。」

雷捕頭一手一個抱住刀氏的孩子們。

楊穩婆沿著高臺邊緣走著，一步又一步，指著百姓們。「瞧瞧你們，一個個恨不得扒了我的皮，你們以為我願意啊？他們弄死我一個賤民，就像捏死一隻螞蟻。我站在這裡，就是個活靶子，他們是故意的嗎？是的，就是為了讓我也栽進去。他們的雙手乾乾淨淨，他們在清遠德高望重，背地裡，他們心狠手辣！

「梅小穩婆，差役們不會一直保護妳，等過了幾日，莫大人莫青天的名聲高漲，差役們忙於抓捕犯人，誰還顧得上妳？妳長得多美啊，萬一被抓了，會是什麼後果妳知道嗎？哈哈哈……」楊穩婆臉上充滿幸災樂禍地望向梅妍。「都不用明著抓妳，找妳接生的人這麼多，妳在守夜的時候，知道那家人打的是什麼主意嗎？哪一天妳徹夜未歸，家人以為妳在接生，主家卻說妳沒去，等幾方對質以後才發現，再去報官就晚啦，哈哈哈……」

原本抱住刀氏的梅妍，整個人都僵住了，後怕和前怕已經不足以形容自己的心情，只覺得冷，寒徹心骨的冰冷。

下一秒，廚娘刀氏用力抱緊梅妍，輕聲道：「梅小穩婆，誰敢動妳，我手裡的刀就不會放過他！」

梅妍勉強擠出一點笑容。

馬川收在粗布衣袖裡的雙拳，握得咯咯作響。

莫石堅一拍驚堂木。「穩婆楊氏，休得胡言亂語恐嚇穩婆梅氏！」

楊穩婆在高臺上踱了一大圈，最後停在石澗和他的弟子前面。「是不是啊，石老先生，你看中穩婆梅氏不是一天、兩天了吧？」

「胡言亂語！」石澗一口氣差點沒上來，楊氏怎麼敢？

楊穩婆決定掙個魚死網破。「你每日山珍海味的補著，家裡嬌美的小妾成群，梅穩婆長得多美啊，你會放過她？石老先生啊，我呸！就是個老不修！看看人家胡郎中吧，你配稱老先生？聖賢書都讀到狗肚子裡去了！」

梅妍算是懂了，楊穩婆現在就像個炸彈，沒打算讓誰好過。

「放肆！」石澗的弟子們圍住楊穩婆就要動手，瞬間被差役們架住。

石澗氣得渾身發抖，顫動著雙手，上氣不接下氣。「莫大人，莫大人啊，老夫今日遭此賤婦當眾侮辱，您若不給個公道，老夫今日就撞地而死！」

莫石堅早料到石澗會來這招。「石老先生，所謂當眾侮辱，是自身清白無錯，被捏造事實橫加指責。穩婆楊氏說您小妾成群，是子虛烏有？還是您垂涎梅小穩婆是空穴來風？如果是楊氏捏造，那本官自然按律杖責，還您清譽。如果屬實，您就忍耐一二，畢竟您做得出來，旁人便說得。」

「你、你……」石澗沒想到莫石堅如此不把自己放在眼裡，只覺得每雙眼睛都扎著自己。「莫石堅，你……」

師爺突然出聲。「石澗，公堂之上直呼縣令名諱是大不敬，按律當杖責五！」

石澗強行按捺住怒氣，向弟子們使眼色。

莫石堅毫無懼意。「石老先生畢竟年邁，想來多年聲色犬馬，身體底子多半被掏得乾淨，只怕挨不過杖責。來人，將石老先生帶進縣衙品茶閒聊，好好說道一名私塾老師怎麼能掙得這萬貫家財的！」

石澗驀地舉起左手。「蒼天在上！」

胡郎中慢悠悠地開口打斷。「石老頭，臉皮這個東西揭下就沒了，都這樣了還賭咒發誓也不怕招雷劈。」

石澗頓時咬到了自己的舌頭。「胡……嗚嗚嗚……」憤憤地就要以頭撞地自證清白，鬧得越大，莫石堅處境越危險。

胡郎中慢悠悠地插刀。「石老頭，你可想好了，這可是鐵木高臺，你的身子只剩個空殼了，挨得過的機會幾乎沒有，老夫自然會全力救治你，就算僥倖挨過了，多半是撞癡了、傻了、瘋了。」

「你……」石澗從來沒在眾人前這樣丟臉過，他不光怕老、怕死、更怕疼，最怕的是癡了、傻了、瘋了。

師爺又高聲提醒。「敢阻擋差役者，杖責十！」

雷捕頭從鼻子裡哼了一聲。「石老先生，請吧，下臺階小心點，別摔了、扭了賴在我們這些當差的頭上。」

石澗本以為弟子們會蜂湧過來，為自己擋開差役，萬萬沒想到，他們只是眼神複雜地站著，那樣的眼神讓他心裡直發毛，不會的，他對他們視如己出啊！

臺下的百姓們拍掌叫好，聲浪一陣高過一陣。

楊穩婆望著石澗倉皇落魄的身影，狠狠地啐了一口，出了胸中惡氣，轉頭就看到相擁的刀氏和梅妍，複雜的情緒翻湧而出。「妳是清遠第一個良民穩婆，還是縣衙的查驗穩婆，妖邪案公審妳又添彩不少，可是妳別高興得太早，因為人心隔肚皮。現在用得著妳，哪天有了更厲害的穩婆，或者莫大人調離了，妳還能這麼安穩嗎？莫大人捅了清遠的大蜂窩，石澗也好，富戶鄉紳也好，他們身後還有人，萬一哪天莫大人自身難保，妳會有什麼樣的下場？」

梅妍已經麻木了，微微一笑。「多謝楊穩婆提醒。」

楊穩婆怔住，梅妍是不是傻，為什麼不害怕？怎麼還笑得出來？

莫石堅一拍驚堂木。「穩婆楊氏慫恿刀氏兒女掏蜂窩，致兩個孩子被蜂螫傷，令刀氏一家揹上傷害柴氏的惡名，按大鄴民律，杖責十五，當眾向刀氏母子道歉，賠付藥費、診費。至此，清遠刀氏妖邪案公審結束，退堂！」

臺下百姓們恭敬行禮，齊聲高呼。「莫大人！」

「莫青天！」

「公正廉明！」

「惡有惡報啊！」

莫石堅走在最前面，高臺上的其他人尾隨其後，梅妍扶著刀氏走在最後面，下了高臺以後，只見柴氏公婆和柴火都等在那兒。

梅妍有些緊張，這……怎麼辦？

刀氏渾身一僵，急忙拉著兩個孩子跪下，一個字都說不出來。

柴氏公公嘆了一口氣，把兩個孩子拽起來，可孩子們見阿娘不起也不敢起。「你們是疼阿娘的好孩子，都起來，刀氏妳也起來。不是你們的錯，不要跪著！」

好半晌，刀氏才抬起頭拉著兩個孩子，囁嚅著。「謝謝。」

柴氏婆婆拉著刀氏的手，輕輕地拍著。「好孩子，最近苦了妳了，都過去了，我們大家都要好好的。」

「哎。」刀氏眼中含淚，笑得真誠，發自內心地覺得，陽光熾烈，蟬鳴擾人，綠樹成蔭，也是夏日最美的風景。

第三十五章

柴氏婆婆拉著刀氏的手說了許多話，還送了她自家的爊肉，刀氏和孩子們受寵若驚。

梅妍如釋重負地走到樹蔭下，看圍觀的百姓們潮水一樣散去，看高臺拆解裝上牛車運回縣衙，還看到縣衙附近茶肆和酒樓緊閉的門窗依次打開，不少人被差役們請進縣衙。人來人往，熙熙攘攘為名利的「芸芸眾生」，絕大多數也不過是為了一家溫飽、存有餘糧。

「想什麼？」馬川越來越看不懂梅妍，明明身處事件中心，卻總表現得像個局外人。

「你看那些鄉紳富戶們，隨便一枚戒指、一掛手串，甚至任意一件衣袍，一雙鞋履，都夠刀氏那樣的人家，我這樣的，過上衣食無憂的一年半載。」

「嗯？」馬川一時反應不過來。

梅妍回憶起穿越的六年裡的所見所聞，內心就很難平靜。「可即使這樣，他們還千方百計地要搶百姓的那點餬口糧、蔽體衣甚至名聲性命，一個個的心有多狠、多黑啊？」

馬川好半晌才反應過來，接了她的話。「衣冠禽獸嗎？」

「不要誣衊禽獸。」梅妍回得毫不客氣，走得更是乾脆。

馬川一臉驚愕，更令他驚訝的是，當他走進莫石堅書房，就看到整齊堆放的一疊又一疊卷宗，和書案上堆積如山的書信。

莫石堅從書信堆裡抬頭。「左手這堆都是昔年同窗好友寫信來勸本官不要查妖邪案的。右手這堆是無署名、無地址的恐嚇威脅信，讓本官好自為之。中間這堆，也是最少的，一共三封信，一封給本官獻計獻策，一封提醒本官如何防範，至於這一封……嗯，是鄔桑發來的書信。」

「鄔桑？」馬川難得皺眉。

莫石堅這幾日活生生熬出了苦瓜臉，欲言又止，思量片刻，還是把書信扔給馬川，咬牙切齒地整理上疏奏本。

馬川一目十行地把書信看完，前一張是赤裸裸地威脅，後一張是強勢地支持，還真符合鄔桑陰晴不定的性格。

朝堂之上，官宦世家出身的居多，極少數平民出身的，秉持「朝中無人莫做官」的念頭，即使不情不願也必須擠出十二分誠意結交，否則很容易孤立無援。只有這樣，才能在權勢爭奪的漩渦暗湧中保官、保命。

即使初心是為百姓，在無數次交鋒和生死關頭後，也會把初心拋到腦後。但鄔桑是個特例，他的官職越高，替百姓謀劃得越多，有意無意地惹怒了許多官員。只是鄔桑軍功顯赫，一時半刻奈何不了他。

馬川兩年前與鄔桑打過數次交道，每次都氣得牙癢癢，直到被他激得離家出走當仵作。一想到很快就要再見，他的心情也跟著陰鬱起來。

莫石堅微微皺眉。「怎麼，你和他也結怨了？」

「聊過幾次。」馬川把「不愉快」三個字嚥下去，不能失了世家風度。

莫石堅打了個極大的呵欠，命師爺帶著刀筆吏將妖邪案的卷宗及相應的調查資料備了足足六份，分裝成冊，裝入竹筒，只等信使黃昏一到，立刻發往巴嶺郡太守、國都城和同僚等處。

這樣，清遠縣的妖邪案就算了結。而他還要面對背後關係錯綜複雜、趾高氣揚、牽涉其中的富戶鄉紳們，尤其是今日被請進縣衙的那些人。

開弓沒有回頭箭，莫石堅準備得很充分，更何況還有「馬川」這個大殺器。

三日後，清遠縣衙前熱鬧極了，痊癒的廚娘刀氏帶著兒女，領到了各項賠償，母子三人跪拜莫石堅和縣衙上下，坐著綠柳居的牛車回家去了。

梅妍和胡郎中、柴謹一起，目送他們離去，直到牛車右轉再也見不到。

緊接著，他們三人又去了醫館附近的臨時產棚，柴珠兒的身體狀況已經平穩，柴家全家出動，在產棚外等著接兒媳回家。

產棚裡，柴珠兒看著婆婆和丈夫手裡的孩子們，眼淚撲簌簌地止不住，抱了這個，還要拉著那個，笑著笑著就哭了，哭著哭著又笑了。

梅妍囑咐了許多事情，柴氏婆婆很快記住，還怕自己記漏了，請梅妍有時間去柴家一趟，上門指正。

柴家人臨走前，結了診費、藥錢，全家老小整整齊齊地向梅妍、胡郎中和柴謹行了大禮，才歡歡喜喜地回家去了。

圍觀的百姓們跟了一路，看柴家讓人不敢相信的「母子平安」。

梅婆婆看到忙得下巴都尖了的梅妍，心疼極了。

梅妍樂呵呵地安慰，說沒事，好著呢。然後和劉蓮一起將臨時產棚擦洗乾淨，拆裝到牛車上，三個人長舒一口氣，總算可以清閒幾日了。

胡郎中笑咪咪地看著。「梅小穩婆，好好休息幾日。」

「多謝胡郎中。」梅妍恭敬地行了禮，上了牛車，三個人開開心心地回暫住地。

胡郎中樂呵呵地捋著鬍鬚，拄著枴杖向醫館走去。

柴謹趕緊扶住，一想到有幾日見不到梅小穩婆，終於不用再被老師念叨，太好了！

因為「柴家媳婦母子平安」、「廚娘刀氏母子平安」，又因為梅小穩婆對胡郎中足夠尊重，讓胡郎中的名聲更上一層樓，候在醫館外的病人更多了。

百姓們很高興，每日忙完一天的生計，就到吳瓜說書場去聽書，聽「廚娘刀氏被冤案」，聽著解氣，看吳瓜每說完一場就要狠狠搧自己一耳光，更是解氣。

人啊，要踏實過日子，管好自己的嘴，不能聽風是雨。

俞記茶肆的夫妻倆也是如此，每日一大早開鋪子，都要大喊一聲「對不住廚娘刀氏」，然後開始聽來來往往的客官數落，不能生氣，還要堆滿笑臉。

觀濤樓封了，王財賠了錢還挨了板子，差役們下手也很公正，所以他躺在縣衙大牢裡每日疼得吃不香、睡不著，當然，大牢怎麼也不能和觀濤樓比，真正「叫天不應、叫地不靈」的苦日子才剛開始。

更讓清遠百姓們開心的事情是，綠柳居又開張了，花掌櫃很懂得造勢，不僅張燈結綵，還在門口豎了告示：開張三日，飯食、點心、酒水八折慶祝，單次花銷滿五百錢的還可以獲得一大片柴氏燻肉，只送不賣。

有些愛動腦子的百姓，就幾家湊滿五百錢的花銷，拿到燻肉回家嚐味。

綠柳居不論吃食還是糕點，味道那是公認的好，只是價格貴了一些，八折以後，但凡有些閒錢的都可以去買點吃的。

剛出蒸籠的大包子，轉眼間就搶購一空；糕點零嘴，現做現賣，供不應求；店小二從開門的那刻起，不停招呼到打烊；花掌櫃的算盤噼哩啪啦地從早響到晚。

每個人多少都有些從眾心理，所以綠柳居重新開張的三日，生意好到令人瞠目結舌的地步，而柴氏燻肉因為不管怎麼做都好吃，揚名清遠縣。

花掌櫃和柴家都沒想到的一點，柴家燻肉從此成了清遠縣百姓心中的「面子和裡子」，有貴客登門，一定要有燻肉；過年家裡必須有，組成「年年有餘」的一部分。

而這一切，梅妍完全不知道，因為胡郎中提供的房屋很僻靜，她吃了睡、睡了吃，過了三天「豬一樣的生活」，滿血復活。

復活後第一樁事情，梅妍揹上包袱騎著小紅馬去看望陶家母子，仔細檢查一番，恢復得都不錯，陶家媳婦和兒子的臉蛋都紅撲撲的，陶桂兒的臉色也不錯。

梅妍徹底放下心來，又騎著小紅馬去了柴家。

柴氏婆婆因為「柴氏燻肉」大賣的消息，高興得兩晚沒睡好覺，更加打心裡感激梅妍和花掌櫃。本想帶些禮物去梅家道謝，可是忙裡忙外根本抽不出時間。

沒想到，梅妍就這樣騎著小紅馬停在自家門前，柴氏婆婆喜出望外，扔了手裡的東西奔出去。「梅小穩婆！」

梅妍眼睜睜地看著柴氏婆婆扔了手裡的簸籮，挑了一半的菜掉了滿地，還以為發生了什麼事情，忙問道：「柴氏怎麼了？還是孩子怎麼了？」

柴氏婆婆一拍大腿。「沒事，他們很好！梅小穩婆，妳是我們柴家的大貴人！天大的貴人啊！」

「啊？」梅妍直接傻眼。

「我們柴家的燻肉出名了，我……」柴氏婆婆平日也是個能說的，但實在太激動。「我們真的不知道該怎麼謝妳啊！」

梅妍恍然大悟，放下心來。「啊，燻肉啊，我就說妳家的燻肉好吃吧！妳那時候還不信。」

柴氏婆婆拉著梅妍的手，緊緊的，來回還是那一句。「梅小穩婆，該怎麼謝妳才好啊？」

梅妍樂了。「讓柴家燻肉一直這樣好吃，不偷工減料，不以次充好，那樣我、花掌櫃和全清遠的百姓們，都會感謝妳家的。」

柴氏婆婆怎麼也沒想到，梅妍竟然這樣說，當下保證。「哎！梅小穩婆，妳放心！這個一定！就按妳和花掌櫃說的，那個什麼先保質再保量，保管好吃！」

梅妍更樂了。「婆婆，我是來看柴氏和寶寶們的，今日體檢。」

「對、對。」柴氏婆婆趕緊把梅妍領進家裡，邊走邊說：「太高興了，把這事給忘了！」

梅妍跟著進了柴家，發現柴氏婆婆真是精明又能幹的人，兒媳帶著外傷坐月子，還有一對龍鳳胎和奶娘要顧，昨兒又雇了兩個能幹的幫傭，把屋裡屋外都打理得乾淨清爽，實在不容易。

「傷筋動骨一百天」，柴珠兒外傷重，至少要臥床休養大半年，等身體完全康復後，還要復健兩、三個月，一切順利才能恢復到受傷前的狀態。

柴氏婆婆邊領著梅妍到處看，邊問有沒有哪裡不夠妥當。

梅妍仔細檢查完柴珠兒和龍鳳胎，驚訝地發現，不管自己的要求多瑣碎，柴氏婆婆不僅全記住了，還做得非常好，完全兌現了先前的保證。

柴氏婆婆興奮又不安地搓著圍裙的邊。「梅小穩婆，還有什麼不對的地方，妳儘管說。」

「柴氏找我預約接生時，劉蓮就說，妳是清遠精明能幹又通情理的婆婆。」梅妍誇人向來真誠，尤其是對這樣少見的守信人。「這些日子相處下來，確實如此。」

柴氏婆婆笑成了一朵花。「應該的，人嘛，你好、我好、大家好。梅小穩婆，快晌午了，在我家吃頓便飯吧，妳這些日子都累瘦了。」

梅妍也笑。「多謝了，婆婆等我回家吃飯呢，吃完還有其他事情要做。」

「行。」柴氏婆婆很想留梅妍吃飯，但又怕耽擱她，又道了一通謝，將她送到門外，兩人都大吃一驚。

柴家門外圍滿了人，都是媒婆，都伸長脖子往門裡盯著梅妍。

「長得是真俊，可她是穩婆！」

「妳不知道嗎？她可是清遠縣查驗穩婆，脫了賤籍的良民，進出縣衙像自己家一樣。」

「可她不是清遠人啊。」

「她接生一次收五百錢，還能減稅、免稅，哪個良民家的能像她這樣賺錢？」

梅妍平日脾氣雖不錯，但被這樣品頭論足也不能忍。

柴氏婆婆一捋袖子大步走出去，伸手指一圈。「妳們是哪來的媒婆？竟跟到我家來了！」

「哎喲，不是沒進門嗎？瞧兩眼都不行？」

「梅穩婆，妳可曾許配人家了？我是鄰縣的媒婆，哎喲，今兒一早就趕到清遠來，就為瞧妳一眼，妳說我容易嗎？」

「妳模樣俊，接生手藝好，趁著現在名聲在外，趕緊找個好人家嫁了。我這兒有四、五個好兒郎呢，家裡有地的木匠；哦，還有個鰥夫，窮是窮了點，但人老實啊！」

「告訴妳哦，我還是第一次找穩婆保媒的，跟我來，咱倆好好說道說道，鄰縣的錢員外找要妳當小妾。」

梅妍的笑臉徹底垮了。

柴氏婆婆氣得夠嗆。「我們清遠縣衙的雷捕頭和差役們，見到都要稱一聲梅小穩婆，妳們是哪來的媒婆？這麼沒規距！我們清遠的媒婆想替梅小穩婆保媒，也只敢遠遠看著，還要等她有閒，才準備上門說一嘴，個個都打算客客氣氣地說，妳們這一個個的算哪根蔥啊？」

柴氏婆婆越罵越氣，抄起門前的掃帚就是一通掃，嗓門越來越大。「走開！還不走啊？鄉親們，大夥兒來聽聽，這幫媒婆說的都是什麼話?!」

「我們梅小穩婆是良民，樣貌好人品好，妳們一個個的眼睛瞎了嗎？竟然張嘴要人當小妾！」

不一會兒傳來一陣腳步聲，梅妍就看到柴家左鄰右舍都扛著掃帚趕來，把媒婆們圍住，就地一通掃，瞬間灰塵四起。

「哎喲，咳咳，嗆死人啦！」媒婆們捂著嘴，被灰迷得眼睛都睜不開。「不要掃啦！」

「我們趕個大早來，誠意夠足了，別不識好歹！」

「滾！」眾人異口同聲怒喝。

媒婆們登時被嚇得矮了半截，捂著帕子扭頭就跑，邊跑邊回頭，還不忘指指點點、瞪大眼。

柴氏婆婆一下子把掃帚擲出去。「一群什麼東西，就敢盯著我們清遠的好姑娘！」瞬間，六、七把掃帚都擲了出去，嚇得媒婆們跑得更快了，還有兩個直接摔在地上，哎喲哎喲地叫喚。

「氣死我了！」柴氏婆婆捂著胸口喘了一會兒，又趕緊安慰梅妍。「梅小穩婆，妳放心，今兒被我們這一通掃，她們暫時不會來了，別生氣。下次她們還敢來，就不會像今天這樣容易放過了！」

「對！梅小穩婆，妳放心，我們都會留意的。」

梅妍兩輩子經歷得夠多，沒想到會被認識和不認識的大嬸們這樣維護，心頭一熱。「謝謝嬸子們，我回去了。」

「梅小穩婆，騎馬小心啊，別著急啊。」柴氏婆婆連連揮手。

梅妍也笑著揮手，騎著小紅馬經過集市的時候，隱約看到東城門外有一列馬車隊，看起來規模不小。咦？清遠這樣的小地方，連莫大人夫婦出行，都不一定有這樣的排場，這是來了什麼貴客呢？

梅妍多看了幾眼，又騎馬繼續走，經過綠柳居就被店小二叫住。「梅小穩婆，請留步！」

梅妍勒住韁繩，不解地望著店小二。「有事嗎？」

「掌櫃有請。」店小二樂呵呵的。

梅妍下了馬，店小二立刻接過韁繩。「梅小穩婆，裡邊請。」

走進綠柳居，梅妍就看到神清氣爽的花掌櫃，左手搖團扇，右手打算盤，在自己走到櫃檯前時剛好抬頭。

花掌櫃嫣然一笑。「梅小穩婆，怎麼著？官司打完了，妳就沒想著來捧個場？」

梅妍裝無辜。「不瞞掌櫃，睡了三日，今早經過才知道綠柳居重新開張，什麼優惠都沒了，唉……」

花掌櫃拍了拍手，胖大廚立刻提了兩個漆盒出來，把盒子往櫃檯上一擱，就又迅速往後廚鑽，簾子後面浮現偌大的人影。

梅妍不太明白。

花掌櫃將漆盒打開，解釋。「胖大廚新做的麵果子，妳嚐嚐，給個意見？」

梅妍眨了眨眼睛。大鄴的夏季有蘋果嗎？蘋果還這麼小？

「嚐一個。」花掌櫃催著。

梅妍捏著蘋果梗，才發現觸感是柔軟的，不僅如此，整個蘋果都是軟的，咬一口才發現是以假亂真的麵食，內餡還是蘋果味的，這已經算是一種分子料理了吧？胖大廚怎麼做到的？

「好吃嗎？」

梅妍還沒覺得怎麼著，已經吃完一個了。「嗯，有果香和香甜味，但甜而不膩，外形逼真，入口卻極為柔軟。」

第三十六章

「再嚐嚐這個？」花掌櫃又催促。

梅妍瞥著三個很完整的核桃。「掌櫃，您這是讓我硬啃啊？」

花掌櫃笑得花枝亂顫。「我可不敢為難妳梅小穩婆，都說了，是新做的麵果子。」

「啊？」梅妍拿起核桃一掂，真的是麵果子。「這也太像了吧？」

「快吃！」花掌櫃佯裝怒意。

梅妍一口咬了半個，核桃仁的香甜味立刻溢滿口腔，腦海裡不斷冒出問號，外皮看似堅硬、實則柔軟，這是怎麼做到的？

「這個也好吃！胖大廚，你好厲害！」

簾子後面的偌大身影明顯晃動一下。

梅妍吃得有些停不下來，深藏許久的甜食癮瞬間解封，整個人開心得不行。

「不能白吃，必須提建議。」花掌櫃眼中有光。

梅妍想了想。「蘋果味清淡，可以配花茶；核桃偏甜，可以配白茶或綠茶。其他的也一樣，這樣吃完能解膩又不會吃得太飽。」

花掌櫃大方一揮手。「成，衝妳這個意見，就不收錢了，兩盒都帶回去。」

真是精明幹練的掌櫃，半點虧都不吃呀！梅妍心裡搖頭，但臉上半點不顯。「多謝掌櫃，我回去啦！」

正在這時，廚娘刀氏捧著荷葉大盞出來。「梅小穩婆，嚐嚐這個魚膾，不收妳錢，我請的。」

梅妍簡直不敢相信。「妳這麼快就回來當廚娘了？不在家好好休息嗎？」

花掌櫃立刻撇清。「她呀，重新開張第一日就來了，我勸了，沒勸住。」

刀氏的臉頰泛紅。「梅小穩婆，身體怎麼樣，我心裡有數，能回來當廚娘，心裡高興著呢，什麼病都沒了。」

梅妍知道刀氏的家境，也實在不能勸什麼，轉而看向魚膾，潔白如玉，薄如蟬翼，形狀厚薄一致，擺成牡丹富貴的圖案，無須其他點綴，就賞心悅目到了極點，誇得更真誠。

「刀廚娘，妳的刀工真好！」

刀氏最不禁誇，臉頰越來越紅，很快就紅到頸項。「梅小穩婆，妳嚐嚐吧，配了十八蘸料的。」

梅妍自在學校學過《微生物與寄生蟲》，就不再吃生食了，偶爾吃沙拉都恨不得過個水，不吃吧，刀氏肯定不開心；吃吧，大鄴衛生條件這麼差，萬一魚肉上有寄生蟲怎麼辦？又沒有驅蟲藥……

花掌櫃有些不明白。「怎麼？不合胃口？」

梅妍垂著眼簾轉了轉眼睛。「花掌櫃，您有沒有想過，魚膾過熱油？」
「怎麼個過熱油？」胖大廚嗷的一聲，從簾子後面衝出來。
梅妍琢磨著說詞。「把魚膾用細鹽、蛋清和料酒醃製兩刻鐘，上薄漿滾油下鍋，極速撈出，肉質鮮嫩無比，再輔以各種配菜，要不要試試？」
胖大廚聽了，歪著圓滾滾的大腦袋一動不動。
花掌櫃等了一會兒，有些不耐煩。「胖子，想好了沒啊？」
胖大廚難得睜大眼睛，急切地看著梅妍。「梅小穩婆，妳為何想到要過熱油？」
梅妍當然不能直說寄生蟲，迅速整理出一番說辭。「天氣太熱，哪怕大夥兒的手和器皿洗得夠勤快，新鮮食材和成品都非常容易餿壞，有時明明是現做的，也有客人會吃壞肚子。這是因為天氣炎熱，外邪猖獗，刀廚娘片魚夠快，但魚兒從離水到綠柳居的路上，就可能開始變質了，再加上後廚本來就熱，幾個因素湊到一起，就容易出事。」
這番話一出，花掌櫃、胖大廚和刀氏都齊齊看向梅妍，不約而同地點頭。
說得太對了！夏天開店真的太愁了。
梅妍繼續。「還有，夏季水中的外邪也非常多，看似新鮮的魚就很可能帶病，但是我們看不出來，過熱油就可以降低這樣的風險。」
胖大廚恍然大悟。「梅小穩婆，妳的意思就是用熱火、熱油驅吃食的外邪？」
「沒錯！」梅妍點頭。

胖大廚捧著荷葉大盞衝進後廚。

花掌櫃像憑空撿到了金元寶，拽著梅妍不鬆手。「梅小穩婆，妳知道得多，就多說一些，要不，我帶妳去後廚轉轉，看看有哪裡可以改進的？」

梅妍怔住。「不是，花掌櫃，您是說，我的提議您都會照做嗎？」

「是啊！」花掌櫃一臉理所當然，壓低嗓音。「妳精通醫理，瞞得過別人，瞞不過我。胡郎中是笑面虎，心裡傲氣得很，妳能讓他用心保護，必定有遠超於他的地方。知無不言，言無不盡啊，梅小穩婆，以後妳來綠柳居花銷全免。」

梅妍簡直不敢相信。「真的？」

花掌櫃搖著團扇，一臉不悅。「我何時誆過妳？」

梅妍為了免費美食也很豁得出去。「花掌櫃，照我說得做，花銷很大喲。」

花掌櫃手搖團扇半遮面。「妳儘管說。」

梅妍頭也不回地進了後廚，在裡面足足轉了兩刻鐘，出來以後從包袱裡取出一疊粗草紙，用漿糊黏成一大張。

拿著炭筆畫了後廚的簡易布局圖，將裡面的不足和需要調整的地方，按照「食材必須在木架上」、「生熟分開等原則」，逐一記錄和圈出，修修改改地畫了足足有一個時辰。

花掌櫃、店小二和刀廚娘看得眼睛都直了、頸項都歪僵了。

梅小穩婆怎麼懂得這麼多？怎麼考慮得這麼細緻？

全部寫完，梅妍擱下炭筆，又複查了一遍，將紙遞到花掌櫃手中。「現在後悔了嗎？」

花掌櫃如獲至寶，吩咐道：「小二，貼休店告示！綠柳居下午開始重裝後廚。」

綠柳居上下立刻忙碌起來，梅妍被他們的行動力驚到了。

花掌櫃解釋。「每到盛夏，對做吃食的來說，都是一道關卡，客人吃飽喝足沒事，萬一吃食出了岔子，輕則賠錢，重則賠命，年年如此。如果妳說得有用，那我們就是花小錢、保大錢，不虧還有得賺！而且……」

花掌櫃耐心又道：「今日大早城門外來了一個車隊，想來是開罪不起的人，綠柳居現在樹大招風，清遠城內城外想暗中使手段的可不只一、兩個，重裝後廚剛好可以避開。錢是賺不完的，前提是有命在。」

梅妍向花掌櫃豎起大拇指，佩服佩服。

花掌櫃毫不客氣。「梅小穩婆，妳呢，以後每日到綠柳居來看看，有什麼儘管提。以後綠柳居的新菜色都會讓妳先嚐，妳再提些建議。」

「好，一言為定。」梅妍覺得，用專業知識換美食，妥妥地很值，畢竟綠柳居的東西對於她這個窮人來說還是挺貴的。

正在這時，滿頭大汗的胖大廚興沖沖地招呼綠柳居上下的人。「來，大夥兒都嚐嚐，這魚肉味道怎麼樣？別客氣，來吃，吃！」

大家立刻被魚肉香味吸引住了，十分鐘後，只剩下光光的荷葉大盞，連魚末都沒剩下，真的太好吃了！潔白如雪的魚片，看似清淡無味，實則滑嫩鮮美微甜，每一片都飽含了恰到好處的滋味。

胖大廚眼巴巴地望著梅妍。「梅小穩婆，是妳說的那個味道嗎？」

梅妍搖頭。

胖大廚瞬間垮了雙肩，像鬥敗了的大熊。

梅妍粲然一笑。「比我想像得還要好吃！不用告訴我加了什麼，這是你的新菜！」

花掌櫃一錘定音。「下次開張，麵果子和新菜一起上！」

胖大廚開心得像個兩百斤的孩子，在大堂裡蹦躂了一圈，捧著荷葉大盞蹦回後廚去了，還伸長脖子號了一曲。

「胖子，別唱了！」

「我就唱！啊……」

「胖子！」

「啦啦啦……」

綠柳居上下對胖大廚圍追堵截，胖大廚像功夫熊貓似地四處亂竄，笑的，鬧的，裝怒打的，裝挨打的，愉悅的氛圍洋溢在綠柳居的每個角落。

梅妍笑著招呼。「花掌櫃，走啦。」

「哎，妳叫劉蓮姊，就不能叫我一聲花姊？」花掌櫃很不滿。

「花姊，走啦！」梅妍立刻改口，提著兩個漆盒出了綠柳居，腳步輕快。

梅妍騎著小紅馬穿過集市沒多久，經過醫館時又被柴謹叫住。「梅小穩婆，胡郎中找。」

梅妍再次下馬，提著漆盒走進醫館。

胡郎中笑咪咪地坐在診檯邊，捋著鬍鬚，對著梅妍端祥一番。「梅小穩婆，氣色不錯。」

「連睡三日，緩過來了。」梅妍打開漆盒，將九格麵果子端到胡郎中眼前。「嚐嚐。」

「牙口不好，咬不動。」胡郎中實話實說。

梅妍見胡郎中也踩了坑，心情更好了。「這些都是麵果子，不是真的。」

胡郎中一怔，伸手就要抓。

梅妍瞬間拽回漆盒。「胡郎中，您不先洗手嗎？」

胡郎中虎著臉，慢吞吞站起身去洗乾淨了雙手，又慢慢移回來。「這樣可以了吧？」

梅妍將漆盒放到他手中。「慢慢吃，味道可好了。」

柴謹家境不錯，但也沒到綠柳居麵果子隨便吃的地步，只能站在旁邊眼巴巴地看。

胡郎中吃完一個蘋果麵果，繼續慢吞吞地問：「梅小穩婆，清遠有不少人家找媒婆說項，妳可要考慮清楚。」

「哦。」梅妍沒打算嫁人，所以沒什麼要考慮的。

「妳小姑娘家家的，一定要好好考慮。」胡郎中又提醒道。

「多謝胡郎中，還有什麼事嗎？」梅妍看著胡郎中吃了一個又一個，反過來提醒。「胡郎中，您少吃一些，沒人搶您的。」

胡郎中一臉恨鐵不成鋼。「現在還有什麼比媒婆上門更要緊的事情？妳若應了人家的媒，到醫館坐診開女科的事情，就要無限後延，妳可要想清楚。」

梅妍回以滿臉無辜。「胡郎中，我沒打算嫁人，所以不用考慮啊。」

「為什麼?!」柴謹心碎一地。

梅妍笑得狡黠。「我這麼窮，完全沒嫁妝，就不嫁人了唄。而且，我還欠著胡郎中的人情，答應到醫館開女科的，還答應了要去育幼堂瞧一眼。忙成這樣，哪有空嫁人不是？」

胡郎中笑得眼中有深意。「妳考慮清楚就行。」

梅妍抽出漆盒下墊的荷葉，把漆盒剩下的麵果子都裝好，擱到柴謹身旁的櫃子上。「胡郎中，柴醫徒，我考慮得很清楚了，走啦。」

胡郎中捋著鬍鬚等梅妍走遠，繼續對著柴謹插刀。「徒兒啊，為師知道你對梅小穩婆的心意，但是吧，她這麼厲害，你不盡快趕上，怕是她看不上你啊。還有，你不及梅小穩婆機智靈活，她還常常順勢而為，你要多多學習。徒兒啊……」

「師父，我去藥房盤庫了！」柴謹被插刀成刺蝟，抱頭鼠竄躲進庫房去了。

梅妍再次上馬，有了心理準備，但是騎到磚石小屋門前，才發現準備得遠遠不夠，門前院內全是人。

這……全清遠的媒婆都來了嗎？

「梅婆婆，梅小穩婆長得好，人也善，接生更好，有沒有屬意的好兒郎，儘管說，我王媒婆立刻去提。」

「梅婆婆，妳聽我說，梅小穩婆是現在清遠最好的姑娘了，有什麼要求儘管提，我李媒婆從來不誆人，保證替妳說周全。」

「梅婆婆，妳聽我說……」

「梅婆婆，我……」

梅妍無語望蒼天，把馬牽進馬廄，放了草料，又梳了一遍毛，媒婆們一個都沒走。蒼天啊，大地啊，她們不會在這裡吃午飯吧？

梅婆婆早知道梅妍回來了，實在被媒婆們纏得受不了，決定長痛不如短痛，開口。「妍兒，妳回來啦？」

「梅小穩婆回來啦……」媒婆們迅速回頭，爭先恐後地圍住梅妍。

梅妍陡然提高嗓音。「各位媒婆，請妳們聽我說！」

媒婆們一怔，趕緊住口，眼巴巴地望著她。

梅妍離開柴家時就有了主意，經過胡郎中的提醒，就更加堅定。「多謝各位媒婆嬸子上門，我喜歡實話實說。首先，我家窮，沒錢備嫁妝；二來，我從小和婆婆相依為命，要照顧她一輩子，嫁不嫁人都一樣。」

梅婆婆驚訝至極。而一眾媒婆愕然，接著面面相覷。

其中王媒婆最是圓融，率先開口。「梅小穩婆，妳這話是什麼意思？」

梅妍淺淺笑。「我窮沒嫁妝；不管我嫁不嫁，都要照顧梅婆婆一日三餐和生活起居。」

王媒婆絞著手裡的汗巾，嘆口氣。「梅小穩婆，嬸子曉得妳的意思了，會去告訴男兒家的，走了啊。」

「行吧！」一旁的李媒婆也點頭。「我會去說的。」

十分鐘不到，媒婆們走得乾乾淨淨。

梅婆婆望著梅妍，簡直不敢相信。「妳這個孩子，好不容易脫了賤籍，有媒婆願意上門了。妳剛才那一番話說出去，誰家會願意娶妳？」

梅妍嘿嘿一笑。「我就沒準備嫁人啊！」

梅婆婆被噎得雙手直哆嗦。「妳這孩子，怎麼能為了我這把老骨頭耽擱一輩子呢？」

梅妍不以為然。「婆婆，如果有人願意與我共度一生，又何必在乎多照顧一個人？我這是寧缺勿濫，順便一勞永逸。」

梅婆婆不停地搖頭，望著梅妍幾次欲言又止，話到嘴邊又嚥下，最後化成一聲嘆息。

梅妍毫不在意，順帶撒嬌。「婆婆，看，綠柳居新出的糕點，快嚐嚐。」

梅婆婆對著梅妍明亮的笑臉，真是一點氣都生不出來，嚐了蘋果形和核桃形的麵果子被轉移了注意力，驚訝了好半晌。

梅妍一點也不覺得奇怪。「婆婆，沒想到吧？綠柳居的胖大廚看起來年齡不大，麵點技藝卻這麼高超，我拿到手還以為是真的呢。」

梅婆婆點了點頭，若有所思。

梅妍四下張望。「婆婆，蓮姊姊去哪兒了？」

梅婆婆搖著蒲扇解釋。「陶當家修葺秋草巷早出晚歸，桂兒一個人忙裡忙外吃不消，又把蓮姑娘請去幫忙，先做到她阿娘出了月子再說。」

梅妍聽著也高興。「那蓮姊姊忙得可開心了。」

「蓮姑娘最近在清遠的名聲比以前好了許多，尤其是陶家和柴家對她讚不絕口，因著妳的關係，預約妳接生的幾家也想請她搭把手。這樣也挺好，妳倆相互幫襯著，都能做出各自的好名聲。」梅婆婆很欣慰。

「哎呀！」梅妍一拍手。「預約接生的幾家，我還沒上門檢查過，啊，婆婆，把她們的地址給我。」

梅婆婆拿起粗草紙做冊子。「現在預約接生的共有八個，七月一個，八月有三個，九月、十月各兩個，都不急。」

「那我先去看七月臨盆的那個。」梅妍還是不放心。

梅婆婆伸手攔人。「妍兒，妳先去育幼堂瞧一眼，我們拿人家手短，住著胡郎中的房子，總要做些事情。」

這種情形下，梅妍就算知道育幼堂是個大坑，也只能硬著頭皮走進去看一眼。「婆婆，您住在這兒幾日，有沒有去過育幼堂？」

「遠遠瞧過。」梅婆婆點頭，她活動腿腳時走到育幼堂附近看過，裡面的情形……讓人一言難盡。

梅妍沒有錯過梅婆婆細微的表情變化，揹上包，騎上小紅馬，徑直穿過大片綠意茂盛的農田，走過很長的林蔭道，最後停在似廟非廟的半舊建築前。

「育幼堂」三個綠色大字繪在灰牆上，破舊的大門虛掩著，栽在院內參天大樹的枝葉伸出灰牆，隱約可以聽到孩童的嬉鬧聲，以及尖細的叫罵聲。

第三十七章

梅妍翻身下馬，剛在一棵樹上繫好韁繩，「咚」一聲，一顆小石頭不偏不倚地落在她剛抬起的腳邊，迅速抬頭，就看到一個髒兮兮的小臉扮成鬼臉格格笑著縮回茂密的枝葉裡。

還沒進門就遇上一個熊孩子，換成誰的心情都好不到哪裡去。梅妍皺起眉頭，抽出包袱裡的紙傘撐開，用傘尖頂開門，迅速後退。

「砰！嘩啦啦！」木桶落地和四濺的水聲，伴著濃重的騷臭味，瀰漫大門四周。

「啊哈哈哈……」一陣囂張肆意的哄笑聲從門內傳出來。

梅妍捂住口鼻，又後退幾步，事實再清楚不過，育幼堂有一群熊孩子，有的負責爬樹放哨，有的用「農家肥」無差別攻擊每個進門的人。

緊接著從門內衝出一個渾身濕透的婆子，破口大罵。「你們這群有娘養、沒爹教的小畜牲！一天天盡想著害人！」

梅妍瞬間完成收傘躲到大樹後面的一系列動作。

婆子的怒罵變成歇斯底里的尖叫。「我今天穿的是新衣啊！要去人家家吃席的新衣！」

熊孩子們的哄笑更大聲、更響亮，還伴著得意的跺腳聲。

婆子怒罵著走出來，邊罵邊回頭。「你們這幫沒良心的兔崽子！要不是胡郎中幾次央我來，我才不到這個鬼地方來呢！你們就等著渴死、餓死、髒死、臭死！」婆子邊跳腳、邊走遠。

「我再來這個鬼地方，我就跟你們這群兔崽子姓！」

「嗚……」門內傳出一陣噓聲，然後大大小小的孩子們蜂湧而出，對著走遠的婆子大做鬼臉。「妳有種別來啊！妳再進這個門就是狗！」

梅妍一眼看過去，十三個男孩和十一個女孩，目測年齡從兩歲到十二歲不等，都光腳，每個都髒兮兮的，穿著打了不少補丁的衣服，衣服還不合身，不是大、就是小，只有一雙雙眼睛黑白分明。行吧，現在可以確定，胡郎中確實挖了一個大坑，育幼堂就是個熊孩子窩。

「哎，你們看，那兒有人！」有個孩子眼尖看到梅妍。

梅妍拿著傘走出去，故作冷靜地與他們眼神交鋒。

「妳是誰？」一個稚氣未脫的小女孩眨著眼睛問。

「妳又是誰？」梅妍反問得特別坦然。

小女孩沒有回答，而是怯生生地抱著另一個孩子的大腿。

其他孩子卻討論開了。「她長得真好看呀……」

「她還騎馬！那匹馬是紅色的！」

「她還揹著一個大包！」

「她的眼睛真大！」

梅妍與他們對視的同時，已經在考慮搬回秋草巷的可行性。育幼堂的孩子太棘手了，這不是她能應付的局面，說實在的，她對熊孩子極為反感。偏偏在這時，三個年齡比較大的男孩子忽然扯了褲子開始撒尿，還吵著鬧著比誰尿得更遠。女孩們笑著叫著看熱鬧，男孩們比得更起勁了。

梅妍無語望蒼天。

「喲，美人兒害羞啦？等爺長大了娶妳啊！」年齡最大的男孩流裡流氣地打量梅妍。

梅妍的內心瞬間不糾結了，走到大樹邊解開韁繩，翻身上馬、頭也不回地離開，現在就去和梅婆婆說，立刻搬回秋草巷。二十五個熊孩子，佛才普渡眾生呢！她只是個勉強餬口的穩婆。

梅妍騎著馬直奔醫館，意外發現，醫館掛了午休牌，一打聽才知道，胡郎中和柴謹又被鄰縣的馬車接走了，只能等胡郎中回來再說，於是她重新上馬準備去集市採買。

「梅小穩婆。」雷捕頭突然出現在梅妍身旁，比了手勢。

梅妍上馬跟著雷捕頭停在了縣衙門外，就聽到差役們議論紛紛。

「那個車隊就停在城門外，不進來！」

「我還是第一次見到那麼寬敞的大馬車，那麼俊的良馬！」

「也不知道是什麼來頭？」

梅妍聽了先是一怔，然後才想到差役們說的馬車隊，應該就是上午自己見到的東城門外的馬車隊，奇怪的是，為何連差役們都不知道那是什麼來頭？她本以為與秋草巷修葺一事有關，但若有關，差役們應當知曉啊！

雷捕頭哼了一聲，梅姸立刻跟進縣衙，到了內院，停在了莫石堅的書房外。

書房門打開，莫夫人從裡面走出來，一見梅姸，立刻把她往自己的小院拉，邊走邊說：「這幾日總算忙完了吧？」

梅姸點頭。「最近幾日確實有了空閒。」

莫夫人拉著梅姸的手，輕拍手背。「我們說好的，等我身體好轉確定是良性以後，就一起去育幼堂瞧瞧，看看能做些什麼。」

梅姸既無奈、又無語，莫夫人這樣的大家閨秀，要是去育幼堂，會不會被那群熊孩子氣出什麼好歹來？或者被「農家肥」嚇得花容失色？

「怎麼了？」莫夫人的興致很高。「妳等會兒有事嗎？沒事的話，我們現在就去。」

梅姸琢磨著該如何向莫夫人說育幼堂的情形，靈機一動，迅速轉移話題。「莫夫人，您去過其他地方的育幼堂嗎？什麼樣子的？孩子們過得如何？」

莫夫人想了想。「我去過國都城的育幼堂，簡樸的屋子，但能擋風遮雨；孩子們穿的雖然都是舊衣服，但冬天暖和夏日涼快；有些老先生閒來無事，偶爾會去教孩子們認字。那裡的都是孤兒，知道自己的一切都是良善之人施捨的，所以格外乖巧懂事。」

梅姸鼻子一酸。為何清遠育幼堂是熊孩子窩？國都城和清遠差別這麼大嗎？

莫夫人難得見到梅妍這樣的表情，忙問道：「梅小穩婆，妳遇上什麼事嗎？為何臉色這麼難看？是不是近日往返奔波累著了？」

梅妍趕緊裝虛弱。「莫夫人，我沒事，只是有些頭疼。」

她頭疼該向莫夫人撒謊，還是說大實話？

莫夫人有顆七竅玲瓏心，見梅妍遲疑猶豫，就知道清遠的育幼堂有些問題，寬慰道：「妳照實說便是，國都城天子腳下，育幼堂是面子，自然做得好。清遠地處偏僻，肯定遠遠不及。」

梅妍詫異地看著莫夫人。

莫夫人笑了。「我家雖然是國都城望族，但也是幾經起落的，見的、聽的也不少，哪會被清遠育幼堂給嚇倒？育幼堂的孩子們都吃盡了苦，大多一輩子都會在苦海裡，不聽管教的也有不少，我知道的。」

梅妍現在明白，莫石堅豁得出去，莫夫人定起了不小的作用。

莫夫人催促。「妳也說說，不能只聽我絮叨。」

梅妍決定實話實說。「向我預約的孕婦不少，縣衙查案須隨叫隨到，還要照顧婆婆和另賺銀兩貼補家用，實在沒精力去管育幼堂的事情。」

孩子出生時都是一張白紙，育幼堂的孩子們明顯是被苦難塗鴉過的紙，要把心性扳回正途，不知要花多少精力心血和時間，梅妍自顧不暇，根本是有心無力。

莫夫人輕輕點頭。「妳忙起來不分白天黑夜的，還要照顧家裡，確實辛苦。等過幾日，妳有空閒，陪我去一趟育幼堂如何？不用妳插手。」

梅妍考慮片刻才答應。「行。」

「唉，好不容易有個聊得來的，偏偏妳這樣忙。」莫夫人嘆氣，莫石堅公審以後幾乎睡在書房，比以前還要忙。

正在這時，夏喜匆匆進屋，見梅妍在又退了出去。

梅妍知道夏喜有事，立刻找藉口開溜。「莫夫人，我還要去集市買菜呢，再不去都沒有菜了。」

莫夫人只能放人，梅妍一離開，夏喜就進屋關門說事。

梅妍離開的路上，隱約聽到莫石堅緊閉的書房門內傳出激烈的爭吵聲，腳步停頓一下，最後還是匆匆離開。在集市上買了生活必須用品以後，梅妍的荷包又癟了不少，再經過醫館時，驚訝地發現胡郎中和柴謹已經回來了，立刻下馬走進醫館。

胡郎中汗涔涔的，正用蒲扇給茶湯搧涼，見梅妍走進來，頗有些驚訝。「梅小穩婆，喝茶嗎？有點燙。」

柴謹望著梅妍走進來，一臉生無可戀。他已經這麼累了，不要再「人比人」了，放他一條生路吧！

梅妍開門見山地開口。「胡郎中，三日內我會搬回秋草巷，我們把房子打掃乾淨就把鑰匙還給您。」

胡郎中先是愕然，而後了然。「妳去過育幼堂了？」

梅妍對這位頂著「快俠臉」和所謂「惜才」的笑面虎，一時不知該擺出什麼臉色來，於是掛上社交笑容，醫館內一時寂靜無聲。

正在這時，似曾相識的尖細嗓音在醫館外響起，彷彿哪裡著了火一樣緊急。「胡郎中，胡郎中，我和您說，育幼堂那個地方，您出再多錢，我都不會去了！死都不去！」

梅妍立刻認出來，這位就是被育幼堂熊孩子們整得特別慘的大嬸，迎面而來還帶著一時半刻退不去的「農家肥」味道。

大嬸氣得臉色蠟黃，努力掩飾對胡郎中的怨懟。「胡郎中，沒有他們那樣作踐人的，您不能再縱著他們，三歲看小，七歲看老，您去看看他們現在無法無天的樣兒！胡郎中，您確實救了我全家的性命，我也是認真想要報答的，可是那些兔……孩子不服管教，遲早要闖出大禍來！今兒要不是我躲得快、站得穩，現在已經躺在地上不能動彈了！」

大嬸掏出一袋子錢，擱在胡郎中的診檯上。「胡郎中，不是我不想管，實在是我管不了，這些錢都還給您。」

見大嬸氣呼呼地走了，胡郎中則閉上了眼睛。這情形，梅妍走也不是，問也不是，只能看向柴謹。柴謹接到視線，悄悄擺手，表示什麼都不知道。

胡郎中不停嘆氣，最後下了重大決心似的。「也好，不吃些苦頭，不知道珍惜，這世上本就沒有誰欠誰的。

「梅小穩婆，育幼堂的孩子們確實可恨，但可恨之人必有可憐之處，逼妳去育幼堂是老夫的不對。老夫的房子妳們還是照常住，不用搬家。老夫確實希望妳能搭把手，但也不會步步緊逼，強人所難。等妳把一切安排妥當，能否考慮來醫館開女科？」

梅妍仍然猶豫。「胡郎中，醫館是您的名聲，我來開女科，百姓們未必相信，沒人找我看病的話……」

胡郎中還是笑。「放心，梅小穩婆可以先替老夫望診，畢竟妳的查驗是莫大人和馬仵作都認可的，無須擔心百姓不信。」

梅妍這才點頭。「胡郎中，讓我準備一些時日。」

胡郎中自嘲又打趣。「成，老夫是禍害遺千年的，等得起。」

梅妍看著一臉滄桑的胡郎中，身體衰老的跡象已經很明顯，尤其是之前的扭傷到現在都沒有痊癒，即使拄著枴杖走路，還是咬牙隱忍的神情，只要長眼睛的人都能看得出來。

但是，更深層次的原因是胡郎中有心病。

「胡郎中，您真覺得自己禍害遺千年的話，何不休息三、五日，把腿傷徹底養好，反正時間多得是，又何必硬撐？」

柴謹渾身一個激靈，梅妍說出了自己的心裡話。

胡郎中放鬆的身體忽然緊繃，慈祥的眼神忽然銳利。「怎麼？老夫垂垂老矣了嗎？」

梅妍內心天人交戰，還是把大實話說出來。「胡郎中，我不知道您貴庚，但是您的臉頰、頸側、手臂和手背長了許多老年斑，走路說話都很緩慢，想來不是慢性子這樣簡單，是您病了。禍害遺千年，前一句是好人不長久，您身體已經病了，還有深藏的心病，憂思悲恐驚過度，身體只會垮得更厲害。」

柴謹一口氣差點上不來。梅妍怎麼能這樣說話？可，又是他不敢說的大實話！

胡郎中不可思議地盯著梅妍，像是想用眼神吃了她。

梅妍卻彷彿看到甩掉和善面具的壞人，對視之下立刻明白，這話說得過界了，有些話只能爛在肚子裡，迅速服軟。「胡郎中，對不住，是我失言、失禮了，抱歉。」

胡郎中的眼神沒有絲毫緩和，急促的呼吸漸趨平穩。「梅小穩婆，聽老夫一句勸，若妳以後名聲遠播，就算太醫院來請，也不要離開清遠。」

梅妍差點笑出聲來。胡郎中是老糊塗了吧，太醫院來請？不可能！

「妳精通醫理，仁心仁術，哪兒都有病人，在哪兒都能治病，不要去那紙醉金迷的國都城，惠民藥局和太醫院很大，卻容不下妳這樣純淨的郎中。」

柴謹結結實實被嚇著了。

梅妍驚詫莫名，很想摸一下胡郎中的額頭，看他是不是燒昏頭了。

胡郎中說完，又恢復成以往慈祥老郎中的模樣。「梅小穩婆，老夫好歹也曾被人尊稱一聲胡太醫，看人、看前程還是不錯的，但是醫者不自醫，就變成現在這副苟延殘喘的模樣。」

「記住了。」梅妍完全沒當回事，回得看似認真，實則敷衍。

胡郎中笑著搖頭。「妳放心住下吧，老夫已經被妳當著徒兒的面扒了皮，這紙糊的面子還是要的。沒錯，人老了都會死要面子、活受罪，越老越這樣。要面子這事，老夫比石老不修還要厲害。」

梅妍忽然有些害怕胡郎中，更怕他忽然開口講那個深藏的心病，那必定是血淋淋的、帶著憤懣不甘和注定悲傷的故事。

胡郎中緩緩開口。「梅小穩婆，若育幼堂的孩子們病了，帶來醫館，妳願意瞧一眼嗎？」

「可以。」梅妍不假思索地回答，只要不進那裡或讓她負責，都沒問題。

胡郎中點了點頭。「梅小穩婆，好好休息。」

梅妍告辭，騎上小紅馬回到暫住處，滿腦子都是胡郎中的種種謎團，到了最後，一直盤桓不去的卻是胡郎中說的「育幼堂的孩子們確實可恨，但可恨之人必有可憐之處」。

梅婆婆拍了拍梅妍的手背。「妍兒，想什麼呢，這麼入神？」

梅妍立刻回神。「育幼堂的孩子們，婆婆您之前看到他們做了什麼？」

梅婆婆嘴角彎起弧度，卻沒什麼笑意。「若妳小時候這樣，早把妳扔出去了。」

梅妍先一怔，又想笑忽然又停住。「婆婆，您不會被他們潑水了吧？」這大熱天的，忽然淋得一身濕，婆婆的老寒腿會復發的！

一想到梅婆婆冬天隱忍疼痛無法下床的樣子，梅妍的心火就竄起。

梅婆婆搖頭。「妳和劉蓮都忙，我閒來無事去田地那兒走走，看到幾個半大不小的孩子在糟蹋莊稼，就怒斥了幾句。結果兩個大男孩衝出來罵，『死老婆子不要多管閒事』。」

梅妍只是想一下，就有揍熊孩子的衝動。

梅婆婆還是搖頭。「育幼堂裡面有兩個混世魔王，年齡最大的男孩整日挑唆逼迫其他孩子做這做那，育幼堂管事的管不住，遲早要惹出禍事來。孩子都是學壞容易、學好難，越小越這樣，只怕都要被帶壞了。」

梅妍立刻在腦海裡過了一遍，想到那個說話流裡流氣的男孩，旁邊還有另一個不說話死盯著自己看。不會錯，肯定就是他倆。

就在梅妍與婆婆聊天時，天色肉眼可見地暗了，越來越暗，到了幾乎要點蠟燭的程度。

「要下雨？」梅妍跑到小屋的天井處抬頭望，漫天烏雲越來越低，偏偏陽光熾烈穿透雲層的間隙，給黑雲裹了無數金邊。

梅婆婆搖了搖頭。「這幾日總是這樣，雷聲大、雨點小，有時根本不下，忽然天黑又忽然放晴，天氣還越來越熱，再熱下去就會有人中暑了。」

梅妍也覺得很熱，在醫療科技高度發達的現代社會，每年盛夏室外溫度超過三十八度，一定會有戶外作業的人中暑，發現搶救及時還能救，如果發現晚了，也會死人。而擱在醫療水準如此低下的大鄴，中暑的人死亡率幾乎是百分之百。

梅妍覺得有必要與莫石堅、胡郎中和馬川商量，在清遠縣推廣防止高溫中暑的知識。這年頭用品不多，也沒有運動飲料能買，讓百姓在戶外戴草帽，她再調製補充電解質的配方，以便出汗時服用，再讓百姓儘量避開正午左右的太陽直射，就能預防中暑。相對於人命來說，這些方法的成本很低，推廣起來應該比較容易。

梅婆婆提醒。「妍兒，妳又走神了。」

「哦，」梅妍意識到鋪天蓋地的積雨雲消散了不少，天又放晴了，作為「冷知識愛好者」，她知道這樣的天氣情形不樂觀，再這樣不下雨，一旦下下來很可能會有冰雹。「婆婆，大鄴冰雹多嗎？」

梅婆婆一怔。「清遠是依山傍水的好地方，只一點，冰雹多。」

「下過很大的冰雹？」梅妍琢磨著先把房前屋後的盆栽先搬回屋子。「怎麼防？」

「傻孩子，真的下起冰雹來，什麼都防不住，只能盼著不下，要不然我們家的草屋都能砸成蜂窩。只有這磚木結構的屋子能撐住，但屋頂瓦片被砸壞是一定的。

「冰雹是天災啊，防不住又避不開。」梅婆婆心生感慨。

梅妍是行動派，立刻把盆栽都搬進屋子裡，然後在心裡不斷默唸：不要下冰雹，不要下冰雹，不要下冰雹！

第三十八章

大鄴最年輕的驃騎大將軍鄔桑返鄉養傷，帶了二十親兵隨行，和親信烏雲。除了人員以外，還有鄔桑最喜歡的兩黑一白三條細犬，六輛馬車，兩輛牛車，二十匹良馬，輕衣便裝，馬車和牛車沒有半點紋飾，更像趕路的商隊。

烏雲在樹上上躥下跳了一陣，回到樹蔭下稟報。「啟稟將軍，再翻過兩個山頭就到清遠縣了，原地休整還是繼續前進？」

「原地休整，放馬吃草喝水。

「一刀，你去林子裡打些肉來。」

「是，將軍！」名為「一刀」的軍漢背上箭囊，騎馬進入樹林深處，不出兩刻鐘，就帶著獵到的野兔、獐子、小麂掛在馬背上，滿載而歸。

「回將軍的話，樹林裡動物挺多，想來清遠百姓的日子過得還行。」一刀蹲在地上，動作俐落地剝皮割肉，很快就將獵來的動物收拾乾淨。

「皮毛你自己收好。」鄔桑靠著一棵參天大樹，站得像根爛麵條，走動時，順著領口能看到纏著的繃帶還滲著血。

「謝將軍。」一刀應下，捧著皮毛找了個小溪濯洗乾淨，掛在樹枝上晾著。

烏雲的肩膀、腰腹都有皮肉傷，坐立行走是鄔桑的翻版，標準的坐沒坐相，站沒站相，像被抽了幾塊骨頭。

二十名親兵也是如此，遠遠看去像一群閒散的莊稼漢。

烏雲連續抬了幾次頭，望著幾乎壓到樹頂的厚重烏雲，高聲說道：「將軍，要不還是繼續趕路吧，這天悶熱得像蒸籠，天黑了又亮好幾次，恐怕有冰雹。」

鄔桑相信烏雲的直覺。「繼續趕路，把營地紮在育幼堂附近的山林裡，翻過這個山頭就到了，快走！」

軍令如山，閒散莊稼漢們忽然精神起來，只用了短短幾分鐘就拔營上路，一個時辰三刻鐘後，再次紮營完畢，大夥兒坐著就能俯瞰育幼堂全貌。

「將軍，您打算如何進城？」烏雲毫不在意地用袖子抹汗，兩肩的白布染出弧形的灰黃色。

「二大牛和三腳貓明日進城，先去秋草巷，再去育幼堂，最後去醫館。」鄔桑是勁瘦有力的頎長身形，與大鄴清一色的壯碩高大的將軍完全不同，要不是浴血沙場浸染的殺氣和血腥氣太重，看起來更像文質彬彬的書生。

「我倒要看看，莫石堅在清遠除了妖邪案，還搞了什麼名堂出來。」

烏雲憋著笑，自家大將軍又要惹是生非了。

「笑就笑出聲，憋什麼憋？」二大牛用力一拍烏雲。

烏雲正開心，忽然就被怪力襲擊傷口，疼得整個人都蜷縮起來，好不容易緩過來起身就是一腳。「不知道老子全身是傷啊？」

二大牛尷尬地撓著頭，表情非常無辜。「我沒使力啊！」

鄔桑只管麵條躺，行進的事情全是烏雲籌謀布置，活脫脫的甩手掌櫃。

烏雲天生就是操心的老媽子命，嘴巴一刻不得閒。「六子木，去砍幾棵大樹，做成這麼長、這麼寬的木排，擋在營地北面，如果下冰雹應該能擋一些。」

「好咧！」六子木服軍役前是木匠，木工活做得一絕，砍樹做木排對他來說就是小菜一碟。

一個時辰後，六子木不僅把木排做好，還和同袍們安裝到位，猛踢猛踹了一陣，確定穩當，又用粗大的樹枝，給營地編了遮擋和吊掛的樹床。

天很快就黑了，黑了又亮，來回折騰了三次，直到傍晚時分，厚重的烏雲、電閃雷鳴和狂風大作都來了。整片樹林都在狂風中搖擺，無數綠葉被扯落，平地更是飛砂走石。

鄔桑披上蓑衣，坐在馬車上晃著兩條長腿，俯瞰著簡陋得毫無改變的育幼堂，那群野孩子在大風中笑鬧，在雷鳴聲中尖叫，所有的木門被吹得啪啪作響。

烏雲湊過去。「怎麼了？哪兒不對？」

鄔桑皺緊眉頭，指尖摩挲著右臉頰至頸側的猙獰傷疤。「我坐在這兒一個半時辰不止了，育幼堂裡只見孩子，不見管事，這個點應該給晚飯了，卻還是不見一個大人。」

烏雲與鄔桑是幾經生死磨合出的默契。「您覺得清遠育幼堂沒人管？您怕是不知道妖邪案以後，莫石堅抓了大半鄉紳富戶，等於斷了育幼堂的供給，現在很可能沒人管了。」

鄔桑瞇起眼睛。「他們不管，胡郎中也會管，沒道理現在半個大人都見不著。」

烏雲看了一會兒。「您瞧瞧育幼堂裡那些瘋孩子，這麼大風還爬樹上牆，一群潑天的猴子，一般大嬸能管得住？六年了，土牆破房子沒有修繕，這歷任的縣令也不知道幹什麼吃的？鄉紳富戶每每以供養育幼堂四處籌款，那些錢也不知道打了哪兒的水漂？」

風越颳越大，四周的溫度迅速下降，電閃雷鳴幾乎從頭頂滾過，啪啦啦一陣響，鄔桑和烏雲循聲望去，眼瞳一瞇，冰雹真的來了。

鄔桑猛地起身，卻被烏雲摁住。

烏雲很大聲說話，才能不被風聲蓋住。「您是死裡逃生的人，滿身是傷，還打算闖冰雹救孩子？您不要命啦？」

親兵們一擁而上。「將軍，我去！」

「將軍，我！我去！」

鄔桑沈默三秒，深吸一口氣，大聲囑咐。「六子木，帶兩個兄弟，戴頭盔和披掛上身，騎最快的馬，點上馬燈，趕去育幼堂護住那些孩子！」

「是！」六子木、二大牛和三腳貓，三個人從牛車裡抽出頭盔和鎧甲，以及馬身護甲，在眾人的幫助下穿戴妥當，箭一樣地奔離營地，向山下衝去。

鄔桑吹了聲口哨，一隻高大瘦削的純黑細犬，緊跟著衝了出去，速度比奔馬還快。

「放心吧，兄弟們穩得很。」烏雲實話實說，六子木懂土木，二大牛身材魁梧、力大如牛，三腳貓身形輕盈、是個上躥下跳的好手，關鍵是夜視力還非常好，這三人去救育幼堂的孩子們，儘管放心。

噼哩啪啦的響聲一陣高過一陣，剛開始的冰雹只有米粒大小，慢慢的，變成蠶豆大小，沒多久就有孩子拳頭大小了。

這些冰雹從天而降，六子木設計的樹枝蓋棚被打得枝折葉落，威力不小。

一個親兵冷不防地說了句髒話。「幸虧他們戴頭盔出去了，不然還沒騎到育幼堂，頭都要被砸爛了！」

「我還是第一次見到這麼大的冰雹！」

「哦喲！那群野孩子總算知道躲屋子裡去了！」

「哎，怎麼還有幾個孩子不進屋呢？」

「哎，將軍，您快看，山下有輛牛車正往育幼堂去！」

望山跑死牛，他們在山上看得清楚，可是騎馬到山下還需要時間，按現在的情形估算，牛車會比馬更快趕到育幼堂。

「哎，還別說，那牛車看著怪模怪樣的，頂棚能彈冰雹呢！」

「娘哎，是個姑娘家！清遠縣沒人了嗎？怎麼要姑娘家去育幼堂安頓孩子啊？這還下著大冰雹呢！」

「姑娘家就是貼心，你看拉車的牛都保護得好好的。」

「快到了，快到了！」

「哎喲！育幼堂的大樹倒了！大樹倒了！」

「不對，那土牆看著不對啊，牆會不會倒啊?!」

「呸，呸，呸……你個烏鴉嘴！」

「快看，牛車真的到了！」

萬萬沒想到的是，育幼堂的土牆緩慢無聲地分崩離析，倒了滿地。土牆都倒了，那幾間破房子還撐得住嗎？

鄔桑當機立斷。「全體披掛上陣！去救孩子們！」

「是！」

穿著蓑衣的梅妍怎麼也沒想到，下冰雹已經夠慘了，育幼堂裡面的大樹還倒了，不僅如此，連帶土牆都垮塌了，真是要老命了。

打雷聲，呼嘯的風聲，以及裡面隱約傳出的孩子們哭鬧聲。

崩塌的土牆擋住了牛車的去路，不管梅妍怎麼和牛一起努力都過不去，冰雹夾著滂沱大雨傾瀉而下，她只能攏著雙手大喊：「孩子們，快出來！房子會塌的！」

可惜，電閃雷鳴把她的聲音蓋得嚴嚴實實。

梅妍沒辦法，將牛車趕到相對安全的地方，撐開第二層竹棚，安撫著牛。「乖，等我啊，我去去就來！」

老牛蹭蹭了梅妍的手，老老實實待著。

梅妍戴了特製的厚草帽、裹緊蓑衣，扛著鐵鍬踩著濕滑的泥漿，拄著竹杖，一步步地向育幼堂走去，風大雨點大，冰雹打在身上好疼。在這樣惡劣凶險的天氣來育幼堂，梅妍說不後悔是假的，可來都來了，裡面畢竟有二十五條人命，還都是孩子。

頂著風和大雨，每走一步都異常艱難，平日幾步就到的育幼堂大門口，現在有了咫尺天涯的錯覺。

梅妍一邊敲著鐵鍬，一邊喊：「孩子……嗚嗚……」這該死的頂風，張嘴就喝雨！

等她好不容易踩著倒了的大門走進院子裡，驚愕地看到三個女孩渾身濕透、顫抖著站在空地上，任憑風吹雨淋冰雹砸，背對自己站著，這是怎麼回事？

那兩個熊孩子王坐在破桶上，彷彿君臨王座，蔑視著笑著拍大腿。「我不讓妳們進屋，妳們今兒就死在外面，沒人會管妳們的死活！」

「求求虎子哥了！我冷！」一個半大女孩冷得嘴唇發白，崩潰大哭。「我疼啊，好疼啊，阿娘，妳在哪兒啊……妳帶我一起走吧！不要留我孤零零一個人……」

另一個女孩撲通一聲跪下了。「石頭哥，你放過秀兒姊姊吧，她肚子這麼疼會出人命的！求求你了！」

還有個女孩一直哭。「虎子哥，石頭哥，我不敢了，我再也不敢了！」

一道閃電劃破天空，突如其來的光亮映著雨中發灰的臉龐，雷聲更大，雨下得更大了。

梅妍被風雨蒙了眼睛，好不容易找了個雨小的屋簷下面，把滿臉雨水擦乾，總算看清了眼前，頓時怒火中燒，衝進雨裡，拉住三個女孩的手。「跟我走，跟我上牛車！」

三個女孩被淋得完全反應不過來，好不容易看清了梅妍，又看著惡聲惡氣的兩個大男孩，猶豫著半走不走。

「喲，美人兒啊，放不下妳大爺，這大雨天的來投懷送抱啦？」石頭和虎子兩人登時站起來，兩眼直勾勾地盯著渾身濕透的梅妍。

梅妍努力把三個女孩子護住。「快走，圍牆塌了，屋子很快也會塌的！其他的先別說，先到外面的牛車裡躲過今晚。」

最高的女孩瞬間崩潰了，在電閃雷鳴中暴哭。「妳能護我一時，妳又不能帶我走！我是孤兒沒有地方去，我只能回到這裡來！我躲得過今晚，躲不過明天啊！既然妳不能一直護著我，為什麼要來救我啊！讓我今晚淋死凍死餓死好了，讓我去見天上的阿娘啊……啊啊啊……」

高個女孩還沒說完，三個女孩在雨中抱頭痛哭，哭得撕心裂肺。

梅妍凍得打了個響亮的噴嚏，在她心裡這兩個熊孩子王已經是惡棍了，非常欠揍的那種。

虎子笑著罵。「感染風寒是要死人的！我就是要讓她們三個染上風寒，然後咳嗽到死為止。妳有本事就帶走啊！帶不走還在這兒裝什麼活菩薩？」

石頭說話更狠。「我倆就是這裡的王，讓他們往東，他們不敢往西；讓他們跳河，他們不敢投井。有本事，妳把人都帶走啊，帶不走在這兒裝什麼大善人？我呸！」

梅妍趁著風雨變小的間隙，大聲說道：「孩子們，外面的土牆已經塌了，這幾間屋子也撐不了多久，大家跟我離開這裡先躲過今晚再說。」

「我看誰敢跟她走？」虎子臉上有許多傷疤，在電閃雷鳴的高亮瞬間，活脫脫就是瞪著眼睛的惡鬼。

在房門邊探頭探腦的孩子們很多，但沒一個敢踏出來的。

梅妍徹底被激怒了，怒極反笑。「孩子們，育幼堂是你們的家，我會把不配待在這裡的人趕走！沒有多少時間了，按照現在的雨量，這房子很快也會塌的！大家快走！」

「誰敢走？」石頭舉著一根燒火棍從屋簷下衝出來，對著梅妍狠狠掄過去。

膽小的孩子嚇得捂住眼睛，放聲大哭的女孩們急著想拽走梅妍，卻也只是想想，她們被壓迫久了，根本不敢動手拉人。

梅妍一招借力使力，卸了石頭手裡的燒火棍，反手就是一記狠棍招呼過去。「就你這樣還好意思稱王？山中無老虎，猴子稱霸王是嗎？」

虎子抽出一根鐵棍，氣勢洶洶地衝過來。「妳這騷臉狐狸精，今兒我不把妳打得滿臉花，老子就不叫虎子！」

石頭挨了一棍，疼得叫號起來，隨手摸了碎石塊，今兒他被這臭娘兒們打了臉，以後還怎麼在育幼堂混？

梅妍一對一有勝算，二對一就難說了，雖是孩子，但這兩個惡棍還有蠻力。

正在這時，鐵棍和石塊已經揮到梅妍眼前，她近乎本能地拿開路鐵鍬擋，只聽到噹啷一聲伴著兩個男孩的慘叫聲。

眾目睽睽之下，孩子們看到虎子和石頭背後站著一個高大魁梧的壯漢，兩手摁住他倆的腦袋一用力，兩個頭撞到了一起，兩個人瞬間摔倒在地。

壯漢大喊道：「孩子們，不要怕，聽這位姑娘的，趕緊離開這裡，這房子可能會塌！」

梅妍忽然發現，共有三名全身鎧甲的男子走進育幼堂，不由怔住。「請問，你們是誰？」

「我們是鄔桑將軍的親兵，看著下冰雹趕來救孩子們，沒想到姑娘的牛車比我們先到一步，還用鐵鍬挖出了一條路。孩子們快走，我們會一直在清遠，有我們在，你們不用怕這兩個雜碎！」

「快走！」三名親兵抱起最小的幾個孩子。「房子塌了可不是鬧著玩的！」

三個女孩猶豫片刻，跟著梅妍率先往外走，其他孩子們見了也壯著膽子跟出來。

梅妍像「老鷹抓小雞」裡的老母雞，身後跟了一長串孩子，泥路濕滑還坑坑窪窪，好幾個孩子都摔倒了又爬起來，手拉手花了不少時間，終於都走出了育幼堂。

梅妍的牛車配有外放和支撐結構，全部展開其實挺大的，孩子們擠擠也塞得下。

三腳貓、二大牛和六子木三個人把孩子們都送出來，見房子還沒塌，又進去把虎子和石頭兩個提出來扔在一旁，用麻繩捆得很結實。

梅妍很愁，自己和孩子們都濕透了，也沒有這麼多乾淨衣服可以換，真的著涼感冒也很麻煩。但現在雨下得那麼大，又能把他們安置到哪兒去？

又一道閃電亮起，很快驚雷隆隆滾過，膽小的孩子們嚇得哭起來。

高個女孩忽然指向育幼堂，驚恐地大喊：「房子塌啦！」

第三十九章

三間草房就這樣被雨水沖垮了，牆泥流滿地，所有孩子都哭起來，先是後怕，如果沒有跟出來，自己就死了；然後是傷心，育幼堂沒了，家沒了。

正在這時，一陣鎧甲和馬蹄聲迅速靠近，木子木立刻衝過去迎接。「將軍，您渾身是傷，軍醫再三囑咐不能淋雨啊！」

「孩子都救出來了？」鄔桑問道。

三腳貓也站出去。「將軍，都救出來了，一共二十五個。」

梅妍專心又無奈地連著打了好幾個噴嚏，感覺鼻涕都要流下來了，轉頭就看到俯視自己的一雙漆黑的眼睛和全身鎧甲連臉都遮住的一人一馬。

視線相對片刻，又各自移開。

鄔桑騎著純黑良馬，三隻細犬在馬身邊搖頭擺尾，盯著梅妍。「妳是育幼堂管事？」

「不是。」梅妍清晰地感受到了壓迫感和殺意，以及隱約的血腥味。「我住的地方離這兒最近，不放心來看一眼。」

其實是梅婆婆不放心想過來看一眼，被她嚴詞拒絕。

「哼，說得比唱得還好聽，不放心來看一眼，誰信呢？」被捆在附近的虎子陰陽怪氣。

「還不是想往自己臉上貼金，出門時好歹能充個大善人！」
梅姸還火大著，伸手就是一巴掌。「你閉嘴！」
虎子的眼睛幾乎要瞪出眼眶。「妳這個賤貨敢打老子？」
梅姸又是一巴掌，直接把虎子的臉打紅了。「滿口賤貨，毛還沒長全呢，就在我面前污言穢語的，你再嘴裡不乾不淨，我還打你！」
鄔桑軍團都怔住了，這麼美又心善的姑娘搧巴掌這麼厲害?!

冰雹是天災，清遠縣城內的房屋毀損嚴重，所有的草泥屋的北牆全被冰雹砸毀，磚石屋的北面屋頂瓦片包括縣衙的也全碎了。
冰雹來得太快，來不及躲避的百姓劈頭蓋臉地被砸，運氣好的砸在胳膊和腿上，最多就是疼個十天半個月；運氣不好的，冰雹砸在頭上，立刻不省人事。
從下冰雹開始，冰雹夾大雨，到現在下雨沒有冰雹，算算時間總共半個時辰不到，被冰雹砸傷的百姓超過五十人，大半是跑到田地裡保護莊稼的。
全縣衙的差役們分成三路，帶著馬車和牛車全城奔波，救助受傷或被困、被壓的百姓。
胡郎中醫館向北的窗戶全被冰雹砸爛了，再加上一場大雨，醫館漏水得厲害。
柴謹為了搶救庫房裡的草藥和成藥，胳膊和腦袋都被砸傷了，整個人踩在沒到膝蓋的積水裡，望著漂在積水裡的草藥，眼淚汪汪。

胡郎中拄著枴杖站在醫館前，愁眉不展地望著越來越多的外傷病人。連個乾淨的地方都沒有，怎麼診又如何治呢？

忽然，胡郎中撐著油紙傘頂著狂風大雨走進縣衙，到門口就一把拽住渾身濕透了的雷捕頭。「雷捕頭，告訴莫大人，育幼堂今兒沒人看護啊……那些孩子……」

雷捕頭倒抽了一口氣，拔腿就跑，邊跑邊喊：「莫大人，不好啦，育幼堂的孩子們怎麼辦？」

莫石堅在書房裡踱步，先冰雹、再大雨，被砸傷的百姓、毀壞的馬車、莊稼和農田，砸毀和坍塌的房屋，事情一件件、一樁樁撲面而來，壓得他沒法喘氣，此時聽見雷捕頭的喊聲，整個人跳了起來。

要命了，育幼堂還有二十五個孩子呢！如果這些孩子們出事，他這個縣令也就做到頭了！

馬川推開書房門。「莫大人，我去看看！」

莫石堅一個「好」字還沒出口，又聽到胡差役在屋頂上扯高嗓子喊：「莫大人，不好啦，育幼堂的房子和山牆都塌啦！」

「誰？誰說的？」莫石堅整個人都僵住了。

胡差役喊得嗓子都啞了。「育幼堂的管事大嬸剛跑來說的！」

莫石堅雙腿一軟，磕在了椅子上，扶住椅背的手指捏得指節泛白，連牙齒都止不住地打顫。二十五條人命，二十五個孩子就這樣沒了……

馬川邊穿蓑衣、戴草帽，看著疲於奔命的差役們，跑到一間廂房前，用力敲門。「聽我命令，去育幼堂救人！」

廂房裡傳出不緊不慢的反問。「公子，您若執意留在清遠，我等恕難從命。」

「我回去！」馬川咬牙切齒地回答，他必須保住莫石堅。

廂房內傳出一陣尖銳又奇異的呼哨聲，聲音越傳越遠，很快就彷彿傳遍整個清遠，廂房門接著敞開。「公子，請。」

馬川騎著馬衝出縣衙，與趕來的、帶上救人工具的司馬家僕們會合，向育幼堂進出。

「馬仵作，您帶人去育幼堂嗎？」育幼堂的管事大嬸攔住馬頭，完全顧不上自己跑丟了兩只鞋，襪子已染血。

「是！」馬川點頭。

「一定要救他們，他們不全是壞孩子啊！」管事大嬸淚流滿面，失聲痛哭。

馬川還是點頭，撥轉馬頭，連連揮動馬鞭，大司馬家的家僕們緊隨其後。

大雨轉成中雨，馬川一行人沒騎出五分鐘就全身濕透了，頂風難行，大雨打得眼睛都睜不開，整個馬隊的速度未減半分，直到上坡路。

馬川騎上一個高坡地，想看個清楚，但在大雨茫茫中想看清，談何容易？

「駕！」馬川帶頭，騎得更快。

馬隊避開了突然出現的路人，越跑越快，終於經過梅妍暫住的磚木屋子，前方是一條筆直的土路直通育幼堂，馬川大喊：「路盡頭就是！快！」

馬隊裡立刻有三匹馬驟然加速，前去探路，保障公子安全。

馬川騎得比他們更快，彷彿競賽一般，然而終於到達時，除了倒了滿地的大樹、泥土牆和坍塌的屋子，眼前的一切讓人心驚，只有嘩嘩的雨聲，沒有一點呼救的聲音。

馬川只覺得身體冰冷，來晚了。

司馬家僕們翻身下馬，沿途察看印跡。「稟報公子，沿途有牛車的印轍，一隊人馬從山上下來留有蹄印，有人用鐵鍬開路進入了育幼堂。」

兩刻鐘後，家僕們從育幼堂出來。「稟報公子，我們掘地三尺，沒有見到遺體或斷肢，沒有發現血跡和衣物碎片，孩子們不在這裡。」

「不在？」馬川濃眉緊鎖，能去哪兒？

「公子，這裡有大小不等的腳印從裡面出來，在那裡腳印消失了，然後出現很深的牛車車轍印，看來車載很重。」一名家僕指出了來時的方向。

「公子，這裡的馬蹄印非常深，只有軍馬鐵騎才會如此，看樣子上山去了。」

馬川不假思索地回答。「我沿印記向東，你們沿印記上山，必須找到孩子們！」

「是！公子！」訓練有素的司馬家僕立刻分成兩隊，領命而去。

馬川調轉馬頭，原路返回，邊琢磨剛才發現的牛車印記以及印記附近奇怪的、距離相近的小圓坑，大小像竹子橫剖面，第一反應就是梅妍的怪牛車。

「駕！」

「公子，雨大難行，請多加小心！」家僕們邊追邊喊。

馬川跟著牛車印記一路猛追，不出所料停在了小屋前面，屋門大開，牛車停在小院內，院門內傳出嘈雜的響動。

「公子，請讓老僕來。」一名司馬老家僕搶先一步敲門。「有人在嗎？」

很快，木門打開，梅妍裹著布巾從裡面探出半個頭。「請問你是誰？有事嗎？」

馬川完全不想等，擠到僕人前面。「我是馬川，育幼堂的孩子們在妳這兒嗎？」

梅妍這才放鬆下來。「馬仵作，女孩們暫時安置在我這兒，男孩們被鄔桑將軍和部下帶走了，他們在山上紮營。」

思及此，梅妍有些分神，雖是短暫相處，但她也弄清了鄔桑出現的原因。鄔桑這年輕的大將軍是清遠出身，那麼莫大人突然修整秋草巷的原由她就明白了……可這樣東城門的馬車又是？

司馬家的老僕人看到梅妍，立時一怔，又迅速回神。

馬川還有些不放心，仔細問：「孩子們都救出來了嗎？有沒有受傷或失蹤的？」

梅妍回過神，見馬川全身都在滴水，粗略估算一下，他也是用最快的速度趕去育幼堂的，又對他多了三分敬佩。「不多不少，一共二十五個，都著涼了，走泥路摔了幾跤的也有，受傷算不上。簡單的外傷處理我都可以，放心吧，如果明早有生病的，我會帶去醫館。」

馬川放下一半心，又提醒。「胡郎中的醫館被冰雹砸了一半，進水嚴重，許多草藥都泡廢了，暫時不能接診看病。」

梅妍一怔。「胡郎中和柴謹沒事吧？有沒有被砸到？」

馬川凝望著梅妍，片刻以後才回答。「他們沒事，縣城內有許多百姓受傷、家中被砸，我先帶人回去救急。」

梅妍眼睛彎彎。「辛苦了。」

雨水從馬川的額頭淌下，讓梅妍有種他也會落淚的錯覺，一想到女孩們還等著處理，只能回答。「馬仵作，快去吧，我也要照顧孩子們。」

馬川微一點頭，轉身上馬離開，司馬家僕們緊隨其後，很快就消失在茫茫雨幕中。

梅妍關上門，眨了眨眼睛。為何馬川看起來那麼悲傷？錯覺，一定是錯覺。

縣衙內，師爺和帳房正在計算這次冰雹帶來的損失，莫石堅站在書案前著手寫「清遠縣冰雹災害的免稅文書」，只一個開頭就寫錯了三次，心神不寧得厲害。

胡郎中拄著枴杖在裡面踱步，心頭火燒火燎的，坐立不安，時不時走到窗邊探頭張望。

終於，莫石堅聽到雷捕頭的大嗓門傳進來。「馬仵作回來啦！」

馬川的腳步如飛，進了書房還沒行禮，就被莫石堅一把抓住。

胡郎中拄著枴杖的手都在抖。

莫石堅一顆心提到了嗓子眼，尤其是看到只有馬川一個人回來，更加緊張得手都在抖。

「育幼堂的孩子們呢？」

馬川抹了一把雨水。「鄔桑和梅小穩婆趕在房屋坍塌前救出了孩子們，現在女孩們暫時安置在梅小穩婆家，男孩們跟去了鄔桑營地，二十五個孩子都無大礙，就是淋了些雨。」

莫石堅倒退了三步，勉強坐在椅子邊沿，還不小心扭了手腕，疼得齜牙咧嘴，卻覺得疼得好、疼得妙，總算長舒一口氣，心頭巨石終於落下。

胡郎中的臉頰微微抽搐，嘴唇哆嗦一陣，才說出聲音來。「莫大人，梅小穩婆高義！她真的太好了！」

馬川像個置身事外的人，冷眼旁觀胡郎中和莫石堅兩人選擇性地忽略鄔桑。他們就沒意識到，大鄴最年輕的驃騎大將軍鄔桑不按常理出牌，已經回到清遠了嗎？比上次密函寫的時間，足足提前了一個半月。

秋草巷的草屋都塌了，因為冰雹和大雨，修葺結束之日無限期後延。

正在這時，莫石堅猛地起身，又撞了一次手腕，瞪著馬川問：「你說的鄔桑是哪個？鄔桑回來了？」

馬川點頭。嗯，莫石堅總算意識到了，希望他能撐得住。

莫石堅再也受不了這多重刺激，一下暈了過去，然而沒徹底暈，因為天性格外怕疼，又疼醒了，深刻體會「生無可戀」的感覺。

育幼堂後山半山腰的臨時營地，粗樹枝、馬車和牛車上掛滿了鎧甲，雖然大雨漸止，但是一陣山風拂過，樹枝上的雨水落得更厲害。

「鐵七啊，這些能修好嗎？」六子木望著坑坑窪窪的鎧甲，心頭割肉似的疼。

「試試吧，不行就只能找鐵匠精修了，也不知道清遠的鐵匠手藝怎麼樣，如果修不了，我們還要去其他地方尋。」鐵七是鄔桑親兵裡的鎧甲技師，有著無師自通的天賦。

換上乾淨衣服的男孩們，第一次見到話本裡才有的閃閃發亮的鎧甲，一個個眼睛都直了，怎麼也看不夠。

鐵七拿著小錘子，對著一個癟了四個坑的頭盔，「叮叮噹噹」一通敲，聲音迴盪著整個山谷。

營帳裡，三腳貓老媽子似地捧著乾淨的衣服在鄔桑後面追。「將軍，您趕緊更衣！將軍，別忘了，您是回來養傷的，不是傷上加傷的！將軍，羅軍醫說了，如果您回清遠沒有養好，他就用我試藥！」

鄔桑不耐煩地接過衣服。「閉嘴。」進營帳更衣去了。

「哎！」三腳貓立刻笑成一朵花兒，乖乖站在營帳外面探頭探腦。「將軍，要小的進去搭把手嗎？您的肩傷還挺重的。」

營帳裡一支長箭射在三腳貓右腳前兩指的地方。邊上男孩們被嚇得一哆嗦。

三腳貓沒事人似地拔箭，覥著臉走進營帳，把箭放回箭囊裡，又退出來。「將軍，小的知道您百步穿楊，這多好的箭啊，怎麼能浪費在小的身上呢？」

男孩們驚呆了，一時不知道該害怕隨便射人的鄔桑，還是該嘲笑沒皮沒臉的三腳貓。

「吃食來了，今晚吃乾饃夾肉臊，配野菜糊糊。」二大牛抱著一個大鍋擱在馬車上，招呼道：「孩子們，過來排隊領吃的，吃完就不冷了！」

虎子和石頭仗著自己個大力壯，推開小的，你推我搡地到二大牛面前伸手。

二大牛臉瞬間就臭了，抬手一人一個暴栗，瞪著哇哇亂叫的兩個混球。「你倆滾一邊去等著，他們都吃飽了才輪到你們。」

虎子和石頭只覺得腦門隱隱作痛，平日在育幼堂他倆力大身不虧，但二大牛比他倆高出足足一個半頭，比他倆寬一倍有餘，自知打不過，只能咬牙切齒地乾瞪眼。

二大牛伸出蒲扇大的手指著兩人。「你倆再欺負其他孩子，立刻滾出營地，這兒不收欺軟怕硬的孬種。」

虎子和石頭嚇得脖子一縮，大氣都不敢出。

其他男孩開心得掩飾不住臉上的笑容，大口大口吃著，時不時還蹦蹦跳跳。

鄔桑更衣完畢，慢慢走出營帳，吩咐道：「烏雲，帶財九和二大牛去沒有遭災的縣郡，大量採購米麵糧油，有多少、買多少，買到就往清遠發。」

「是。」烏雲人如其名，長得很不錯，但從軍後日曬雨淋，比一般軍士還要黑三分，一雙眼睛偏棕色，看起來眼睛特別亮，從沒對鄔桑說過一個不字。

鄔桑在營地轉了一圈，見男孩們已經吃飽喝足，視線落在蹲在角落的兩個小混球身上，坐在馬車沿上，問：「你倆是清遠誰家的孩子？」

虎子和石頭互看一眼，同時移開視線。

鄔桑已經聽六子木把所見所聞說過一遍，覺得去育幼堂救人的少女沒打死他們算客氣的，抬腿就要踢，把虎子和石頭嚇得連連後退。

鄔桑經歷的殺戮太多，完全沒有孩子緣，面無表情都能嚇哭孩子，更別說面露凶相了。

「過來。」

虎子和石頭先退了兩步，在鄔桑的直視下，身不由己地走上前。

鄔桑一臉不耐煩。「我只說一次。這裡是我的營地，想吃我的飯、喝我的湯，就要守這裡的規距，如果你倆是我的兵，項上人頭已經摁在育幼堂的爛泥裡了。」

虎子和石頭嚇得臉色發白，躲避著鄔桑懾人的眼神，頭越來越低。

「也不知道那個肚子疼的小姑娘怎麼樣了？」六子木斜倚在牛車上，視線落在山下筆直的土路盡頭。

鐵七敲打著鎧甲，接下話頭。「我看救人的姑娘家境也很一般，突然多了十幾張嘴，吃一頓還成，兩天就夠嗆了吧？」

「鐵七，你是看上人美心善的姑娘了吧？」六子木取笑道：「要不，咱再走一趟，給她家送點米麵糧油什麼的？」

「滾！」鐵七用力一敲，手上的頭盔就修好了。「我說正經事！」

「半大小子吃窮老子，看看這幫小鬼多能吃，姑娘家家的長身體，吃得也不少……」鄔桑恐嚇完兩個小混球，又恢復了平日懶散模樣。「鐵七，明兒一早送些糧食去，再給點銀子，十幾個的衣服也是花銷。」

「是，大人。」鐵七換了一頂頭盔，擱在樹樁上慢慢敲，彷彿有用不完的耐心。

第四十章

梅妍的小屋裡，女孩們把屋子擠得水洩不通，睜大了一雙雙緊張惶恐的眼睛，既害羞、又膽怯地東張西望，悄悄地打量梅婆婆和梅妍。

梅妍笑著介紹。「我姓梅，妳們可以叫我梅小穩婆。妳們著了涼，雖然現在是夏天，不好好泡熱水浴還是染會上風寒的，澡盆不大，妳們看著泡吧，越快越好。這是梅婆婆，她給妳們燒好了洗澡水，晚飯也備好了。」

梅婆婆把所有能穿的衣服都找出來，擺在一邊。「這些雖然都是舊衣服，但洗得乾淨，妳們出來以後換上，再喝些熱薑湯，就不冷了。」

女孩們拘謹地點頭。

梅妍走到一個女孩面前。「之前妳肚子疼，現在好些了嗎？」

女孩滿臉驚訝，點頭又搖頭，有些語無倫次。「就突然會疼，疼一陣又好了……現在好點了……」話還沒說完，整個人就疼得蜷縮在地上。

梅妍把她扶到竹榻上。「不要怕，我是穩婆也通女科，先檢查一下再說，妳叫什麼名字？」

「我叫秀兒，沒有姓，是育幼堂管事嬸子取的名字。」女孩像受驚的小動物，不安又緊張，雙手緊握成拳。

「來，妳躺平，雙腿撐起來，放鬆，深呼吸，呼氣，吸氣……」梅妍搓熱了雙手，才摁到秀兒的下腹部。「這裡疼嗎？」她最擔心是闌尾炎、結石、膽囊炎之類的急腹症。

在大鄴這種地方，得了這些急腹症，病人會在極度痛苦中死去。

「不疼。」秀兒的呼吸雖然急促，但還算平穩。

「這裡呢？」

「不疼。」

梅妍把秀兒的腹部摁了個遍，都沒發現哪裡不對，一直摁到下腹部再往下，聽到秀兒一聲驚叫，立刻問：「這裡是嗎？」

秀兒臉色發白點頭，一身冷汗。

這下輪到梅妍迷惑了，這已經是盆腔區域了，秀兒沒有噁心嘔吐的癥狀，也沒有便秘等問題，這兒怎麼會疼？

更讓她意外的是，不到一刻鐘的時間，秀兒蒼白的臉色明顯好轉。「梅小穩婆，我好多了。」

梅妍有些傻眼，這是什麼狀況？腸道寄生蟲引發的急性腹痛？也不像啊。是太過緊張？壓力？

秀兒見梅妍沒有回答，以為自己惹她不快，連連擺手。「梅小穩婆，我不是裝病的，真的，我沒有裝。」

梅妍抬頭微笑。「誰能裝病裝得這麼逼真？今晚事情多，如果妳再疼就告訴我。」

「哎。」秀兒驚訝極了，梅小穩婆是第一個說自己不是裝病的，委屈的淚水湧出，又努力眨回去。「我現在真的好了。」

梅妍又問了秀兒一些問題，還是不放心，囑咐道：「行，一會兒妳先用熱帕子把自己擦熱就行，不要泡熱水浴了。」

秀兒用力點頭，轉身出去了。

一個時辰以後，女孩們圍在廚房裡，等著梅婆婆發熱薑湯，一人一碗喝下去立刻就暖和了，然後又每人一碗麵片湯，熱熱地吃飽了。

梅妍將裡屋的地上清掃乾淨，打了兩條長地鋪，招呼道：「大家今晚擠一擠吧，明兒看看能不能有寬敞一些的地方。」

女孩們漱洗完，乖乖躺到地鋪上，提心弔膽地過了大半天，都累了，沒多久就都睡著了。

雨總算停了，梅妍和梅婆婆只能在小院裡說話。「妍兒，米麵都吃完了，明兒一早去排隊，也不知道能不能買上？這些孩子們的衣服且堆著，明兒早上洗完晾起來，再想法子給她們尋一些衣服，長的長，短的短，都是女孩子家家的，不能不得體。」

「嗯，我知道了。」梅妍回答得乾脆，心裡在哀號。

我的荷包是來渡劫的吧？五行缺金要不要這麼明顯？要不，明兒一早，乾脆去縣衙找莫縣令要女孩們的安置費？要不然，覥著臉去綠柳居要吃的？不對，綠柳居後廚還在重裝，也不知道屋子有沒有事，唉……

「好啦，船到橋頭自然直。」梅婆婆輕拍著梅妍的手。「明兒的事情，明兒再愁也來得及，快去睡吧，不知何時就被叫走了。」

等梅妍把自己打理好，倒在竹榻上時，忽然又坐起來。

不知道陶家、柴家，還有劉蓮姊姊怎麼樣了？房子、田地還好嗎？有沒有被冰雹砸到？寶寶們有沒有被嚇到？天災人禍最難熬，只希望清遠不要再出人禍。

天剛矇矇亮，梅妍和梅婆婆起來搜羅出家裡所有能填肚子的東西，梅妍珍藏的寶貝蜜餞、糕點，梅婆婆攢的米麵油，做了一大鍋稀薄的麵片湯，連僅存的一點糖都用上了，攤了麵糖餅。

女孩們起來漱洗，被滿滿一大桌的吃食驚到了，大家互相看來看去，越來越緊張。

秀兒大著膽子問：「梅婆婆，梅小穩婆，這些都是給我們吃的嗎？」

「這些都是做給妳們吃的早飯，吃吧，吃飽了才不容易生病。」梅妍微笑著勸，內心在滴血，之前因為苛捐雜稅餓肚子，現在好不容易減免稅了，卻還是餓肚子。

女孩們發出一陣抽聲。

梅妍問：「怎麼？不合胃口嗎？」內心立刻暴躁，這種時候還挑食的馬上扔出去！

秀兒和女孩們連連擺手。「我們大年夜都沒吃得這麼好過……有些東西都沒見過……」

梅婆婆一臉慈祥。「都傻站著做什麼呢？來，妳們嚐嚐。」

梅妍趕緊上前給她們分蜜餞、糕點，因為數量太少，每個女孩只能分到一點，可她們吃得很仔細，是那種要把滋味銘記一輩子的仔細，看了心裡又有點酸。

「真好吃呀。」秀兒吃得眼淚都快出來了。

其他女孩連連點頭，吃完了還舔手指。

梅妍把最後一碗清湯寡水的麵片湯端給梅婆婆，態度強硬。「一定要吃。」

如果是平日，梅婆婆肯定推辭，但是現在要照顧這麼多孩子，不吃沒力氣。

梅妍不能讓她們聽到自己肚子餓，打算在肚子發出抗議前開溜。「大家慢慢吃，吃完以後，有會洗碗打掃的，給梅婆婆搭把手，我出去了。」

秀兒膽子最大。「梅小穩婆，妳還什麼都沒吃呢？妳不餓嗎？」

秀兒的話一出口，吃得慢的孩子們都停了嘴，端著碗裡的、手裡拿著的，把梅妍團團圍住。

梅妍覺得這些都是好孩子，鼻子一酸，笑著安慰。「沒事，我出去採買，順路買些吃的，不會餓著的，好了，我走了。」說完，立刻開溜。

梅婆婆招呼道：「孩子們沒事，趕緊吃，她還挺忙的。」

梅妍牽著小紅馬走出大門，望著茫茫田野，天越來越亮，內心卻是天黑，哀怨無比，不禁嘟囔著。「我的甜梅子，我的桂花糕，我的小錢錢……心好痛啊……怎麼辦啊？」

有人忍不住樂出「噗哧」一聲。

「誰？」梅妍嚇得一激靈，扭頭就看到了鄔桑和他的親兵，尤其是鄔桑那雙格外黑亮的眼睛，微微上翹的嘴角，頓時腦袋裡一片空白。

不，只要我不尷尬，尷尬的就是別人。

梅妍佯裝無事，大方又得體地問：「鄔將軍，各位兵大人，有事嗎？」

鄔桑被梅妍這樣注視著，頓時覺得渾身傷口疼，清了清嗓子，回頭吩咐。「你們把米麵和鹿肉、獐子肉都搬進去。」

「是，將軍！」一刀和鐵七兩人齊聲回答。「梅小穩婆，這些東西擱哪兒？」

梅妍這才發現，鄔桑身後的牛車裝了不少東西，一時沒反應過來。「這是做什麼？」畢竟，老穿越人從來沒有糧食送上門的體驗，一時間受寵若驚。

「妳家米麵夠吃？」鄔桑開門見山。

梅妍本來還想逞強一下，又迅速打消了這個念頭，實話實說。「一粒米都沒了。」

「搬進去擱哪兒，妳和他們說。」鄔桑說完坐進馬車，挑開簾子看著。

梅妍立刻行禮。「多謝鄔將軍和兵大人。」

一刀和鐵七各提一袋米麵，跟在梅妍身後進了屋。

梅婆婆和孩子們聽到響動，開門時都嚇了一大跳。

梅妍也驚到了，鄔桑送來大米兩袋、麵粉兩袋、半頭剝了皮的大獐子和兩個大鹿腿。她本想這鄔桑將軍挺心細的，沒想到出手也是大方。

最小的女孩拍手叫好。「婆婆，婆婆，這些是什麼呀？都是可以吃的嗎？」

一刀和鐵七把米麵堆好，又把獐子、鹿腿、油罐、鹽罐送進廚房。一刀見都是女眷，乾脆撩開袍子拿出剔骨刀，在廚房現剁現切，把肉給處理好。

女孩們圍擠在廚房的窗口，簡直不敢相信自己的眼睛。

一刀出手快狠準，不出兩刻鐘就全部剁好，還不忘建議。「老人家，天氣太熱，這些肉要盡快吃掉，不然就壞了。」

梅婆婆收拾好，隨後帶著大大小小的女孩們在院子裡，向一刀和鐵七恭恭敬敬地行了禮。

兩人直撓頭，鐵七笑著揮手。「過段時間，我們再來送吃的，不要擔心。」

梅妍、梅婆婆和孩子們將他們送出門，整齊地向鄔桑行了一次禮，目送他們駕車離去。

牛車和馬車走得飛快，鐵七心情很好地哼著小曲，瞥見一刀在抹眼淚，立刻大呼小叫。「將軍，不好啦，一刀又賣香油啦……」

「滾！」一刀甩手就是一記手刀，劈向鐵七。

鐵七敏捷躲開，握著韁繩寬慰。「大老爺們不隨便哭，那是沒到傷心地，如果我老婆、孩子不見了，我也哭，我天天哭，我哭到他們回來為止。」

「三腳貓和清遠的雷捕頭是哥兒們，已經去縣衙打聽了，如果清遠沒有，我們再去其他地方找，總能找到的。」

一刀用力點頭，總能找到的。

梅妍目送鄔桑他們離開，翻身上馬，向縣衙去。

看了一路，梅妍才知道清遠縣城說大不大，說小也不小，冰雹降得也有多有少，縣衙、醫館、集市和秋草巷是冰雹下得最多的地方，自己的暫住地受損最小，百姓遭災的程度各不相同。

現在孩子們吃食暫時有了，可是大鄴的衣服很貴啊！尤其是女孩的衣服，但總不能讓女孩們衣不蔽體到處走……

梅妍愁完這個、愁那個，清遠遭災這麼嚴重，莫石堅還能給自己撥款照顧她們嗎？忽然，一個想法電光石火般閃過，說不定可以試試。

雷捕頭遠遠地就看到梅妍，立刻大嗓門外加揮手。「梅小穩婆來啦！」

梅妍甩了一下鞭子，小紅馬急跑到縣衙門前。「雷捕頭，怎麼了嗎？」

雷捕頭破天荒地替梅妍把馬拴好。「梅小穩婆，快，快進去，莫大人和莫夫人等著妳呢。」

「出什麼事了嗎？」梅妍心慌慌的，事出反常必有妖啊。

其他差役們聽到了，也紛紛出來打招呼。「梅小穩婆來啦，快進，快進。」

梅妍更慌了，腳步越走越慢。難道莫石堅又挖了什麼大坑等著自己跳？

莫夫人的貼身女使夏喜迎出來。「太好了，梅小穩婆，跟我來。」

莫石堅這頭神龍也突然出現。「梅小穩婆，趕緊的。」

梅妍忽然有種轉頭撒腿就跑的衝動。他們這是要做什麼？

莫石堅催促道：「快，快，進本官的書房。」

梅妍跟進去一看，胡郎中、馬川、師爺都在，一位憔悴的大嬸有些眼熟，還有一名氣質不俗卻異常淩厲的中年男子，打了一圈招呼，然後就站角落裡安靜等待了。

莫石堅還是要確認。「梅小穩婆，聽說育幼堂的姑娘們都在妳家？」

「回莫大人的話，是的。」梅妍如實回話。

「好。」莫石堅正色道：「育幼堂重建還要不少時間，妳照顧好她們就成，有什麼需要儘管說。」

梅妍內心激動，剛要提要求，就被馬川一個眼神制止了，咦？這是什麼意思？思量後才開口。「莫大人，目前為止不用，以後有其他需要會向您提的。」

「好，很好。」莫石堅放心了。「去吧，夫人擔心妳呢。」

「是，大人，民女告退。」梅妍知趣地告辭。

夏喜見梅妍出來，趕緊走上來，拉著她的手就往內院走，一路上說個不停。「梅小穩婆，夫人昨兒可擔心妳了，我還是第一次見到這麼嚇人的冰雹，老天爺啊……」

梅妍一頭霧水，還在琢磨馬川為什麼不讓開口，心中又有些惱火，他到底想幹啥？她一個人哪養得起那麼多孩子？德蕾莎修女也得靠善心捐助啊！

莫夫人在房門前左顧右盼，一見梅妍立刻迎出去。「好孩子，妳快進來。」

梅妍今天被眾人格外的熱情弄糊塗了。「見過夫人，您這是怎麼了？哪兒不舒服嗎？」

莫夫人拉著梅妍的手。「妳呀，妳是美而不自知，善也不自知。昨兒突降冰雹，什麼都亂糟糟的，百姓們傷的傷、埋的埋，屋子塌了的、毀了一半的，夫君真是焦頭爛額，根本沒想起來育幼堂的事情。如果不是妳駕著牛車把那些孩子接出來，夫君就不是丟官問責這麼簡單了事了，我在這兒謝謝妳。」

梅妍哪敢讓莫夫人對自己行禮，嚇得趕緊拽住她。「夫人，您不用這樣的！其實昨晚是婆婆不放心，她身體不好，我自然不能讓她去，就自己駕著牛車去了，沒想到冰雹那麼大、那麼嚇人。莫大人這麼好的官、民女也是第一次見，當時真沒想那麼多，只是去看一眼。想來，應該是莫大人為百姓操持的福報吧。」

莫夫人笑了，從梳妝檯的螺鈿盒裡取出一張銀票。「好孩子，這裡是五十兩，妳先收好，照顧好那些姑娘，不夠的話，儘管來說。」

梅妍望著銀票上「伍拾兩」的大字，不禁有些恍惚，幸福來得太快有些不敢相信。梅婆婆昨晚說「船到橋頭自然直」，果然是神人無誤。

莫夫人見梅妍盯著銀票發呆，以為她有什麼心事。「梅小穩婆？」

梅妍立刻把銀票收好，然後從背包裡取出粗草紙和炭筆，快速寫了一張收據。「夫人，您收好。」

莫夫人先是一怔，拿著收據看了又看，然後才放進盒子裡。「梅小穩婆，妳這是何意？」

梅妍拿出紙本，寫下日期和收到的物品，包括鄔桑送的，全都記錄好。「方便算帳啊，今日開始要記帳了。」

莫夫人心中一動，問：「梅小穩婆，妳瞧著那些姑娘們被照顧得怎麼樣？」

梅妍想了想。「莫夫人，您現在身體恢復得不錯，有時間隨我去看一眼嗎？」

莫夫人點頭。「這兩日縣衙有賓客，妳給我留個地址，我能脫開身時立刻就去。」

梅妍在紙上畫了詳細的路線圖。「挺好認的，就是很偏僻，風景如畫就是，蚊蟲多，知了吵。」

「成。」莫夫人踏實了，然後又從螺鈿盒裡取出一個雕花纏絲的銀鐲。「梅小穩婆，妳平日實在太素了，把這個鐲子戴上。」

梅妍眨了眨眼睛，又把鐲子還給莫夫人。「夫人，不瞞您說，我不戴，一是因為窮，二是因為當穩婆遇血免不了，別髒了鐲子。」

莫夫人可聽不得這些。「妳收好，平日不戴沒關係，妳姑娘家家的總要有些家底，恭敬不如從命。」

「多謝夫人。」梅妍收好鐲子，端端正正地行了禮。

莫夫人這才高興了，頗有些不捨。「行了，去忙吧。」

「民女告退。」梅妍離開莫夫人的臥房。

莫夫人目送梅妍走到迴廊轉角，心裡盛裝了許多滋味，打定主意要好好待她。

第四十一章

梅妍一出門就打算先買布和薄被，她也不知道五十兩能買多少，要先去布莊看了才知道，沒想到還沒出內院，就被師爺叫住。

師爺說得很小心。「梅小穩婆，不要多問，請隨我來。」

梅妍疑惑地跟著師爺左走右轉的，最後到了黑漆漆的小屋，師爺點上蠟燭，她聽到了非常清晰的對話聲，頓時明白，這是莫石堅書房的隔間。

「莫大人，胡郎中，民婦每個月照顧孩子們盡心盡力，不敢有半點差池。」育幼堂管事大嬸說得悲苦。「民婦月初到石澗的私塾領錢，都用在孩子們身上，不敢有半點私貪！」

馬川嗓音比平日更平直。「孩子們都在，進育幼堂以後，每日吃什麼、四季衣服穿什麼、過年過節加了什麼菜，一問便知，沒必要賭咒發誓。現在說實話，妳還有一線生機，若讓清遠人知道妳貪沒育幼堂的銀錢，妳和妳家人從此都抬不起頭做人，妳考慮清楚！」

「莫大人啊……」育幼堂管事大嬸說話變了調。「民婦……」

梅妍立刻明白，師爺為何要把自己帶到這兒聽壁根。

師爺在旁邊觀察著梅妍每一個動作和表情，輕聲問：「梅小穩婆，妳有赤誠之心，敢言有擔當，只問妳一件事可好？」

梅妍點頭。

「梅小穩婆，妳昨夜照顧育幼堂的姑娘們，她們的衣食如何？」

梅妍想了想。「胡郎中拜託我照顧育幼堂的孩子，此前我去過，那裡的孩子們都光著腳，衣服勉強蔽體，頭髮裡有蝨子，用肥水戲弄每個要進去的人。」

師爺的臉色頓時變得很難看。

梅妍繼續。「昨晚冰雹來得突然，我們只能做麵片湯，她們把碗盤都舔乾淨了；今早把所有能墊肚子的吃食都拿出來，她們沒有見過蜜餞和糕點，吃的時候還把手指舔了一遍又一遍。有個小姑娘四、五歲的樣子，說比過年吃得都好。今早，鄔桑將軍送了米麵和鹿肉來，她們圍在廚房外看，高興得又蹦又跳，一直拍手。

「師爺，民女句句屬實。」她只是客觀描述而已。「現在我要想法子先買布，然後用布裁衣服，能穿就行。」

師爺拿起紙筆寫了滿滿一張紙，將梅妍送回內院後，匆匆離去。

梅妍頭也不回地離開縣衙，騎上小紅馬直奔瑞和布莊。

瑞和布莊雖然開在清遠，但大部分客源都是清遠鄰縣的，與胡郎中的醫館、綠柳居一樣名聲在外，每日客人絡繹不絕。

今兒布莊卻沒客人，屋頂瓦片碎得滿地都是，夥計、掌櫃齊上陣，都在努力清掃。

梅妍拉著轠繩，猶豫著要不要下馬，這樣子看起來是做不了生意啊。

瑞和布莊的掌櫃是位姓嫘的大嬸，不管是臉龐還是身材都珠圓玉潤，讓人有「和氣生財」的感覺。

嫘掌櫃一人掃了半個外場，熱得滿頭大汗，被汗水迷了眼，拄著大掃帚直喘氣，看到有人來而且沒有立刻走，邊擦邊帶著歉意招呼。「鋪子給冰雹砸了，許多布都泡了水，實在沒什麼拿得出手的好布料。」

梅妍想了想，還是沒走。「嫘嬸子，我能進去瞧一眼嗎？」

嫘掌櫃擦完汗才看清，嚇了一跳。「梅小穩婆，妳今兒買布啊？」

梅妍從不與人為難。「嫘掌櫃，今兒不方便的話，妳和我約個時間，我改日再來？」

嫘掌櫃隨手扔了大掃帚。「有空，妳想看什麼料子，我這兒都有。」

梅妍翻身下馬。「嫘掌櫃，我只要最尋常的布料，做成衣服能立即穿身上的那種就行。」小姑娘們皮膚嫩，若用粗布太扎了。

「成，要做幾人份的，我給妳量好、裁好。」嫘掌櫃做布疋生意二十三年，裁布、剪布是響叮噹的行家，一雙眼睛就是尺。

梅妍想了想。「十一位姑娘，最大的十二歲，最小的四歲，從裡到外十一套的布料。外衣最好能耐磨耐髒些、縫補也容易些的料子。內衫要柔軟些的，淺色的。」

嫘掌櫃以為自己聽錯了，不由得問：「梅小穩婆，妳還待字閨中的吧？」哪來這麼多孩子？還全是女孩？

梅妍被逗樂了。「育幼堂塌了，我暫時負責照顧姑娘們。」

媬掌櫃一拍手。「哎喲喂，昨兒下著冰雹去育幼堂救孩子的是梅小穩婆妳啊？老天爺啊，妳不要命啦？妳不怕嗎？」

梅妍簡單把事情說一遍，然後特別強調。「孩子們大多是鄔桑大將軍和親兵們抱出去的，男孩們也跟著回營地了。」

媬掌櫃一咬牙。「梅小穩婆，妳等著，今兒妳是布莊第一個客人，給妳打折。」

很快，就換成梅妍傻眼了，媬掌櫃捧出來的全是乾淨的好料子，很貴的那種。「媬掌櫃，我沒有多少銀子。」這樣一疋料子怎麼也要好幾十兩銀子。

媬掌櫃硬要給，梅妍硬不收。

僵持不下的時候，梅妍突然靈機一動。「媬掌櫃，妳把泡了水的布料賣給我吧？鋪子被冰雹砸成這樣不知道損失多少，雖然妳比我有錢許多，但我也不能占妳這個大便宜。還有，育幼堂的孩子們穿的比尋常人家的孩子好太多，會招人記恨。」

媬掌櫃想了想。「這樣，泡了水的普通料子我買一送一，不虧本。」

「多謝媬掌櫃。」梅妍也讓步了，於是用二十兩銀子買到了三疋布料，五折買的，嘖嘖嘖，簡直不敢相信，太賺了。

「謝什麼呀！」媬掌櫃搖頭。「換了其他人聽我說要送，巴不得越多越好，妳倒好，還想著我的鋪子被冰雹砸了損失很大，哪來這樣的傻姑娘呢？」

梅妍卻看得很清楚。「媒掌櫃的瑞和布莊，價格公道，童叟無欺，用料紮實，現在顧客盈門是妳一天天守出來的，名聲也是熬出來的，誰的錢都不是大風颳來的，我不能裝沒數啊！」

媒掌櫃半晌沒言語，眼淚都快出來了。「梅小穩婆，這樣，以後妳來我家買布，九折給妳。如果妳是給育幼堂姑娘們買布，八折給妳。」

「好！」梅妍回答得很爽快，剛要拿布疋，轉頭就發現，夥計早已經麻利地裝到小紅馬背上了。「多謝掌櫃。」

媒掌櫃等梅妍走了，撿起扔在地上的掃帚埋頭掃起來，卻不時抬頭看一眼。

布莊的夥計也是第一次看到媒掌櫃硬要送、客人硬不收的，只覺得太陽打西邊出來了，忽然心頭一抖，不會再有冰雹吧？

梅妍回到小屋時，抱著布疋走進去，就被姑娘們的驚訝聲包圍了。

秀兒不明白。「梅小穩婆，妳買這麼多布做什麼呀？」

梅妍把布疋放進小臥室，走出來解釋。「妳們身上的衣服太破了，所以我去買了些泡了水的布料，洗乾淨就可以給妳們做衣服了。」

本以為姑娘們又會像早晨一樣開心得手舞足蹈，但出人意料的是，她們不僅沒有高興，反而顯出些許驚慌。

梅妍有些納悶，但因為一上午就暫時解決了衣食問題，特別高興，就沒有深究。

胡郎中今天沒找來，不代表明天不會找來，梅妍要抓緊一切時間替姑娘們多做些事情，免得真忙起來，全都要梅婆婆一個人照顧。這樣想著，梅妍變得更加忙碌，畢竟十三個人的一餐吃食，就需要做不少時間。

正午時分，鹿肉湯的香味在小屋瀰漫開來，安撫著每個不安的內心。

育幼堂半山腰臨時營地，打探消息回營的三腳貓眉飛色舞地向兄弟們顯擺。「大消息啊，聽不聽？想不想聽？」

鄔桑和親兵們饒有興致地等著。

「你們昨兒對那位膽大心細、暴脾氣的美少女，對，就是你們說的眼睛好大的那位姑娘……」三腳貓被扔了一只鞋子。「哎呀，有點耐心嘛。」

「快說！」一刀急脾氣，最煩三腳貓賣關子。

「她可不是尋常姑娘家，她是穩婆，而且還是清遠縣第一位轉良民的穩婆，厲害吧？」

「不會吧？」親兵們瞪大了眼睛。

三腳貓要的就是這效果，說得抑揚頓挫。「不只哦，她還是清遠縣衙的查驗穩婆，敢做敢當，前些日子公審的妖邪案，她獨自面對鄉紳的指責，堅持自己的判斷。」

「哦……」親兵們齊聲驚呼。

鄔桑躺在粗壯的樹枝上，雙手枕頭，蹺著二郎腿，嚼著狗尾巴草的莖，懶洋洋的眼神裡有了點不一樣的神采。

「夠不夠膽？」

「夠！」

「清遠縣令姓莫名石堅，帶著夫人來上任的，在妖邪案之前對鄉紳富戶畢恭畢敬，公審的時候那叫一個大快人心！還有啊，在清遠開醫館的胡郎中，有人說他以前是太醫。」

三腳貓把打聽來的消息抖落乾淨，最後保證。「這些呢，是從雷捕頭那兒打聽來的，絕對沒錯。」

一刀不耐煩地打斷。「正事呢？」

三腳貓嘖了一聲。「別急啊，妖邪案的苦主是母子三人，母親姓刀，是綠柳居的廚娘，做魚膾的手藝方圓幾十里無人可比。」

「姓刀？長什麼樣兒？」一刀追問。

三腳貓仔細回憶，儘量說得準確。「雷捕頭說刀氏挺瘦的，愁苦又訥口，手上很多疤。」

一刀不再說話，媳婦姓黃，愛說又愛笑，膽小又溫柔，連雞都不敢殺，手上也沒疤。

「三哥，還有呢？」親兵們沒聽過癮。

「我知道的都說了，沒了。」三腳貓替自家兄弟著急。「你們還想問什麼？」

親兵們忽然都不說話。

三腳貓一拍腦門，繼續顯擺。「哦，想問梅小穩婆是不是待嫁？看三哥對你們多好，連這個也打聽了，她沒嫁妝、不嫁人，就算有人願意娶，她要帶著自家婆婆一起嫁，上門的媒婆們都退了。還有啊，梅小穩婆名聲在外，一接生忙起來不著家，所以指望她顧家也是難事。」

三腳貓喘了口氣，續道：「最重要的是，她原本住在秋草巷的，因為秋草巷修葺，暫住在我們早晨去的那個屋子裡。秋草巷呢，是清遠最窮的巷子，嗯，特別窮的那種。」

親兵們整齊劃一的嘆了口氣。

鄔桑在樹枝上翻了個身。「所以，她家那麼窮，還去育幼堂接回了那些孩子們。」

「是啊。」三腳貓抖著腿，眼神遠望。

他們都是苦出身，知道善良的代價，忽然有些佩服梅小穩婆。

傍晚，小屋的內院掛滿了布疋，下冰雹之後天氣放晴又迅速熱了起來，按這樣的熱度，梅妍估算天黑以前布疋就能晾乾，晚上就能裁布料。

姑娘們也時不時望著掛著的布疋，然後各自到屋子裡找活兒幹，有些黏梅婆婆，有些黏梅小穩婆，眼神膽怯又緊張。

梅妍一直處在做三頓飯的忙碌之中，因為米麵充足，還有鹿肉，孩子們又是長身體的時候，所以晚飯準備烙餅。

姑娘們看到梅妍烙餅又是一陣歡喜，眼神裡滿是期待。

晚飯時分，孩子們每人一張烙餅，一碗鹿肉湯，吃得特別香甜。

梅妍一天重體力活忙下來，連吃了三張烙餅，喝了兩碗鹿肉湯，終於滿血復活。

吃完晚飯，姑娘們搶著洗碗收拾，又圍在梅妍和梅婆婆身邊。

梅妍看著她們挨挨蹭蹭的腦袋，忽然有種變身成老母雞的錯覺，雞媽媽帶著一群小雞窩著躲避老鷹，關鍵是這群小雞們還都挺好看的。

外面又開始颳風了，一陣響過一陣。

四歲的小姑娘嚇得立刻緊緊抱住梅妍的胳膊。「梅小穩婆，會不會再下冰雹？」

梅妍想了想。「已經下過這麼大一場了，應該不會再下了吧，我也不知道。」

小姑娘嗓音軟軟的，眨著黑亮的大眼睛，又問：「梅小穩婆，晚上我可以和妳一起睡嗎？我害怕……」

梅妍實在抵不過純真清澈大萌眼的攻勢，點了一下頭，又立刻被甜甜的笑臉給萌化了。

五歲的小姑娘癟了癟嘴，也悄悄蹭到梅妍身邊，抓住了她另一隻胳膊。「梅小穩婆，我也想和妳一起睡……」

「我也想！」

「我也要！」

小姑娘們忽然撲過來，開始搶奪梅妍，抱不到胳膊的改成抱大腿，大腿也抱不到的，癟著嘴開始眼淚攻勢。
梅妍無語望蒼天。她真不是阿娘，也沒打算當阿娘啊……
梅婆婆被逗樂了。梅妍人緣好，孩子緣更好，孩子緣好的人，運氣都不會太差。
這種情形，換成其他人肯定會不知所措，但梅妍只是微笑著提問：「妳們為什麼這樣喜歡我呀？」
「虎子哥和石頭哥凶，妳不怕。」小姑娘努力解釋。「妳可好看了！」
梅妍又被萌到了，然後解釋。「妳們看，這屋子不大吧？大家都睡在這裡，就是和我一起睡啦，對不對？」
「可是，我想離妳最近……」
梅妍耐心地解釋。「不太行，我睡覺很淺眠容易醒，而且我是穩婆，生孩子不分白天還是晚上，我隨時可能被叫出門，所以呢，妳們還和昨晚一樣睡，婆婆一直都在家。」
一張張粉粉的小嘴都噘成了豬豬嘴。
秀兒壯著膽子問：「梅小穩婆，妳晚上出門不怕嗎？」
「我的小紅馬掛著馬燈，每次出門回家都有安全的路線，而且我還很凶、會動手，所以不怎麼怕。」梅妍說得自己都心虛，其實走的都是雷捕頭和差役們規劃的巡邏路線。
小姑娘的想法總是比較特別。「梅小穩婆妳是仙女嗎？長得好看，還很厲害，而且妳還照顧我們，做好多好吃的呢。」

梅妍又被逗樂了。這些孩子好乖，怎麼就能出虎子和石頭那樣的小混球呢？

「夏嬸子說，我們都是沒人要的孩子，如果在育幼堂不聽話，或者有人檢查的時候亂說話，都要趕出去。梅小穩婆，妳為什麼願意帶我們回家？」

那個夏嬸怎麼能這樣說？梅妍聽得皺了眉頭，想到上午在縣衙書房隔間聽到的，對夏嬸的印象頓時差了許多，趕緊岔開話題。「行啦，天黑了，趕緊睡覺。」

梅妍把姑娘們安頓在大通鋪上，大概她們平日的作息就是這樣，沒一會兒就都睡了。

梅婆婆也忙了一整日，乏得很，囑咐著。「妍兒，妳也快去睡。」

梅妍迅速漱洗躺平，還沒入睡就聽到敲門聲，立刻起身，驚訝地發現，姑娘們早已嚇得縮成一團。只是敲門聲而已，至於嗎？

「誰啊？」梅婆婆在院子裡問。

「梅小穩婆，我是柴謹，胡郎中請妳去醫館。」柴謹不會騎馬，一路狂奔來的。

「稍等。」梅妍很熟悉柴謹的聲音，拿上背包牽著馬就出門了。

梅婆婆拴好門，安慰道：「梅小穩婆常在深夜被叫起來，沒事的，睡吧。」

過了不少時間，姑娘們才躺回通鋪上。

梅婆婆皺起眉頭。她覺得清遠的育幼堂不對勁，說不出來的怪異。

梅妍趕到醫館時，發現從醫館到縣衙都亮了燈籠。奇怪，怎麼了？

柴謹跑得脫力，喘了好一會兒才能說話。「梅小穩婆，下午開始，不斷有嘔吐腹瀉的病人來，胡郎中一下午看了十七個人，現在人越來越多了。」

梅妍下馬走進醫館，發現積水已經退了，裡外都圍了病患。

胡郎中一見梅妍，立刻開口。「梅小穩婆，麻煩妳去一趟縣衙，要盡快想法子找尋原因，病患越來越多了。」

梅妍先在醫館檢查了三位病患，詢問了詳細的病程發展，排除霍亂、傷寒和副傷寒這些病徵，剩下的就是最終結果了。

所以，梅妍一進縣衙，便直奔莫石堅的書房。「莫大人，胡郎中讓民女過來。」

「快進來！」莫石堅痛苦地捂著肚子，一陣陣地想吐。

「莫大人，您也不舒服嗎？」梅妍傻眼。

莫石堅一見梅妍進來，就皺起眉頭。「胡郎中呢？為何他不來？」

「醫館病患太多，胡郎中脫不開身。」梅妍實話實說。「胡郎中讓我來尋找病因，他……」

梅妍話音剛落，莫石堅就捂著嘴衝去更衣，嘔吐聲和腹瀉聲隔著幾堵牆都聽得到。

梅妍問師爺。「莫大人何時開始的不舒服？今日凡是進嘴的東西，都要仔細排查，麻煩您好好想想。」最大的懷疑是冰雹大雨之後的水源污染。

大鄴的百姓們夏天基本都喝生水，既沒排污管，也沒有下水道，一條小河承擔著所有的吃喝拉撒，一場大雨很容易就污染水源，引發急性腸胃炎。

這裡醫療技術落後，劇烈的嘔吐和腹瀉，要是不能及時補充電解質的話，人體就會脫水而死。

梅妍幾乎可以預見，明日一早，清遠城會瀰漫著什麼樣的氣味了。

第四十二章

師爺先是一臉為難，然後很小聲地說：「不只莫大人，雷捕頭和差役們也都染病了。」

梅妍聽了有些頭疼。「馬仵作呢？」

師爺顯出更為難的神情。「他已辭去仵作一職，不在縣衙。」

梅妍像毫無防備地挨了一記悶棍，很是震驚。「他要走了?!」

師爺點頭。「國都城來人接他回去，人馬都在東門城外。梅小穩婆，妳……要去找他？」瞎子都看得出來馬川對梅小穩婆的心思，可惜梅小穩婆水靈靈的大眼睛看不到。

梅妍搖搖頭，另作打算。「師爺，現在縣衙的差役們還能奔忙嗎？」

師爺的臉色越來越難看。「梅小穩婆，整個縣衙只有我還能撐一會兒了，胡郎中有什麼好法子？或者妳有什麼好法子也可以……」

正在這時，柴謹飛奔進來。「梅小穩婆，胡郎中問妳有沒有想到好法子？如果妳有，儘管去做，需要他做什麼儘管開口。」

梅妍有一瞬間很想罵髒話。胡郎中這分明是趕鴨子上架！

師爺努力壓抑胃腸的種種不適，把所有希望都寄託在梅妍身上。「梅小穩婆，妳儘管說吧，就算死馬當活馬醫，也是要醫的。」

梅妍深呼吸。「師爺，請召集里長以及令百姓信服的人，真要治好，需要整個清遠百姓行動起來。我還需要一個屋子和清遠所有汲水地的輿圖，還有可以把很大的紙張掛起來的木架。」

「成！」師爺憋著一口氣打開空置的屋子，準備好木架，然後爬上馬背。「梅小穩婆，妳等著，我去叫人。」

梅妍用最快的速度點好蠟燭，鋪開紙把細菌性腸胃炎的發病原理和傳播方式畫完，還沒來得及喘口氣，就聽到師爺帶著一群人衝進來。「快，快進來。」

師爺將人帶進來，有各處里長、保正等人，一共十二個，分管著清遠的十二個區域，完全實現全涵蓋的要求。

「大家，我知道梅小穩婆年輕，但胡郎中都這樣相信她，希望你們能認真聽好，咕……」師爺的話被響亮的腸蠕動聲音打斷。

最怕空氣突然安靜。接下來的五分鐘，屋子裡源源不斷地有這種響聲，還有努力控制卻止不住的打嗝聲。

急性腸胃炎的人群遠比梅妍預估得還要多，如果這些人都上吐下瀉，整個清遠百姓就會像沒頭的蒼蠅一樣失了方向，真是要命了！

儘管如此，梅妍還是用最簡單直白易懂的方式向他們講述了急性腸胃炎的發生和發展，以及現在最簡單有效的控制方式是不喝生水、不吃生食，要避免傳向更多人，就只有將所有的餐具全都擱大鍋裡煮沸。

「各位大伯，煩勞你們回去傳話並且堅持執行，所有人不喝生水、不吃生食，排泄物暫存、不能沖到河水裡，以免污染或加重污染汲水地。

「尤其是孕婦、兒童和有病的老人家，他們若是頻繁嘔吐腹瀉，可能撐不到明日。胡郎中正在試藥，這段時間內，不能再有新病人，現在的病患不能再加重。

「我這裡有個配方，麻煩各位大伯帶回去，用熟水調製，一定要用煮沸過的碗盤盛裝，這能讓大家撐著些！」

然而，不管是中年大叔還是老人家，全都非常困惑地看著配方紙，喃喃嘀咕。「不識字啊……也不會啊……」

梅妍急得想掀桌子。

師爺萬萬沒想到會有這一齣。

這、這……這可怎麼辦呢？

梅妍深呼吸，鼻翼裡充斥著消化不良的酸腐味，閉著眼睛原地轉了一圈又睜開。「這樣，你們先把不喝生水、不吃生食這些規矩傳下去，然後讓百姓們把自家所有的餐具和布巾都煮了，保證鍋裡一直是熟水。」

「這個可以！」各級主管一個勁兒地點頭。「然後呢？」

梅妍想了想。「我去找綠柳居掌櫃，出動那裡所有人，帶上量具到各處配方子。」

「綠柳居？他們如何會配？」

「綠柳居所有人都識字，我會教他們如何配製，麻煩各位趕緊回去通知，尤其是孕婦、兒童和有病的老人家一定要管住嘴！」

「好，好，好。」一屋子人很快散去。

師爺悄悄舒了一口氣，滿腦門都是汗，呼吸越來越急促，臉色難看極了。「梅小穩婆，我也不成了，妳快去找莫大人要行事令牌，有了那塊令牌，剛才的那些人都會聽妳的。」

梅妍的嘴角一抽抽，拿行事令牌就是要擔起全責，她一個人哪擔得了？

「快去！」師爺再也忍不住跑了。

梅妍徹底傻眼，看著空盪盪的屋子只剩自己一個人，這是逼人拚命的節奏啊！

正在這時，外面傳來夏喜的聲音。「梅小穩婆！夫人，梅小穩婆在這裡呢！您快來！」

梅妍頓時一個頭兩個大，卻還是硬著頭皮走出去，就看到莫夫人飛也似地走過來。「梅小穩婆，縣衙的大家都倒下了，怎麼辦？」

梅妍把莫夫人領進屋子，指著大幅掛紙認真講解了一遍。「莫夫人，身體好的不喝生水、不吃生食；在縣衙小廚房燒一鍋水，把所有餐具和布巾都煮至少五分鐘，然後才可以用。」

「好，聽妳的。」

「上吐下瀉的，暫時禁食、禁水。」

莫夫人急了。「已經吐瀉得那麼厲害，還不能吃喝？」

梅妍耐著性子繼續解釋。「這是外邪在臟腑作祟，嘔吐和腹瀉是身體驅除外邪的方法，嘔吐劇烈的時候喝水進食，會加重嘔吐。我觀察過了，這不是霍亂，也不是傷寒，所以等嘔吐腹瀉把胃腸的內容物排空，就能慢慢緩解。我現在去請綠柳居上下來幫忙調方子，胡郎中也在準備黃連湯藥，等他們緩解時，就可以喝水、喝藥了。」

莫夫人點頭。「好，我這就去縣衙廚房。夏喜，妳去一一吩咐污物的事情。梅小穩婆，跑腿的事情就拜託了。」

梅妍嗯了一聲，忽然想到。「莫夫人，師爺剛跑去茅廁時，讓我去莫大人那兒領行事令牌，方便調遣里長村正。」

莫夫人立刻往廚房去，邊走邊吩咐。「夏喜，妳快帶梅小穩婆去找老爺。」

梅妍跟著夏喜直奔書房。

莫石堅時不時想吐，腹中聲響不斷，奔了四次茅廁，實在沒力氣了，伏在案桌上又口渴得厲害，顫著手去搆茶壺、茶盞，指尖剛碰到茶盞，茶盞就被夏喜搶走了。

夏喜把書房裡所有的茶壺、茶盞連茶盤一起捧走了。「老爺，您想喝茶，奴婢立刻去重燒。」

梅妍把師爺、里長、村正等人說的事情又重說了一遍。「莫大人，師爺讓民女向您申請行事令牌……」話音未落，一塊漆木牌就出現在眼前了。

莫石堅捂著肚子、伏在桌上，揮著一隻手，有氣無力地催。「快去！快！」

梅妍拿著漆木牌跑出書房，甩下一句。「莫大人，民女告退。」

「哦……」莫石堅被腹中絞痛疼得連話都說不出來。

梅妍騎上小紅馬，沒多久就到了綠柳居，提著燈籠敲門。「花掌櫃！花姊姊！快開門！」

很快，胖大廚睡眼惺忪地開了門，花掌櫃提著燈籠問：「梅小穩婆，什麼事啊？」

「花姊姊，綠柳居有沒有人上吐下瀉？」

「沒有。」花掌櫃不明白。

「太好了，請綠柳居上下幫忙，救助清遠百姓。」梅妍亮出縣衙的行事令牌，同時掏出電解質液的配方表，東西不難，就是一定比例的鹽加糖調和熟水，主要是水源要乾淨、煮過。

五分鐘後，綠柳居上下都聚在大堂。

梅妍先恭敬行了禮。「花姊姊，綠柳居的大家，深夜打擾實在迫不得已。清遠百姓急性腸胃炎發作，上吐下瀉得厲害，縣衙眾人全倒了，只有莫夫人在苦撐。

「我這兒有個方子，叫『補液鹽』，但里長和村正他們都不識字，不知道怎麼配。麻煩各位去清遠各個街市，替他們配製，他們已經回去傳話，各家都在燒水煮餐具和布巾了。」

花掌櫃收下配方表。「成，我們準備一下就出發。」

梅妍撲過去抱了花掌櫃。「謝謝花姊姊，我走啦。」
花掌櫃望著配方很感慨。「誰能想到，咱一個做吃食買賣的，竟然會與梅小穩婆合作救人？梅小穩婆也真是，這麼重要的東西就隨便給我們了。」
胖大廚樂了。「幹活啦！」
「好！」
育幼堂半山腰營地裡，三腳貓蹲在樹上值夜，看了看明亮的月光，又看著清遠城中越來越多的亮光，嘀咕。「怎麼大半夜的都不睡覺啊？」
鄔桑牽著細犬回到營地，舉著火把在樹下問：「你大半夜的嘀咕什麼呢？」
三腳貓一使手勢。
鄔桑看了也很納悶，清遠既沒有走水，也沒再下冰雹，既不過年、又不過節的，都這麼晚了還那麼多人沒睡。
三腳貓從樹上滑下來。「將軍，小的去打探一下。」
「我去瞧瞧。」
「將軍！」三腳貓急了。「什麼事都您做了，我們這些人做什麼？」
突然一陣響動，睡覺的大夥兒都起來了。
鄔桑翻身上馬，徑直向山下馳去，沒多久，身後成了馬隊。

穿過一大片農田，鄔桑看到梅家小屋裡有亮光，下馬敲門。「不用開門，我是鄔桑，知道城內出什麼事嗎？為何那麼多人晚上不睡？」

梅婆婆在門內回答。「啟稟將軍，柴醫徒深夜來訪，說胡郎中有請。」

「多謝。」鄔桑翻身上馬，向城中馳去。

夜深人靜，司馬玉川毫無睡意，負手立在城東門外的樹林裡仰望夜空，月光很亮，甚至有些刺眼。

「公子，明日一早就要趕路，還是歇下吧。」司馬府管家四處巡視，發現公子還沒睡。

「我不睏。」馬川頭也沒回。

「公子，您若對穩婆梅氏念念不忘，只是徒增煩惱而已。」管家苦口婆心地勸。「聯姻在即，您……」

「我睏了。」司馬玉川頭也不回地進了營帳。「你也早點歇息。」

管家望著公子的後腦杓，玉川公子天生反骨，住在清遠貧民巷兩年有餘，這次見到他們既沒有發脾氣，也沒有摔東西，整個人不僅變得沈穩內斂，還知道體恤下人了，這轉變簡直讓人不敢相信。

偏偏就在這時，城牆內頻繁響起的馬鈴聲，來來回回的，很是煩人。

管家皺眉。「清遠城內發生什麼事？」

司馬家僕迅速出去查探，片刻以後回來稟報。「管家，城內民宅都亮了，不知發生什麼事，穩婆梅氏騎著馬在全城轉悠。」

司馬玉川根本就沒睡，聽到響聲立刻走出營帳。

沒一會兒，馬鈴聲越來越近，司馬家僕立刻警覺地圍成一圈，很快就有人稟報。「管家，是穩婆梅氏。」

梅妍特別感謝雷捕頭裝的馬燈，這樣晚上出門就不用舉著火把，馳出沒人看守的東城門，向著師爺所說的方向趕，很快就看到樹林裡的帳篷和人影。

「來者何人？」司馬家僕例行詢問。

梅妍下了馬，俯身行禮。「清遠縣城穩婆梅氏，求見馬……求見司馬玉川公子。」

家僕還沒來得及稟報，司馬玉川已經走出來了。「大半夜的怎麼了？」

梅妍說話太多，嗓子又乾又疼，因為出門太急沒帶熟水，口渴也只能忍著，問：「公子，請問你們同行的人，有沒有上吐下瀉的？」

司馬玉川扭頭問了一圈才回答。「沒有。」

梅妍放心了，從背後抽出了在縣衙屋子寫的超大紙頁，藉著馬燈的光，把清遠城急性腸胃炎爆發、原因經過和處置措施全都說了一遍。

司馬玉川驚訝極了，大鄴每年暴雨過後，各地都有百姓死於嘔吐腹瀉，少則數十人，多則成百上千人，不只當地郎中，就連惠民藥局的太醫們也束手無策，她卻將發病原因與預防處置講得清晰易懂，令人信服。

原以為她精通女科，現在看來她分明是精通醫術，且醫術遠在胡郎中之上。

梅妍把超大紙張疊好，塞給司馬玉川。「你回國都城跋山涉水的，記住，一定要喝熟水，自帶餐具也要記得定期煮沸，防止外邪。本穩婆太窮，最近又接收了育幼堂的姑娘們，窮得叮噹響，這張圖就當送行禮物吧，紙張背面有那補液鹽的配方、服用方式，以及脫水程度的判斷方式。」

司馬玉川小心收好紙張，深深地凝望梅妍，心裡萬分捨不得。

梅妍不記得出了幾身汗，口渴得不行，被司馬玉川這樣看著，只能硬裝看不懂，乾巴巴地開口。「司馬公子，你這兒有熟水嗎？這已經是我今天說的第四遍了，嗓子都快冒煙了。」

司馬玉川立刻進營帳拿了水囊出來。

梅妍接過水囊咕嚕咕嚕狂喝一氣，嗓子舒服多了，然後有些尷尬地還給他。「不好意思，都喝完了。」

司馬玉川拿著空水囊回了營帳，又取了肉乾、糕點、乾糧出來，往梅妍背包裡塞。

梅妍覺得背包越來越沈。「夠了，真的夠了。」

司馬家管家和家僕們個個驚掉了下巴。

穩婆梅氏大半夜趕來討飯？不對，自家公子這樣子，活脫脫是怕穩婆梅氏餓著、渴著啊！突降冰雹都沒嚇著他們，可此情此景實在太駭人了！

而且公子的眼神好溫柔、好寵溺，但他就沒發現穩婆梅氏的包快塞不下了嗎？這是什麼貧家女子勾引貴公子的招數？問題是，自家公子好像很吃這一套，老天爺啊，這到底是怎麼回事啊？

見梅妍的包一點都塞不下了，司馬玉川琢磨著要不要另外再裝一包。

梅妍急了。「真的夠啦！」

司馬玉川的眼神頓時黯淡了，望著她，一言不發。

梅妍的疲憊稍緩，這時才慢八拍地發現，面對換回錦衣華服的司馬玉川，馬仵作再也叫不出口，忽然意識到自己只是出來報信的，現在信報完就該回城了，還有一大堆事情呢。

直到這一刻，「分別」二字格外清晰地出現在梅妍的腦海中，六年老穿越人，她和梅婆婆一直居無定所，從沒不捨得哪個地方，也沒不捨得哪個人，司馬玉川是第一個。

他回奢華府邸，而她會在清遠這個偏僻小城扎根。大鄴交通不便，對普通百姓而言，隔著千山萬水互通書信也是奢望，這一別……恐怕就是一輩子了。

但再不捨又能怎樣？不出意外，他會是大鄴未來的股肱之臣，天上的天鵝。她是什麼呢？地上走的小雞、小鴨子？就算醫術高超，也只是個好穩婆，僅此而已。

梅妍望著司馬玉川，忽然想到一樁事情。「司馬公子，請問該怎麼對付鼻孔朝天的富戶鄉紳們？」

「嗯？」司馬玉川簡直不敢相信，這樣的時刻，她怎麼能問這種問題？

梅妍說到這個就很生氣。「不喝生水、餐具布巾煮沸這些的，家家戶戶都能做到，但是不往河水裡倒污物，富戶鄉紳們個個鼻孔朝天，聽完就把大門關了，任人在外面說得嗓子冒煙都不搭理。不僅如此，越不讓倒，他們倒得越凶。這樣下去，就沒有停止的時候。」

「妳等著。」馬川剛才預設了梅妍離別時可能說的所有的話，這時才明白，他始終看不透她，不過沒關係，如果這是她分別時想做成的事，他一定幫到底。

梅妍眨著眼睛看司馬玉川回到營帳，很快又看他帶了所有人手出來。這是要做什麼？

「上馬，跟我進城。」司馬玉川率先上馬。

「公子，您這是……」管家汗涔涔的，難道公子這兩年在這鄉野之地學會打架鬥毆了？

這樣想著，卻也不得不跟隨，就算公子要踏平清遠，他也必須照做。

梅妍不敢相信。馬川，哦不，司馬玉川公子帶這麼多人手要做什麼？

「傻了？」司馬玉川逗她。「走，進城！」

第四十三章

「哦。」梅妍乖乖上馬，還因為背包裡塞了太多東西，上了兩次才成功。

司馬家騎的清一色駿馬，梅妍的小紅馬怎麼也跟不上，只能大喊：「慢點，你知道是哪幾家嗎？」

「能鬧的就是那幾家，妳去忙其他的！」司馬玉川扭頭回了一句，甩手就是一鞭。「駕！」

司馬玉川在清遠熟門熟路，很快就帶人停在了石澗的家門外。可憐的里長和村正捂著肚子，在外頭嗓子都喊啞了，石家都像沒聽見一樣，大門緊閉。

司馬管家和司馬玉川，望著高高的臺階和緊閉的黑漆木門，這屋子建得逾制得都沒邊了，公審時，石澗挨胡郎中罵一點都不冤，真是聖賢書都讀到狗肚子裡去了。

「開門！」司馬家丁大力拍門。

里長和村正氣得直喘粗氣。真是欺人太甚，害人不淺！

司馬管家一揮手。「砸！」

司馬家丁縱身躍上圍牆，對著瓦片與花窗一通砸，在寂靜的夜裡格外明顯。

好不容易趕到的梅妍驚掉了下巴，司馬玉川這樣斯文的人，司馬家行事卻這樣囂張的嗎？

石澗家的僕人們聽到聲音跑出來一看，直接都嚇傻了，連跌帶爬地跑進去稟報。「公子啊！有人砸牆毀瓦啊！」

石澗有五個兒子，卻都不是讀書的料，自小就慣得無法無天，一個比一個混帳，大兒子抄起鐵棍衝出來。「哪家的狗雜碎敢砸我家門？

「莫石堅呢？雷捕頭呢？你們都死了嗎？抓了我阿爹，現在有人砸門，縣衙都不管的嗎？」話還沒來得及罵完，大兒子就被一個土塊給砸暈在地。

「不好啦，大公子被砸暈啦！」僕人們都快嚇死了。

這一嗓子號得驚天動地，石家其他四個兒子衝出來的時候，石家大門已經轟然倒塌。

司馬管家不動如山。「若你們再隨意棄倒污物，下場就是這樣。」

石家二兒子雖然被嚇得雙腿亂顫，但氣勢不能輸，梗著脖子問：「你們是哪兒來的？敢不敢報上名來？此仇不報，本公子就不姓石！」

司馬管家嗤笑。「國都城司馬家，等你來找！我們走！」

司馬玉川面沈如水，聲音都帶著寒意。「我是司馬玉川，若你家執意再犯，讓清遠疫病不休，百姓不得安寧，就等著流放吧。」

石家所有人都驚呆了。司馬家？老天爺啊，這寒氣逼人的竟然是縣衙馬仵作，不對……馬仵作竟然是國都城司馬家的人?!

大鄴對疫病治理十分重視，所有違抗疫病的判罰都是重罪。石家三兒子直接嚇暈了。

「大公子！」

「三公子！」

石家頓時亂作一團，號哭聲，叫罵聲傳得很遠。

司馬玉川走出石家，知道對縣衙心存不滿的富戶鄉紳都是石家的左鄰右舍，站在並不空曠的石板路上。「其他各家聽著，今日清遠突發疫病，胡郎中與梅小穩婆為此疲於奔命，若有人置疫病於不顧，拒不配合，以違抗疫病罪論處。」

幾乎同一時間，附近各家大門紛紛打開，並傳出不算整齊的回答。「是！」

梅妍悄悄向司馬玉川豎起大拇指。厲害！

司馬玉川被梅妍的神情和手勢震驚了，好半晌才反應過來。他想起來了！他什麼都想起來了！

鄉紳富戶們不作妖，梅妍就放心多了，望著身量高，氣場更高大的司馬玉川，腦袋裡有些混亂。咦？還要幹麼來著？

「還要做什麼？」司馬玉川面帶微笑。

梅妍想了想。「縣衙上下全倒了，只剩莫夫人和夏喜兩人在撐。還有，空屋裡的木架上，有張病患區域和數量統計表要填，胡郎中那兒還在試藥，藥是不是有用還不知道，你們能不能……」

司馬玉川一揮手，管家和家僕一起上馬，向縣衙去了。

管家簡直不敢相信，堂堂司馬家公子和一個區區穩婆居然如此有默契。

老天爺啊！他還能順利把公子帶回去嗎？會不會天亮以後，公子就改變主意了？或者公子想直接把穩婆梅氏帶回國都城阻止聯姻？

管家倒抽了一口涼氣，不能想也不敢多想，不論後面發生什麼事也只能硬著頭皮跟上。

梅妍目送司馬玉川一行人消失在路口轉角，掏出粗紙本將待辦事宜逐項打勾，接下來要先去陶家看桂兒娘親和弟弟；然後去柴家看柴氏和龍鳳胎，還有整整一頁事情沒做。

深呼吸，梅妍從背包裡掏出一塊綠豆糕，餵給小紅馬吃完，拍拍馬頭。「走，去陶家。」

兩刻鐘後，梅妍放心地從陶家出來，桂兒做事麻利又有耐心，之前還記住了梅妍的每一個囑咐，把阿娘和弟弟照顧得很好，陶家上下沒有一個嘔吐腹瀉的。

梅妍又騎馬趕去柴家，柴家田地受冰雹砸壞了不少，柴氏公公和婆婆雖然很心疼，但因為有柴家燻肉的額外收入，家中開銷都能應付得起。

柴氏婆婆嚴格執行梅妍的每一條囑咐，對珠兒和龍鳳胎照顧得非常精心，連帶著家裡的伙食和用度花銷也增加了不少，好處也顯而易見，左鄰右舍病的病、倒的倒，唯有柴家上下安然無恙，獨自健康。

而且，因為有了柴家這個明晃晃的實例，左鄰右舍們對村正的要求都無條件執行，村正上報里長的時候也很高興。

劉蓮本來就在擔心梅妍和梅婆婆，可柴家田地受損嚴重，她實在脫不開身，見梅妍都挺好，這才放了心。

梅妍看劉蓮的臉色紅潤，臉龐也長了些肉，就知道她在柴家待得不錯，也非常高興，邁著輕快的步子離開了柴家，騎上小紅馬再趕去胡郎中的醫館，看看湯藥配製進展得如何。

小紅馬載著梅妍東奔西跑，又因為得了兩塊特別好吃的芸豆糕，幹勁十足，跑得飛快，不料過路口時馬蹄打滑，一下子滑出去老遠。

「啊啊啊……你慢點！」梅妍勒緊轀繩卻沒有半點用處，覺得自己像繫在繩子上的球被甩來甩去，剛避開撲面而來的茂密樹枝，右臂就擦過灌木，左轉時又被旗幡打了臉，更悲催的是，眼看著就要撞上一堵半塌的土牆。

小紅馬嘶鳴著勉強停住，卻又因為慣性向前衝。

梅妍眼看著自己離土牆越來越近，完全沒有躲閃的餘地，只能閉上眼睛認命。

小紅馬的嘶鳴夾雜著其他不明響動，就在梅妍額頭和鼻尖撞到牆的瞬間停住，整個人足足僵了五分鐘才喘出一口氣，手軟腿軟地爬下馬，拍了拍馬頭。「親，你能不能悠著點兒？」

小紅馬擺了擺脖子，嘶鳴一聲，喪氣地低著頭，頭越來越低。

梅妍這才發現小紅馬的脖子套著兩個繩圈，還有明顯的勒痕，她嚇得立刻回頭，赫然發現鄔桑和親兵們分立在自己身後。

眼下的情形再明顯不過，梅妍這條命是鄔桑兵團救的。

梅妍望著他們，覺得四肢終於變回自己的了，特別恭敬地向他們行禮。「多謝各位救命之恩。」

鄔桑不以為意地問：「大晚上的有孕婦臨盆？」

梅妍嘆了一口氣，把清遠百姓爆發急性腸胃炎、縣衙上下全中招、腸胃炎發生和預防等等事情，再重講了一遍，她又口渴了。

鄔桑和親兵們望著這麼年輕的姑娘，既不敢相信，又有些敬佩，難怪她是清遠第一位脫離賤籍成為良民的穩婆，難怪清遠百姓們提起她總是讚賞居多。

「如何證明妳說得都對？」鄔桑不錯眼地看著梅妍。

梅妍想了想，糾結了一下措辭。「鄔將軍和部眾們見多識廣，有一點可以證明熟水和熟食可以預防腸胃炎，比如說，寒冬就沒有。因為寒冬季節，孩子都知道喝涼水會肚子疼，冬季都是熟水熟食，極少有這樣的事情發生。」

鄔桑平日都是懶洋洋的，聽梅妍講述時也垂著眼簾，聽完以後又問：「這是妳的見解，還是胡郎中的？」

梅妍不假思索地回答。「胡郎中的。」

鄔桑倏地睜開眼睛瞥了梅妍一眼。「胡郎中那個庸醫想不到這些。」然後他走近小紅馬，取下繩套收好，將小馬仔細檢查了一遍。

梅妍一怔，鄔桑竟然說胡郎中是庸醫？胡郎中可是這裡遠近有名的良醫啊！

「鼻子有沒有事？」鄔桑有事說事，說話從不拐彎。

梅妍後知後覺地摸了摸鼻尖和額頭，還真有點疼，然後在與鄔桑擦肩而過的時候，聞到了隱約的血腥味，反問道：「鄔將軍，您是不是受傷了？」

三腳貓立刻拽住鄔桑。「將軍，您剛才是不是……」

「去縣衙。」鄔桑翻身上馬，揚長而去。

三腳貓上馬就追，扯著嗓子喊：「將軍，您不能有事啊，您要是有事，羅軍醫會拿我試藥！我會被苦死的！將軍，您還是去醫館吧，將軍等等我……」

梅妍眼睜睜看著他們遠去，強行甩掉滿腦子困惑，騎上小紅馬向醫館馳去。

被冰雹砸得只剩半個能用的醫館此時燈火通明，胡郎中的壽眉都愁白了，一籌莫展。

十年了，他仍然束手無策，這些病為何發生？又為何如此凶險？

二十年前的秋草巷連磚石都帶著紙墨的香氣，因為一場疫病席捲而來，最初的情形就像現在一樣，什麼湯藥、成藥都不起作用，嘔吐腹瀉的病患越來越多，病情越來越嚴重，最後變成一具具脫水的屍體。

情況實在不得已，縣令只能宣布將病患封隔在秋草巷，斷食斷水，七日後，總共清理出八百四十三具污穢的屍體，這些屍體混著生石灰深埋地下，秋草巷從此荒廢。

而現在，最嚴重的病患已經嘔吐腹瀉數十次，外面還有源源不斷的病人等著看病，醫館內外都瀰漫著濃重的嘔吐物和排泄物的臭味。

胡郎中心力交瘁地想，那些病患冤魂糾結這麼多年還沒散盡，如今又要惡夢重現了嗎？

柴謹汗流浹背地端出第一鍋黃連湯藥，平日雖討厭師父「梅小穩婆長，梅小穩婆短」，可是面對越來越嚴重、越來越多的病患，他反而希望梅姸能在醫館，說不定能出些主意。可是，梅小穩婆在哪兒呢？

正在這時，柴謹看到全縣的村正和里長都往縣衙趕去，過了兩刻鐘又紛紛回各自的轄地。最讓他奇怪的是，為冰雹災害奔忙的縣衙差役們都不見蹤影。等候的病人越多，他越慌，因為不知道什麼時候就會輪到自己。

最重要的是，柴謹第一次發現師父慌了，給病人把脈的手指都在抖。

可即使這樣，柴謹仍然要問：「師父，外面的病患如何處治？要繼續餵水嗎？」

胡郎中看著柴謹出神，好一會兒才無力地揮了揮手。「渴了就喝水，餓了自然要吃東西，不要再問了。」

醫館內外，每個人都惶惶不安。

梅妍小心翼翼地騎著小紅馬，終於安全抵達醫館，下馬以後長舒一口氣。

柴謹看到梅妍時，既高興、又有難過，她看到這麼多病人怎麼都不害怕呢，張嘴說出的卻是：「梅小穩婆，妳的額頭和鼻子怎麼了？要不要處理傷口？」

梅妍不明白。「我的額頭和鼻子都沒事啊。」

「那妳額頭和鼻子怎麼紅成這樣呢？」柴謹心中五味雜陳地問。

梅妍反問道：「胡郎中和你有沒有上吐下瀉？」

「沒有。」柴謹心裡一暖。

病患們都只問什麼時候可以輪到他們？要吃什麼藥？能不能治好？只有梅妍來問他倆好不好。

梅妍拴好小紅馬，一邊走一邊問：「胡郎中呢？還撐得住嗎？」

「硬撐。」柴謹說大實話。

梅妍囑咐道：「對了，現在開始只喝熟水、只吃熟食。」然後就頭也不回地走進醫館，被撲面而來的臭味熏得差點退出去。

「梅小穩婆？」病人們紛紛打招呼。

梅妍不斷招呼著回應，走到胡郎中面前。「請借一步說話。」

胡郎中立刻起身，將梅妍領到庫房一角。「請說。」

梅妍直截了當地介紹。「胡郎中，佛說有三千大世界，還有三千小世界，引發的是我們看不見的外邪。」

胡郎中不明白。「此話怎講？」

梅妍把急性腸胃炎的病因、特徵、進程和預防治療又詳說了一遍，喝了兩口水才繼續。

「胡郎中，預防措施是熟水熟食，治療方案應該是保護腸胃為主，食療為主。現在病人腸胃弱，不好進食，這是補液鹽配方，可以讓柴醫徒配起來，給吐瀉暫緩的病患少量多次地喝下。」

胡郎中思量片刻，用力一拍雙手，兩眼發光。「妙啊！」

梅妍很欣賞胡郎中的一點就通，提出自己的建議。「先禁食、禁飲，把病患按脫水的程度分成三類，脫水一度的只須暫時禁食、禁飲；脫水二度者，腹瀉嘔吐不嚴重的，喝補液鹽；脫水三度的……」

她好想要點滴和各種點滴袋啊！

「梅小穩婆，老夫明白了。」胡郎中背著雙手，步伐沈穩，一副胸有成竹的樣子。「補液鹽就有勞梅小穩婆去教徒兒了。」

梅妍去了煎藥房，看到柴謹揮汗如雨地在添柴，裡面熱得像烤箱，也只能硬著頭皮走進去幫忙。

柴謹既緊張、又高興，卻一時不知道提什麼話題，只能沈默。

胡郎中按脫水程度把病患分為三類，輕症、嘔吐腹瀉不嚴重的，詳細囑咐一番後讓他們各自回家禁食、禁飲，如果天亮還是不好再來；中症的和重症的，同樣先禁食、禁飲，分別用了穴位點按和金針，緩解劇烈的嘔吐和腹瀉。

等他把病人們逐個兒安頓下來後，梅妍和柴謹合力抬出一大桶補液鹽水，分發給腹瀉嘔吐稍緩的病人，讓他們時不時抿一口，少量多次地喝下去。

一個時辰後，中症的病患並沒有再嘔吐腹瀉，可以開始喝補液鹽水。

兩個時辰後，重症病患的嘔吐腹瀉也止住了，繼續觀察可以稍微喝些補液鹽水了。更重要的是，回家休養的病患沒有再出現，也沒有其他新病人，重症病患死亡人數為零。

醫館內的三人稍稍放心一些，因為治療方法見效，三個人都處於亢奮狀態，精神越來越好。按這樣的速度，天亮時分重症病患就可以脫離危險了。

很快，醫館的乾柴都用完了，柴謹和梅妍各搬了張小凳子烤那些濕透的柴火。

柴謹高興極了，一手端著補液鹽水，一手烤柴火，雖然很熱卻一點都不擔心，終於打開了話匣子。「梅小穩婆，妳怎麼知道這麼多？梅小穩婆，妳擱著讓我來烤，這補液鹽水雖然難喝，但真有效果……」

梅妍猛地想起一樁事情，一下跳起來跑進醫館，奔到胡郎中身旁。「縣衙上下全倒了，我們還沒去看過呢。」

「嗯。」胡郎中點了點頭，忽然瞪大了金魚水泡眼。「嗯？徒兒，看住醫館的病患！我和梅小穩婆出去一趟。」

「什麼?!」柴謹差點栽進小火堆裡，這麼多病人都留給他一個人看著。「師父，不行啊……」

梅妍騎上小紅馬，這才想到胡郎中沒法騎馬，這可怎麼辦？

「梅小穩婆，妳先去！我自己想法子！」胡郎中催促。

梅妍點點頭，一甩馬鞭，徑直向縣衙衝去。

第四十四章

縣衙廚房裡，莫夫人和夏喜都包著頭布、繫著圍裙，夏喜燒火，莫夫人按配方調整補液鹽水，司馬家兩名家僕負責運送熟水桶和補液鹽水桶，每個人都是一身汗。

廚房外的空地上，司馬家的兩名家僕正將廚房煮過的滾燙餐具擺開晾乾，擺放收拾得極有條理。

司馬玉川和管家兩人在空房子裡填寫病患分布圖，其他家僕們都被派出去收集和整理數據，每隔兩刻鐘回來回報一次。

書房裡的莫石堅，被莫夫人強行禁食、禁水，嘔吐腹瀉停止後半個時辰，哪知道喝補液鹽水沒多久，因為喝得太急又開始吐，只能再次禁食、禁水，現在還算平穩，就是不停地打嗝，打得非常難受，只能一次又一次眼巴巴地望著書房外。

胡郎中啊，柴醫徒啊，梅小穩婆啊，來個人吧，太難受了……

值守房內的差役們，除了雷捕頭以外，其他差役在莫夫人和夏喜的照看下，都已經停了腹瀉嘔吐，雖然精神差了不少，好在沒有加重。

雷捕頭這次病來如山倒，歪在床榻上像頭病了的大熊，腹中咕嚕聲不停，還一陣陣地疼，念叨。「胡郎中怎麼還不來啊？」

其他躺平的差役安慰。「許是醫館病患太多走不開吧，反正我們也不吐不拉了，說不定天亮以後就好得差不多了。」

雷捕頭沒精打采地念叨。「胡郎中不來，柴醫徒來也行啊，實在忙不過來，梅小穩婆來也可以啊……」

與雷捕頭交情較好的胡差役捂著肚子，苦中作樂地取笑他。「雷捕頭，你又不生孩子，梅小穩婆來做什麼呀？」

「哈哈哈，雷捕頭你是懷了嗎？幾個月啦？」

「雷捕頭，你這吐得可夠厲害的呀！」另一名差役接話。

「滾！」雷捕頭怒道：「你們再胡說，老子扣你們的點勤。」

胡差役私下最喜歡惡搞，刻意壓低嗓音。「梅小穩婆，雷捕頭懷了，妳來瞧瞧唄……」

「哈哈哈！」差役們爆出一陣陣笑聲，然後就樂極生悲的，又迸發了一陣腸鳴和打嗝聲。「哎喲，不能笑了，嗝……」

胡差役硬撐著從床榻上爬起來，咬牙切齒地說：「雷捕頭，你等著，小的這就去把梅小穩婆找來……」

「混帳東西！你給老子回來！」雷捕頭被氣得臉色發白。

「梅小穩婆，救命啊，雷捕頭他孕吐得厲害啊……」胡差役蜷縮著身體一步步堅強地往外挪。

「胡差役，雷捕頭怎麼了？」梅妍原本要去書房看莫石堅，循聲先過來看，以為出什麼事了。

胡差役保持蜷縮著身體但邁出右腳的姿勢，差役們目瞪口呆，而雷捕頭一個鯉魚打挺想從床榻上爬起來，卻沒能起身，反而發出了一連串的肚鳴聲。

滿室寂靜。

梅妍戴上口罩和手套，從胡差役開始檢查。「胡差役，你輕度脫水，不吐不拉的話，可以喝補液鹽水，裡急後重需要時間恢復。」

「王差役，你也是輕度脫水，打嗝很厲害的話，一會兒胡郎中過來施針就能緩解。」

檢查一圈下來，差役們都是輕度脫水，因為已經喝過補液鹽水，所以都在好轉中，但都因為裡急後重，沒法出門執行任務只能躺著；只有雷捕頭大概是因為拉的次數太多，腹痛緩解不了。

梅妍想了想。「雷捕頭，你繼續喝補液鹽水，胡郎中來了以後，應該會給你穴位按壓，很快就能緩解。」

「哎。」雷捕頭老臉一紅，手足無措地轉移話題。「醫館那麼多病患怎麼樣了？有沒有死掉的？」

「雷捕頭，我剛從醫館過來，重病者病情都穩住了，還有哪裡不舒服嗎？」

雷捕頭立刻回答。「沒啦沒啦，梅小穩婆，莫大人和師爺怎麼樣？」

「雷捕頭，我本來是打算先去看莫大人，聽到這邊在喊救命……」

「快去，快去看莫大人和師爺。」胡差役打斷梅妍的話。

「行，我去書房。」梅妍匆匆離開。

梅妍前腳走，胡差役後腳就被雷捕頭抄起的臭鞋子砸了頭。

雷捕頭一通好罵。「你個姓胡的，嘴上沒把是嗎？都什麼時候了，還拿老子尋開心？」

「雷捕頭，下次不敢了，哎喲！」胡差役那個後悔啊，也不知梅小穩婆聽到多少。

梅妍趕到書房還沒行禮，莫石堅就一迭連聲地問：「胡郎中呢？醫館的病患怎麼樣？」

「回莫大人的話，胡郎中很厲害，用金針和穴位按壓的方法減緩了嘔吐腹瀉，醫館病患的情況都穩定了，目前為止沒有死亡病例，也沒有新增病患。」梅妍第一次看到莫石堅的臉色這麼差，又勸道：「莫大人，胡郎中很快就來了，再堅持一下。」

莫石堅這才舒展地趴在書案上，之前腦補的種種慘狀就此消散，精神壓力卸去大半，整個人都輕鬆起來，腹部疼痛好像也緩解不少。

「見過莫大人。」胡郎中拄著枴杖姍姍來遲。「先把脈吧？」

「胡郎中，多謝了。」莫石堅伸出左手，擱在軟枕上。

胡郎中仔細把了兩次脈。「莫大人，您憂思過度，鬱積於胸，氣血不暢，老夫略施金針，替您舒緩片刻。」

莫石堅連連擺手。「胡郎中，本官覺得好多了，就不用施針了吧。」

胡郎中堅持，莫石堅的身體比他預想得要差得多，趁現在趕緊施針用藥，用心調理還能完全恢復，再拖下去，身體會慢慢垮掉。

莫石堅忽然開口。「梅小穩婆，本官這裡還算平穩，師爺和差役們現在如何？妳帶胡郎中去看一下再來稟報。」

「莫大人，剛才梅小穩婆已經檢查過師爺和差役們，雷捕頭需要施針，其他人都不用太過擔心。」胡郎中什麼病人沒見過？

正在這時，司馬玉川和管家大步走進來。「莫大人，疫病資料已經全部完成，擱在空屋裡，您有需要隨時可以察看。」

莫石堅驚呆了。「你還沒走？」

司馬玉川回答得坦然。「天亮以後動身，莫大人不用擔心。」

胡郎中捋著鬍鬚，慢悠悠地說了一句。「梅小穩婆，天快亮啦。」

梅妍低頭，望著司馬玉川昂貴的鞋履和上好的錦緞衣襬，不言不語，片刻又看向書房外的夜空。

確實……天快亮了，他要走了。這輩子大概都不會再見了。這麼能配合、觀念相符的朋友，她真捨不得！可是再捨不得又能怎樣？

司馬大管家忙了一整晚，又乏又睏，還要提心弔膽地擔心自家公子會不會突然改變主意。老天爺啊，司馬大人的原話是「若執意不歸就家法處置，而後註銷戶籍，司馬家沒有當仵作的公子」。

但事實上，如果不是公子要救助育幼堂的孩子們，根本就不會搭理自己。而現在，自家公子在眾目睽睽之下，不錯眼地盯著穩婆梅氏，他的寒毛都倒豎起來。

「公子。」大管家面上不顯，心慌得不行。「天亮了，該上路了。」

司馬玉川盯著梅妍低垂的腦袋，嘆了一口氣。「妳沒什麼要說的嗎？」

梅妍當然有許多話要說，可話到嘴邊又嚥回去，繼續低著頭。

正在這時，院外傳來花掌櫃聲音。「梅小穩婆，我們已經給全城配完補液鹽水了。」

「花掌櫃，等一下！」梅妍衝了出去，片刻又跑回司馬玉川的跟前，粲然一笑。「說什麼都是空話，走，我請你去綠柳居吃早飯。」

滿屋皆驚，靜得嚇人。

司馬管家的雙腿都有些發軟。

來了，來了，這位穩婆果然動了歪心思，一定會趁吃早飯的時間，使盡各種手段留下公子或者跟去國都城。

幾乎同時，屋內屋外響起一陣肚子叫餓聲。

「司馬公子，請！」梅妍非常有禮貌。

司馬玉川好半晌才回過神來。「綠柳居那麼貴，妳哪來的錢？還有，綠柳居最近不營業。」

「花掌櫃同意了。」梅妍的大眼睛一彎。「走吧，早些吃完好趕路。」

「梅小穩婆，啊！」莫石堅被胡郎中一針下去慘叫連連。「本官呢？」

梅妍轉身稟報。「莫大人，您還要禁食、禁水。」

「啊！」莫石堅又挨了一針。

「快走啊！」梅妍催促司馬玉川。

司馬玉川大步流星地走了。

「公子！」司馬管家立刻追出去，其他家僕跟在管家後面。

司馬玉川甩出一句。「管家，去東城門外休整收拾。」

管家和家僕們腳步遲疑了。跟還是不跟？硬跟的話，公子翻臉可怎麼辦？

梅妍轉頭回來，淺淺笑。「忙活大半晚都餓了，一起去呀！」

管家和家僕們立刻跟上。

司馬玉川惡狠狠地瞪了梅妍一眼，翻身上馬。

梅妍很無辜地眨了眨眼睛。

綠柳居的胖大廚涮鍋開伙，廚娘刀氏從魚缸裡抄起五條清遠白魚，在完工一半的廚房裡忙得熱火朝天，招待開業以來最尊貴的客人，每個人都打起十二分精神來。

三樓最幽靜的雅間，一道江景繡屏風，隔成左右兩個空間。

潔白如雪的芙蓉白魚片盛在天青色荷葉盞中，點點翠綠的香葉，帶著縈繞的鍋氣，散發著極淡卻誘人的魚香味。

梅姸連吃了好幾箸，總算明白什麼是「好吃得舌頭都要吞下去」，也不知道胖大廚用了什麼法子，魚肉的鮮嫩和層次豐富的口感又有升級。

司馬玉川也是第一次吃這種滾過熱油的魚片，帶著一分新鮮感和十足的滑嫩口感，令他精神一振。

兩人埋頭吃飽，然後各自盯著光亮如新的荷葉盞，梅姸處於「太美味」的飽睏中，而司馬玉川則有些啼笑皆非。

大鄴的美貌少女這麼多，有誰能像梅姸一樣埋頭苦吃，都不帶搭話的？

「只要妳說一句，我就留下。」司馬玉川說話向來算數。

梅姸語出驚人。「殺雞用牛刀就已經浪費了，你這樣的上古神兵應該回國都城去。」

「妳不留我？」司馬玉川的面部表情幾乎沒有變化，但震驚的眼神怎麼也藏不住。

「你為何當仵作？」梅姸捂著嘴連打了兩個呵欠。

司馬玉川第一次講述真實的想法。「破解謎題的樂趣，心中的公平正義，查驗各種屍體的新鮮感，還有不用整日面對枯燥的律令。」

「你去大理寺或三法司，一樣可以實現這些。」梅姸不明白。

「不，那裡的仵作都像俞穩婆一樣，查驗時草草了事。」司馬玉川每每想到這些就怒火中燒。

「司馬公子，草草了事的有些是真的技不如人，更多時候是形勢比人強，不得不裝聾作啞。」梅妍提醒。

「不，那是牆頭草、兩頭倒！」

「那是為了生存。」梅妍糾正。

司馬玉川繞過屏風，瞪著梅妍。「這不是他們瀆職的理由！」

梅妍嗤笑。「馬仵作，如果你不是司馬家的公子，不在莫大人管轄的清遠縣，就會像第一個妖邪案的仵作一樣下落不明。」

梅妍接著道：「哦，對了，因為你只是馬仵作，所以你連綠柳居的門都進不來，商鋪、店家也不願意賣東西給你，嫌你晦氣，以至於綠柳居連魚膾都不賣給你。馬仵作，請問你會為了平日總是惡言相向、冷嘲熱諷、處處給白眼的人，討回公道嗎？一個從未被公平對待過的仵作，又何必為那些人秉持公正呢？自然是敷衍了事，草草處置，快些交差。」

司馬玉川一時竟無言以對。

「司馬公子，你就好好想想，怎樣提高仵作的能力？怎樣才能讓仵作句句都說真話？怎樣才能讓敢於直言的仵作沒有後顧之憂？只有這樣，大鄴才能有更多優秀的仵作，幫助上司公正地斷各種案子，良善的百姓們才能安心地生活。」

司馬玉川沈默良久，才看向梅妍，眼神意味深長且複雜。

梅妍補充道：「司馬公子，你當仵作的經驗也不會白費，完全可以教給更多的仵作，或者記錄下來編成書本，讓更多人學習和領會。」

司馬玉川終於點頭。「我回去，但我有件事要問妳。」

「咦？」

司馬玉川的眼神瞬間變得黯淡。「妳為什麼不認識我？」

梅妍的心咯噔一下，與他的視線交會，回答得很坦然。「我小時暈倒在雪地裡，被婆婆撿上牛車帶走，據說昏睡了七日才醒，十二歲以前的事情，我都不記得。」

司馬玉川驚愕至極。

梅妍苦笑。「我在婆婆的照顧下重新開始生活，她為我付出了一切，老寒腿也是為了救我落下的病根。」

司馬玉川的眼神變得熾熱，而後又轉冷，皺緊眉頭又舒展。「如果我說知道妳以前的事情，妳要不要聽？」

梅妍詫異地注視著司馬玉川。「以前的事情愉快嗎？不愉快就別說了。」

司馬玉川想了想，從裡衣取出兩封厚實的書信，遞到梅妍手中。「先別看，如果有一天國都城有人來找妳，妳就打開認真地看完再決定要不要去那裡。」

梅妍接過厚比板磚的書信，覺得自己得到了潘朵拉的盒子，一時間好奇心和理智纏鬥不休，很想知道失憶前的過往，最後還是理智占了上風，把好奇心摁死在當場。無論她是在失憶前就穿來，或是有個原身，那都無所謂，她就是她。

司馬玉川又掏出一封極薄的書信。「如果妳有難事，把這封司馬家書信寫上妳的地址，我收到後就會趕來，千里奔襲也在所不惜。」

「信使不收普通百姓的書信！」梅妍接過輕薄的書信，有些不解。

「不管哪個信使都會收下，並會在最短的時間送到司馬家，妳放心。」司馬玉川說完，又取出一封書信。「照顧那麼多姑娘屬實不易，這些是銀票，妳收好。」

梅妍把裝了銀票的書信拆開，見到裡面有不同面額、共計三百兩銀票，立刻還給司馬玉川，卻被強行塞回來，只能無奈嘆氣，取出粗紙本子，給他寫了一張收據，然後在本子上記錄時間地點和銀兩數量。

「妳這是做什麼？」司馬玉川剛問完，一縷陽光照進花窗投在屏風上，天亮了，越來越亮。

「記帳啊，專款專用。」梅妍笑得坦然。「我還收到了莫夫人給的五十兩。」

司馬玉川迎著陽光負手而立。「妳不和我站在一起嗎？」

梅妍拋開森嚴的階級，過去推開花窗，剛好看到紅日出雲層，隨口許願。「祝司馬公子平安順遂，前程似錦，心想事成！」

司馬玉川在陽光裡眉眼俱笑，眼中滿是深情。「我走了，妳多保重。」說完便頭也不回地走出雅間。

「謝謝。」梅妍由衷地回答，目送他走到樓梯口，聽到無數跟隨的腳步聲，又把頭探出花窗，看他們翻身上馬，整齊地馳向東城門。

梅妍一直看著，直到再也看不到，才退回花窗邊，坐在屏風後面，望著素雅的荷葉盞發呆，最後視線模糊地收好四個信封，揹著背包離開雅間。

走到一樓櫃檯時，只見花落在打算盤，胖大廚蹺著腿拿著蒲扇搧風，梅妍忽然想起來，自己說要請客。司馬家這麼多人吃白魚要花多少錢？

花落第一次看到失魂落魄的梅妍，伸手。「六十五兩。」

梅妍瞬間被嚇得清醒。「這麼貴？」

花落笑得花枝亂顫。「看把妳嚇的，雖然我討厭司馬家，但司馬玉川還算不錯，特別是他剛才結了帳才走的。」

「結過帳了？」梅妍說請吃早點，最後卻是被請的人，這叫什麼事？

「是。」花落戳梅妍額頭。「妳快回去歇息吧，又熬了一晚上。」

梅妍驚得跳起來。「啊，還有那麼多孩子等早飯吃呢！」

花落笑了。「妳是不是累傻了？哪來的孩子啊？」

梅妍又用手指撐住沈重的眼皮。「育幼堂塌了，姑娘們暫住在我那裡，蓮姊姊在柴家幫傭，婆婆照顧她們生活，我要準備一日三餐。」

「去育幼堂救人的是妳?!」花落不敢相信，在大堂裡休息的廚子、廚娘們也驚到了。

「那麼大冰雹，妳瘋了嗎？」

「我也覺得。」梅妍打了個巨大的呵欠。「清遠城內房子塌的塌，修的修，也沒什麼地方能收留她們，就……暫時先住著吧。」

「多少姑娘在妳那兒？」花落只是想一想，都覺得自己要瘋。

「十一個，最大的十二歲，最小的四歲。」

第四十五章

綠柳居上下所有人都望著梅妍，眼神複雜至極，更多的是不可思議。

「妳真是，怎麼說妳才好？」花落恨鐵不成鋼地戳梅妍的額頭。

「啊啊啊，疼啊姊！」梅妍捂著額頭退了好幾步。

花落這時才發現。「妳的額頭和鼻子怎麼了？為何這麼紅？」

梅妍眯著眼睛假笑。「騎馬撞土牆上了。」

花落噼哩啪啦一通數落。「妳以為自己是菩薩轉世啊？自己都顧不過來，還收留那麼多孩子？妳是不是傻啊?!妳知不知道，將來總有一天會被她們拖累死的！當什麼爛好人啊？這年頭做好人的都死得快！」

「嗯嗯嗯……是的，姊，我傻……」梅妍閉著眼睛處於省電狀態，認錯態度特別好。

「我要回去給她們做早飯了……」

花落臉上不顯，實則氣得牙癢癢，回頭吩咐。「胖大廚，去看看後面還有什麼吃的，都裝起來給梅小穩婆帶回去。」

梅妍聽了直搖頭。「姊，綠柳居又不是施粥場，都讓我帶回去了你們吃什麼？鄔桑將軍送了米麵和肉來，家裡有吃的，只要回去做就行了。」

刀廚娘站出來。「梅小穩婆，大恩不言謝，讓我去妳家做飯吧，反正綠柳居後廚重裝要不少時間，暫時用不到我。」

梅妍連連擺手。「刀廚娘，謝謝妳的好意。妳大病初癒都沒怎麼休息，又忙了整晚，還有兩個孩子要照顧呢，不行。」

刀廚娘堅持。「梅小穩婆，我帶著孩子們去，孩子與孩子最能玩到一起，不會給妳添麻煩的。」

花落幫腔。「梅小穩婆，妳就讓她去，她怕欠人情，做完飯就在妳家睡一會兒。」

胖大廚幽幽開口神助攻。「梅小穩婆，妳的事就是綠柳居的事，刀廚娘和我，妳選一個。我是沒意見，但我個頭大，在廚房可能轉不開身。」

刀廚娘不等梅妍同意，麻溜地帶著孩子們走出綠柳居，駕著牛車徑直向梅妍暫住的小屋去了。

「哎……」梅妍只能追出去。

梅家小屋的門邊，探出一排綁著小辮子的腦袋眼巴巴地望著遠處。

「秀兒姊，天都亮了，為什麼梅小穩婆還沒回來呀？」

「再等等。」秀兒給小院裡的花草盆景澆完水，又把地掃了一遍，同時分派其他事情給小姑娘們。「梅小穩婆這麼好的人，不會有事的。」

小姑娘們領到各自的事情就專心去做，做完以後又圍到秀兒身邊，嘰嘰喳喳地問個不停。

梅婆婆準備好做早飯要用的東西，坐在廚房，觀察門外的每一個孩子，聽她們閒聊，看她們做事，總感覺哪裡不對，卻也說不上來。

銅鈴聲響起，越來越近。

秀兒扔了手裡的笤帚衝出小院，跑到門外，迎著略微刺眼的光線，看到梅妍和小紅馬，立刻興奮地大喊：「梅小穩婆回來啦！」

一陣雜亂的腳步聲響起，姑娘們都衝了出去，最小的幾個拍著手喊：「回來啦，回來啦！」

然後像一群小鳥飛出去迎接。

面對飛奔而來的姑娘們，梅妍嚇得勒緊韁繩，生怕小紅馬再跑失控，不管是撞了還是磕了哪個，那都是大事。

刀廚娘駕著牛車遠遠跟在後面，被小姑娘們對梅妍的熱情迎接感動了，梅小穩婆真是極好的人。

很快，梅妍向姑娘們介紹刀廚娘和兄妹倆。

刀廚娘帶著兩個孩子去廚房做早飯，又被梅婆婆的和藹可親溫暖了，很快，廚房就傳出誘人的香味。

秀兒拉著梅妍上看下看，只一眼就著急了。「梅小穩婆，妳的額頭和鼻子怎麼了？撞的嗎？還是摔哪兒了嗎？婆婆，梅小穩婆受傷了。」

「唔……」秀兒的嘴被梅妍捂住了。

「我沒事。」梅妍被秀兒給逗樂了。「妳這麼喊，別人會以為我受了多重的傷呢。」

秀兒連連點頭，表示不喊了。

梅妍這才鬆開手。

秀兒又問：「梅小穩婆，妳還要出去嗎？」

梅妍打了個呵欠搖頭。「今兒個沒有孕婦臨盆，我就不出去了。」

秀兒跑到臥房裡替梅妍鋪床、趕走帳幔裡的蚊子，等梅妍躺下以後，又悄悄退出去，把臥房門關上，還叮囑小姑娘們不要吵人睡覺。

梅婆婆發現，秀兒更像姑娘們的大姊，每日睜眼操心安排到閉眼睡覺，真是越懂事、越讓人心疼。

刀廚娘做完早飯，看著姑娘們格外珍惜地吃完，也放心留給她們收拾。

梅婆婆把母子三人推到自己的臥房。「眼睛都熬紅了，快去休息。」

姑娘們又圍住梅婆婆，學洗衣服，學認字，學繡花，講話本，真的一刻不得閒。

梅妍睡到自然醒，起床後熱得一身汗，漱洗過後走去廚房，發現刀氏連晚飯都已經準備好了，看著窗外的日頭，嗯，今晚大概是睡不著了。

小姑娘們坐得整整齊齊，吃得格外香甜。

梅妍盛了一份放涼的米糊，配上野菜薄餅，美美的吃著。忽然外面傳來敲門聲，梅妍走了出去。

門外是鄔桑的親兵一刀和三腳貓，兩人各提著米麵袋子，一刀天生嚴肅臉，三腳貓完全相反，成天笑嘻嘻的沒正形。

「梅小穩婆，這些口糧還擱在小庫房裡嗎？」

梅妍剛要婉拒，再一想，今日三餐做下來，昨日送來的米麵就沒了大半，這花銷真不少，所以還是照單全收，然後記到帳本上。

正在這時，把廚房事情忙完了的刀廚娘，帶著孩子們向梅妍告辭。「梅小穩婆，明兒一早我再來做早飯，這些日子的三餐就交給我吧，放心。」

梅妍趕緊道謝。「多謝刀廚娘了，其實妳不用這樣忙的，萬一忙壞了身子可怎麼辦？」

刀廚娘笑了。「放心，梅小穩婆，我有數的。還有，妳不讓我來就是嫌棄我了。」

梅妍舉手投降。「行，多謝刀廚娘，我不說了。」

刀廚娘笑得更燦爛，哥哥和妹妹兩人驚訝極了。「阿娘笑了，我們好久沒看到阿娘笑了。」

「胡說什麼？」刀廚娘的臉色緋紅。

哥哥努力拆臺。「梅小穩婆，我阿娘以前可愛笑了，也不像現在這樣瘦。哦，還有啊，我阿娘以前的刀工差極了，經常被爹爹笑。」

梅妍故意裝不相信。「不會的，你阿娘的刀工不僅是清遠第一，算上鄰縣也是第一。」

妹妹努力點頭。「梅小穩婆，我哥哥不撒謊的，我阿娘以前愛笑還是個美人哦！」

哥哥望著梅妍繼續說：「真的，後來阿爹被徵兵走了，家裡過得可難了，阿娘又要種地、還要照看我們，我們老生病，大伯、二伯家還總欺負我們。阿娘說沒關係，等阿爹回家就好了。」

梅妍知道刀廚娘是個有故事的人，卻沒想到有這樣痛苦的過去，又帶著些不可思議。

「兄弟一家親，為什麼要欺負你們呀？」

「因為有一天村正帶話說，阿爹死在戰場上了。我們不信，但村正是那樣說的，爺爺、奶奶罵阿娘剋夫，阿娘再也沒笑過，人越來越瘦，後來她就帶著我們連夜跑了。」

在小庫房放完東西的一刀和三腳貓出來，剛好與刀廚娘母子們遇上。

一刀的雙眼緊盯著刀廚娘和孩子們。

刀廚娘也望著一刀，牽著孩子的手在抖。

梅妍這才注意到一刀和刀廚娘兩人不對勁，迅速問：「阿爹姓什麼，是哪裡人？」

妹妹搖頭。「我不知道……」

哥哥猛地挺直腰板。「我阿爹姓刀，阿娘姓黃，原來是靖安縣的。」

三腳貓一下跳起來，大力搖晃一刀。「你就是姓刀啊，你家就在靖安啊。你自己老婆和孩子都不認識嗎？」

刀廚娘猛地轉身，望著徹底呆住的一刀，淚水決堤，撲過去就是一通猛捶。「你活著為什麼不捎封信回來啊？我們都以為你死了……」

一刀猛地抱緊刀廚娘。「我傷好了就趕回靖安接你們，可大哥、二哥他們都說你們病死了，還帶我去看了墓地。」

兄妹倆驚得嘴巴都張大了，哥哥最先反應過來，撲過去抱大腿。「阿爹！抱！」

妹妹沒見過阿爹，站在那裡不知所措，小嘴一癟就開始哭。「阿娘，我不認識阿爹，他真的是阿爹嗎？」哭著又覺得哥哥抱了一條腿，自己也應該抱。

於是，四個人緊抱在一起，被黃昏的陽光映成了橘紅的塑像。

梅妍推回窗邊探出的腦袋們，把院內的小門關上，讓他們盡情享受重逢的喜悅，轉身才發現，小姑娘們個個淚流滿面，眼神裡全是羨慕。

梅妍雖然懂社交，但安慰孤兒們的經驗值為零，實在不知該說些什麼，只能綻放微笑伸出雙手，試探地問：「要不，我抱妳們一下？」

三秒後，梅妍被姑娘們撲倒在地，差點變成肉餅。

於是，刀家四口進小屋感謝的時候，就看到了這樣慘烈又好笑的場面——

梅妍氣息微弱地求救。「孩子們，再壓……我就要去見……閻王了。」

「梅小穩婆！」刀廚娘和一刀手忙腳亂地把孩子們拽起來。「怎麼樣，有沒有受傷？有沒有磕到？」

梅妍坐起身，深呼吸了一會兒，才覺得自己又活過來了。「多謝救命之恩。」

刀廚娘望著臉都憋紅了的梅妍哭笑不得。

一刀是浴血沙場、從死人堆裡爬出來的漢子，自帶濃重殺氣，留了小半臉的鬍渣，臉上和頸項上都有明顯的疤痕，除了自家孩子，沒有其他孩子敢靠近，在營地最能震懾那群孩子的，除了鄔桑就是他。於是一刀擔心梅小穩婆之餘，一眼掃過熱情過度的姑娘們。

姑娘們嚇得不知所措，一個個像犯了天大的錯，眼巴巴地看著，最小的癟著嘴、含了兩泡眼淚，覺得梅小穩婆以後是不是都不會再抱她們了。

梅妍喘勻氣以後出來打圓場。「以後一個一個抱吧，一起衝過來，我實在吃不消。」

姑娘們的神情立刻雀躍起來。

梅妍輕輕搖頭無奈笑著，到底都還是孩子。

一刀頂著嚴肅臉，左手抱兒子，右手抱女兒，還要站在妻子身邊，眼神溫柔極了，張嘴卻是另一種畫風。「妳們都下去，我們有話要與梅小穩婆說。」

姑娘們逃也似地離開了。

梅妍覺得一刀不是嚴肅臉，而是惡人臉，問出了心中疑惑。「你既去了墓地，為何還在找他們？」

一刀有點不好意思。

三腳貓在窗外聽牆根還搶答。「他在墓地裡坐了三天三夜，不吃不喝的，我們怎麼勸都沒用啊，失心瘋似的要見一面，誰也攔不住。他竟然把墓刨了，你們猜怎麼著，連個棺材都沒有，這下他不發瘋了，開心得比發瘋還嚇人，能吃能喝，出了靖安，沿著官道一路尋，新安、林安、鳳縣……一直找到清遠。」

刀廚娘不說話，眉眼帶笑又滿是淒楚，太多情緒揉雜在一起，總以為自己在作夢，一次次地掐自己的手心，疼一陣才安心。

一刀放下孩子們，拉著妻子，特別嚴肅地半跪在地。「謝梅小穩婆救我妻兒。」

梅妍剛要躲，刀廚娘又帶著孩子們一起跪下。「梅小穩婆，謝謝。」

梅妍只能特別尷尬地受了他們一拜，不肯再接受後面的跪禮，趕緊把他們拉起來。「你們一定有許多話要說，找個地方好好地說。」

一刀連連點頭，拉著妻子的手，問：「還有哪些恩人要謝？我一個個地跪。」

刀廚娘顫著嗓音回答。「我們一路逃命，又累又餓，暈倒在路邊，是花掌櫃路過救起我們，還教我們認字。我現在刀工很好，能做出最薄的魚膾。」

「走！」一刀現在渾身是勁，讓女兒騎在脖子上，左手抱兒子，右手拉著妻子，走出梅家小屋，邊走邊說：「謝完花掌櫃，妳再跟我去營地，是鄔桑將軍把我從死人堆裡挖出來的，也要好好謝謝他。」

梅妍目送他們上了牛車，又向三腳貓道謝，扭頭又看到姑娘們腦袋挨腦袋地擠在窗邊看，忍不住笑了。歡樂大結局誰不喜歡呢？

又鬧了好一陣子，梅妍忍不住說：「行啦，天快黑了，該去睡覺了。」

最小的姑娘立刻拉著梅妍。「我要靠梅小穩婆最近！」

其他幾個小的立刻跑過來。「我也要！我也要！」

梅妍有些哭笑不得。「我還有事，妳們先睡吧。」

姑娘們一個個又噘成小豬豬嘴，排著隊睡覺去了。

梅妍這才有時間坐到梅婆婆面前，提著鼓鼓囊囊的大背包，擱在桌子上擺攤，一樣又一樣，全是吃的，最後才是四份書信，擺了滿滿一大桌。

梅婆婆看到書信的材質和字跡，整個人瞬間怔住，又迅速恢復如常，淡淡開口。「誰給的？莫大人？」

梅妍搖頭。「馬川仵作……司馬家大公子，今天早晨和管家、家僕們一起回國都城了。」

「後悔嗎？」梅婆婆問得隨意，眼神卻沒有離開梅妍半分。

「沒什麼可以後悔的。」梅妍不假思索地回答。

「行。」梅婆婆既欣慰、又心酸。「睡不著也去躺著，說不定什麼時候又有人來請。」

梅妍欲言又止，還是小心翼翼地穿過大通鋪，乖乖去臥房躺平，睜著眼睛卻毫無睡意。

也不知道司馬玉川現在到哪兒了？

事實上，司馬玉川離開清遠沒多久，就被鄔桑帶著親兵攔住，雖然兩人算不上仇人見面，但也不怎麼愉快。

司馬玉川勒住韁繩。「鄔將軍有何貴幹？」

鄔桑從馬背皮袋裡掏出一疊厚厚的紙卷和竹筒，拋了過去。「司馬公子，在清遠兩年間的散日子過得太舒心，待廢了吧？妖邪案卷宗這麼重要的東西竟然交給了信使，也沒派人護著？」

司馬玉川看到紙卷上擦不掉的血跡，神情一凜。「信使死了?!」

鄔桑還是懶洋洋的。「有人設伏劫殺信使，我們路過遇上了，東西保住了，信使死了。」

司馬大管家向家僕一使眼色，家僕們立刻策馬調整位置，將司馬玉川護在中間。

「這個也帶去。」鄔桑又扔出一個竹筒。

司馬玉川伸手接住又扔回去。「我不是信使。」

「這是清遠的免稅申請書和求撥糧的請願書，蓋了將軍印。」鄔桑把竹筒扔回去。「秋稅開徵在即，你千里奔襲趕回國都城上報，據我所知，遭遇冰雹之災的不只清遠，也不只巴嶺郡……沿路多看看！」

司馬玉川收好竹筒，大喊一聲。「駕！」

等司馬家一行行遠了，鄔桑才調轉馬頭，遇上買糧回來的烏雲和大隊馬車、牛車，就地紮營後稍作休息又散開，烏雲去尋儲糧地，鄔桑避開白日的酷熱，馳回清遠縣時，邊騎邊覺得渾身痠痛，眼前一陣陣地眩暈，快到營地時，就一頭栽在馬上。

細犬們敏銳地察覺到不對，立時狂吠起來。

三腳貓正和鐵七一起敲補盔甲，見鄔桑伏在馬背上，嚇得扔了錘子奔過去。「將軍！您怎麼了？」

親兵們七手八腳地把鄔桑扶下馬，三腳貓驚呼一聲。「親娘哎，將軍發燒了，燙得能煮肉啦！」

鐵七比較沈著冷靜。「快，把將軍放上馬車，立刻送醫館！馬車上有羅軍醫留的藥和其他東西。我現在就出發，把羅軍醫帶回清遠！」

「行，你快點！」三腳貓揹起鄔桑，覺得自己都被燙到了，一邊小跑，一邊喊：「將軍，您要堅持住啊，您要是有三長兩短，我會被羅軍醫剁成肉醬餵狗的！將軍，您行行好，救我小命啊！小的還沒娶老婆呢！」

三腳貓駕著馬車，只用了一刻鐘就趕到了醫館門前，大喊：「胡郎中，救命啊！」

第四十六章

夜深了，胡郎中和柴謹總算控制住了這次疫病，打算關門回家，被三腳貓這一嗓子喊得心都涼了。

柴謹累得都快哭了，昨夜熬了一晚，梅小穩婆回去睡覺了，他和師父又撐了一日，實在是半點力氣都沒了，只能苦著臉出去。「明日趕早吧。」

三腳貓直接一手撐住醫館的門。「我們將軍起了高燒，病情凶險，等不到明日啊！」

胡郎中坐在櫃檯邊整個人都快睡過去了，迷迷糊糊聽到「將軍」兩個字，瞬間嚇醒。「徒兒，高燒凶險，把人放進來。」

柴謹使勁甩了甩頭。「是。」

三腳貓看了眼殘破的醫館，靈機一動。「我們將軍不宜挪動，馬車上布置得不錯，還是請胡郎中上車看診吧。」

胡郎中拄著枴杖，一步步走出醫館，被門檻絆到，幸虧柴謹扶了一把才沒有摔倒，又走到馬車前，被三腳貓扶上馬車，看了一眼滿臉通紅的病人，立刻皺了眉頭。「怎麼不早些送來？」

三腳貓頓時一身汗就出來了。「我家將軍是返鄉養傷的，本來就傷得重，偏偏那日下了冰雹，他還去救育幼堂的孩子們，昨晚清遠疫病，又忙了一宿，今兒一早又趕路……」

胡郎中累得手顫，怎麼也解不開病人的衣襟繫帶，好不容易捏住，忽然就被病人抓住手，疼得叫出聲來。「鬆手，放開！」

三腳貓趕緊大聲喊：「將軍，您病了，碰您的是胡郎中，不是敵軍！您鬆手啊，快放開！」

鄔桑並沒有睜眼，抓著胡郎中的手沒有鬆懈一絲力道，反而越來越用力。

三腳貓和柴謹驚悚地聽到胡郎中手腕骨頭的喀嚓聲。

柴謹跳上馬車，用力掰鄔桑的手。「你放開！他是給你看病的！又不是要害你性命！」

三腳貓邊道歉、邊幫忙，哪知道鄔桑的手像鐵鉗一樣根本掰不動，還越掰越緊，只能不停地勸。「將軍，您鬆手啊，您起高燒啦！把郎中的手擰斷了，誰給您看病？」

眼看著胡郎中的手腕要被擰斷了，柴謹太陽穴突突地跳，隨即伸手摁住鄔桑的頸側，數到三，鄔桑暈了過去，這才掰開他的手。

三腳貓驚呼。「大膽！你竟敢對鄔將軍動手?!」一記擒拿手就將柴謹摁倒在馬車裡。

柴謹覺得手腕、肩膀疼得要斷了，梗著脖子喊：「不然呢？要我眼睜睜看著師父的手被擰斷嗎？你們欺人太甚！」

胡郎中托著腫脹的手腕，疼得滿臉褶，驚恐地顫慄起來。「他……他……」

三腳貓快急死了。「他什麼他?!」

胡郎中望著臉燒得通紅的病人，嘴唇直哆嗦，語無倫次地問：「他、他、他……他是鄔……桑……」

三腳貓一把揪住胡郎中。「還不趕緊救人？」

胡郎中被揪得氣都喘不過來，對著柴謹直擺手。「去，去，請梅小穩婆，這人……老夫、老夫看不了……」

三腳貓的脾氣上來了。「什麼看不了?!」

柴謹一把掰開三腳貓的手。「你沒看到師父快暈過去了嗎？」

三腳貓氣得要殺人。「他讓你找穩婆給我們將軍看病？他是不是老胡塗了？」梅小穩婆再厲害，也只是個穩婆啊！

「你鬆開！」柴謹強行搶過胡郎中，把他扶坐在椅子上，又是搧風、又是檢查。「師父，您怎麼樣了？」

「快去找梅小穩婆！」胡郎中吼出聲。「快去！」

「我不會騎馬！」柴謹快要淚奔了，又要從這裡跑到小屋去請人嗎？會累死在半路上吧？

正在這時，馬車的簾子從外面掀開，梅妍的大眼睛出現在眾人眼前。「找我幹麼？」

柴謹的眼淚一下流出來了。「梅小穩婆，這個什麼將軍差點把師父的手腕擰斷了，這個親兵凶得要死……」

三腳貓急了。「梅小穩婆，我不是，我沒有！」

梅妍先看了一眼胡郎中的手腕，確實腫得厲害，但沒有骨折，只是年紀大了，凝血功能減退，手腕又青又腫看著很嚇人，囑咐柴謹。「用三角巾給胡郎中固定手腕，十二個時辰以內冷敷，之後熱敷，有什麼外服內用的傷藥都用上。」

三腳貓急得直跳腳。「梅小穩婆，妳是穩婆，怎麼會治外傷呢？妳……」

梅妍輕輕搖頭，鄔桑好歹算半個金主爸爸，每天送糧送錢的，要趕緊治才行。摸到滾燙的額頭不由得皺緊眉頭，問三腳貓。「上次見面時，我就說他該找胡朗中看一下，沒找嗎？」

這下換三腳貓想哭。「將軍不聽，鐵七去請羅軍醫了，不知道什麼時候才能趕過來，梅小穩婆，妳真的行嗎？」

梅妍剛伸手打算解鄔桑的衣服，鄔桑忽然睜開雙眼，直直地盯著梅妍。

梅妍從沒見過這樣嚇人的眼神，嚇得手一哆嗦。

三腳貓趕緊大喊：「將軍，胡郎中不頂事，只能換梅小穩婆了，您別再傷了她！」

鄔桑的眼睛瞬間閉上，又變成高燒病人的憔悴模樣，呼吸急促，胸膛起伏得厲害。

三腳貓提醒。「梅小穩婆，將軍不清醒的時候，如果有人未經允許碰他，他會傷人，但他真不是故意的。那什麼，妳別害怕。」

為了救人把自己的小命搭上？

梅妍淺淺笑。「麻煩你另外尋郎中，我還有一大家子要照顧呢，清遠還有十幾名孕婦快要臨盆。」她不管是像胡郎中一樣腫了手腕，還是傷了其他地方，影響可大了。

三腳貓更著急了。「梅小穩婆，將軍保家衛國出生入死，在羅軍醫來這裡接手以前，妳還是想想辦法吧！」

梅妍神色一變。「那就把他綁起來。」

三腳貓沒忍住罵了一長串髒話，將兵匪一家體現得淋漓盡致。「梅小穩婆，怎麼能綁將軍呢？我家將軍鬼門關走了不知道多少次，妳怎麼……哎哎！」

梅妍非常乾脆。「你綁，或者我走。」

三腳貓也不敢，可是……將軍的命最重要，還是羅軍醫的懲罰可怕？猶豫三秒，還是小心翼翼地把鄔桑的手腕和腳踝都固定住，確保他不會向梅小穩婆拳腳相向。

梅妍在鄔桑的手腕綁好時，就動手解他的衣服，看到纏滿繃帶的上身時倒抽了一口氣，外傷這麼嚴重，天氣炎熱、淋雨、出汗、穿鎧甲，不管哪一條都夠要他的命了，他怎麼還能沒事人一樣地騎馬救人到處轉悠？

「我要溫水，布巾或者帕子，最好底下有涼蓆，先降溫。」

這明顯是傷口感染外加滲血，沒有抗生素是救不回來的，只有透視眼的梅妍也愛莫能助。別說不能退燒，鄔桑會怎麼樣；就算能一時退燒，也還會再燒起來。他死定了！沒有藥……

梅妍瞬間沮喪。

正在這時，三腳貓從馬車的小櫃子裡拿出一個布袋。「梅小穩婆，這是羅軍醫在我們出發前給的，說有緊急情況可以打開。如果有人能用最好，不能用也要儘量拖延時間等他來。」

梅妍聽到布袋裡有什麼清脆的撞擊聲響，解開一看，眼珠子差點瞪出來——退燒藥、抗生素錠和針劑，還有針筒……這是什麼神奇的布袋子?!這怎麼可能？眼花了，一定是眼花了！

三腳貓看梅妍對著布袋發呆，使勁催。「梅小穩婆，妳愣著做什麼？」

梅妍把打開的布袋抖給三腳貓看。「這就是你說的羅軍醫用的東西？」

竟然有穿越的同行？這是好事還是壞事？

三腳貓理所當然的樣子。「不然我們受傷以後怎麼活下來？可這些只有羅軍醫會用，其他人都只會乾瞪眼！」

「你們不覺得奇怪嗎？」

「也不是不奇怪，羅軍醫是回鶻人，卻在大鄴當軍醫本身就挺奇怪的，但他人好醫術高啊，雖然拿出來的東西都奇奇怪怪的，但能救命啊！說不定是回鶻游醫的秘術呢？能救命還管其他的做什麼？」

梅妍笑了。也是，對百姓來說能救命的都是好的，怕什麼？

三腳貓是個話癆。「這次大戰打得慘烈，軍中兄弟們受傷太多，可把羅軍醫忙壞了，將軍又急著動身，所以羅軍醫教了烏雲怎麼用這些，可他昨天被將軍派出去了。」

梅妍從布袋裡拿出一粒退燒發泡錠塞給三腳貓。「找碗熟水放涼，把藥片放進去化開，然後給將軍餵下。」

三腳貓也顧不上驚訝，拿著藥片像拿著稀世珍寶。「熟水放涼是吧？我知道了，這就去！」

梅妍支開三腳貓以後，放下馬車的簾子，看了藥瓶上貼的給藥說明，迅速給鄔桑注射完針劑，片刻後，又和三腳貓一起，給鄔桑餵了退燒藥。

三腳貓先是震驚，然後就是佩服。

梅小穩婆能用羅軍醫的藥，是真的厲害！實在太厲害了！

正所謂防人之心不可無，梅妍思來想去，還是對三腳貓說：「如果羅軍醫問起來，麻煩你說是烏雲用的藥，一來讓軍醫放心；二來，我也只是看過其他回鶻游醫這樣用過，也不知道用得對不對。」

三腳貓守著鄔桑，看到他開始出汗才鬆了一口氣。「成，軍醫問起來，我就說是烏雲用的。妳見過的回鶻游醫是不是也很凶？」

「嗯。」梅妍煞有介事地點頭。

三腳貓像遇到知音一般。「那妳怕他責怪也是人之常情，羅軍醫凶起來簡直不是人！」

「退燒了。」梅姸摸了一下鄔桑的額頭，正常溫度讓她鬆了一口氣。

三腳貓這才有心情閒聊。「梅小穩婆，小屋離醫館還挺遠的，那什麼柴醫徒還沒去找，妳怎麼就來了？」

「我晚上出來找水龜，看到醫館還亮著，就過來瞧瞧。」梅姸指了一下小紅馬背上的竹簍，後知後覺地反應過來。「啊，水龜離水能活多久？」

「找水龜?!」三腳貓目瞪口呆，梅小穩婆長得像仙女一樣，人美又心善，找水龜做什麼？吃嗎？

先前梅姸翻來覆去睡不著，覺得不能讓「五行缺金」成為魔咒，腦海裡靈光一閃，就想到之前約好的「綠毛龜賺錢計劃」，打算趁天黑沒人，先去抓些水龜回來。

於是，她揹上竹簍，摸黑騎馬出門，為了賄賂小紅馬又餵了小塊桂花糕，琢磨著清遠可能存在的烏龜棲息地。

出門向右，騎行到附近的農田，循著水聲找到一條淺淺的小溪，借馬燈照亮，有山石、有窪地，又有小魚，運氣還不錯，抓到了三隻手掌大小的水龜，擱在竹簍裡。

其實綠毛龜並不是特指哪個品種的龜類，而是因為在適合的溫度和濕度，絲狀綠藻寄生在龜背上，才慢慢長成綠毛龜。

現在溫度和濕度都合適，只要找絲狀綠藻多的池塘或小溪，將龜放在大籠子裡養，養成綠毛龜並不是難事，只是需要各種試驗。在這個沒有溫度計和各種測量設備的背景下，也不知道要測試多少次才能成功。

梅妍將竹簍掛在馬背上，準備回家，調轉馬頭的時候，忽然發現右手黑漆漆的農田盡頭有亮光，依她的方向感，那裡應該是胡郎中的醫館。

這麼晚了，胡郎中和柴謹還沒回去？

想著來都來了，去看看。結果就是，由梅妍守著鄔桑，讓胡郎中和柴謹回家休息。倒不是她特別心地純良，而是清遠疫病還沒真正結束，他倆要是病倒了，以莫石堅的性子，肯定把她趕鴨子上架。到時候她就只能在縣衙和醫館之間往返跑，直到累死為止，這絕對不能忍。

柴謹熄滅醫館的燈籠和蠟燭，將胡郎中送回去。

而梅妍和三腳貓在馬車上守著鄔桑，挑開車簾可以看到黑漆漆的醫館像個受傷的怪物，四周是蟲吟蛙鳴知了叫，簡單來說太吵了，不是個養傷的好地方。

也不知是不是這個原因，鄔桑一直在暈睡和突然睜眼的兩種狀態裡頻繁切換，梅妍被嚇到第五次時，實在忍不住，開始翻羅軍醫的布袋子，想找鎮靜劑。

「妳找什麼？」三腳貓完全屏棄梅小穩婆只能接生的固有觀念，很期待地望著她。

「能讓他徹底睡著的藥。」梅妍把布袋翻了個底朝天，都沒找到可以用的藥，只能嘆口氣放棄。

「梅小穩婆，妳為何急著讓將軍睡著？」三腳貓不明白，因為鄔桑一直是這樣的，每晚睡了醒、醒了又睡，反反覆覆，最後多半漫山遛細犬，遛完回來，連細犬都累了，他還很有精神。

梅妍搖頭沈默，受傷以後的暈睡，尤其是深睡狀態，是身體自我保護和修復的重要過程，休息得越好，身體恢復得越快。

人體的睡眠是個淺深睡眠交替的週期過程，如果淺睡眠都維持不了足夠的時間，就很難進入深睡眠，對身心都是極大的損傷。

但這些不能和三腳貓說，所以梅妍想了想換了個角度問：「你們平日最討厭什麼？或者什麼時候很難入睡？」

三腳貓也想了想。「除了打仗，我向來都是倒頭就睡，不喊不醒的。」

睡眠並不好的梅妍真心羨慕嫉妒恨，又換問題。「將軍平日最討厭什麼？」

「將軍啊，讓我想想……」三腳貓陡然警覺起來，格外戒備外加提醒。「梅小穩婆，驃騎大將軍的事情不是妳能打聽的。」

梅妍無語，影響睡眠的無非就是內因和外因，內因不知道也沒法打聽，外因嘛，無非是聲音、光線和睡眠硬體，只能一樣樣試。

於是，接下來的時間裡，梅妍先用棉花搓球塞住了鄔桑的耳朵，他還有反應；又用布條罩住他的眼睛，用三腳貓帶的小沙漏紀時做記錄。

半個時辰後，鄔桑沒有突然睜眼，也沒有掙扎，梅妍記錄下來，看來極簡版眼罩和耳塞還是有效的。

三腳貓一直看著，雖然不知道梅妍要做什麼，但只要她沒有傷害將軍的意圖，也就隨她去。

夜風沁涼，馬車的車簾不時被吹動，梅妍忽然發現，鄔桑出汗時睡得很不安穩，及時擦掉就能繼續安睡，於是又化身人形自動擦汗機。

原以為這樣鄔桑就能睡個安穩覺，沒想到兩刻鐘後，他又煩躁起來，梅妍排查不出其他原因，他的躁動越來越明顯。

三腳貓急忙安撫。「將軍，您怎麼了？哪裡不舒服？傷口疼嗎?!」不，將軍是真正的男人，從不喊疼叫苦，肩膀和大腿中箭，拔箭都一聲不吭。

忽然，梅妍發現鄔桑胸口纏的繃帶已經被汗浸濕了，立刻囑咐。「把繃帶都拆開，把汗水、血污擦乾，然後直接敞開算了。」

三腳貓急眼了。「別拆啊，只有羅軍醫才能把將軍綁結實，哎哎哎……」

梅妍用剪刀剪開一個缺口。「你自己看！」

三腳貓看了一下，心疼又頭疼。「梅小穩婆，妳聽我說，這肯定是穿鎧甲時磨的，這、這……」

梅妍小心翼翼地將纏得嚴嚴實實的繃帶剪開，好嘛，沒有一條傷口是癒合完好的，全都被磨得血肉模糊。

鄔桑突然甩開了蓋住眼睛的布條，睜開眼睛，神志清明地注視著梅妍，眼睛黑亮得驚人。「妳好大膽子！」

梅妍向來認慫保命，不假思索地低頭。「請將軍恕罪，實在無意冒犯。」

鄔桑的視線落在自己綁了布條的手腕和腳踝上，瞇起眼睛看向三腳貓，用眼神把他戳成篩子。

三腳貓不由自主地嚥了一下口水，立刻手忙腳亂地解開布條，額頭汗如雨下。「將軍，鄔將軍，請聽小的解釋！」

鄔桑活動了一下四肢，坐起身來，視線掃過梅妍。「換藥！」

三腳貓下馬車打來溫水，替鄔桑擦身。

梅妍被鄔桑的滿身傷痕驚呆了，無意間與他視線交會又迅速移開，趕緊拿出背包裡的繃帶和紗布，認真細緻地把他纏成一具木乃伊。

第四十七章

纏完綳帶以後，梅妍還是滿腦子問號，這人新傷、舊傷一半以上都是致命傷，就算羅軍醫是自帶設備和成藥穿越過來的，也不能次次都救回吧？

其實，在現代社會裡，老百姓看病首選大醫院，是因為專家多，而每一位專家背後有檢驗、放射、麻醉等科室和各種訓練有素的醫護人員支持。在病人多種多樣、新病毒和細菌不斷面世的現代，專家背後還有全球醫療資源庫、醫療專業刊物，甚至於醫療機器人的支持。

所以，梅妍很納悶，羅軍醫一個人怎麼把鄔桑這樣的危重病人救回來的？難道他還有輸血裝置和小型血庫？不只這些，按三腳貓的說法，羅軍醫在軍營中救人無數，難道他還有三頭六臂、短睡基因和超強體力？

梅妍垂頭喪氣，受挫得厲害。都是穿越者，要不要這麼欺負人的啊?!

馬車雖然寬敞，但鄔桑和三腳貓都是大個子，再加上梅妍，著實有些擠。

所以鄔桑和梅妍靠得最近，近到能從她的眼神裡看出各種變化，先是覺得她走神走到天邊去了，於是他不著痕跡地退後，過了一會兒又覺得她可能是累傻了。

這位梅小穩婆長得這般好模樣又心地純良，夜深人靜，與兩個臭兵痞子同坐馬車，卻完全沒有戒備之心，真……讓鄔桑擔心。

三腳貓有一瞬間的恍神。將軍剛才好像笑了，眼花，鐵定是眼花。
「更衣。」鄔桑忽然開口，同時把視線投向梅妍。
梅妍立刻溜下馬車。
三腳貓趕緊從馬車的廂櫃裡取出乾淨的衣服，替鄔桑換上，然後小心翼翼地扶他下車。
梅妍不由得瞪大了眼睛。「將軍你躺好！」不要命了嗎這是？
鄔桑彷彿沒聽見，吩咐。「去縣衙。」
「將軍，還是坐馬車去吧。」三腳貓小心扶著。「將軍，這時間，縣令應該睡下了吧？」畢竟莫縣令也得了疫病，又不是誰都像鄔桑，睡兩個時辰就能不眠不休兩、三天。
「哼！」鄔桑用鼻子回應。「先是冰雹，再是疫病，莫石堅這時候還能睡得著？」
「是，是，是……」三腳貓滿臉堆笑。
眼見勸不了，梅妍捂著嘴打了個大呵欠，還惦記著竹簍裡的水龜，打起精神。「鄔將軍，民女告辭。」
鄔桑微一點頭，梅妍看著小紅馬剛邁出右腳，三腳貓扶著鄔桑剛換了個手，「啪」的一聲響，一個土疙瘩不偏不倚砸中了鄔桑的後腰。
梅妍立刻扭頭，三腳貓本能地擋在鄔桑後面。「誰！」
三個人四處搜尋，卻什麼都沒看到，這算活見鬼嗎？
「啪！」又一個土疙瘩砸過來。

三腳貓衝過去擋住，又轉到馬車側面，提出一個小小的人形物體，不敢相信自己的眼睛。「小姑娘妳知道妳砸的是誰嗎？」

鄔桑面沈如水，微微皺眉。「誰家的孩子沒看好？」

小姑娘瞪著大眼睛，惡狠狠地瞪著鄔桑，一臉寧死不屈。「你是大壞蛋！砸的就是你！」

梅妍整個人都傻了。「蓉兒，妳不在家睡覺，怎麼一個人跑這兒來了？這麼遠的路啊！」

「放開我！你擋了石塊，你也是大壞蛋！」蓉兒在半空中撲騰，像條離水的小魚。

梅妍倒抽了一口氣，忽然就不熱了，趕緊下跪行禮。「鄔將軍，孩子無知，請將軍恕罪！」

鄔桑面無表情，倒是臉頰明顯繃緊，盯著小姑娘。「放了她。」

三腳貓突然鬆手，蓉兒摔在地上，含著兩泡眼淚也不喊疼，直奔梅妍，緊緊抱住她的大腿。「梅小穩婆，他是大壞蛋！妳不能跟他走，不能上大馬車。」

三個人都驚到了。

梅妍趕緊將蓉兒抱起來。「妳不能瞎說，鄔將軍帶人把你們從育幼堂接出來，還給我們送米送麵，不是壞人。」

蓉兒含著的眼淚噴湧而出，委屈地哭了。

三腳貓突然伸手指著蓉兒。「小姑娘家家的，就能這樣胡說八道嗎？啊？妳爹娘怎麼教妳的？」

「住口！」鄔桑看向三腳貓，和育幼堂的孩子計較什麼。「梅氏，妳帶她回去。」

「謝將軍。」梅妍只覺得跳到嗓子眼的心又落回胸膛，又隱約覺得哪兒不對勁。「蓉兒，妳這麼怕黑，怎麼敢一個人跑出來的？萬一遇上拍花子怎麼辦？」

蓉兒邊哭邊緊緊摟住梅妍的脖子，狠狠地瞪著鄔桑和三腳貓，渾身抗拒。

三個大人明顯感覺到哪裡不對勁。

梅妍抱著蓉兒淺淺笑。「蓉兒，我是因為白天睡多了，晚上睡不著，然後呢，就到小溪抓水龜玩，妳看。」說完，打開竹簍，三隻水龜伸長了脖子努力往外爬。

「哇！」蓉兒看到新鮮的東西立刻就不哭了，眼淚收放自如，嗓音很軟萌。「我知道了，小龜肯定是想阿爹、阿娘、想家了。」

「那我們也回家吧。」梅妍順著蓉兒的話說。

「好。」蓉兒抱著梅妍不撒手，眼神出奇地堅定。「梅小穩婆，妳以後晚上不要出門，我會看著妳的。」

梅妍笑得無奈。「若有孕婦半夜臨盆，我肯定是要出門的。放心吧，妳看雷捕頭給我裝的馬燈，而且我知道走哪幾條路是最安全的。」

蓉兒把頭搖得像波浪鼓。「不可以，晚上會有大馬車，上了大馬車就再也回不來了！我看見的！我沒有撒謊！以前的梅兒姊姊、蘭兒姊姊都是這樣不見的！還有，以前的竹兒哥哥也是上了大馬車再也沒回來！」

梅妍震驚了，迅速聯想到之前他們惡整要進育幼院的人，以及他們對管事大嬸的惡意滿滿。

上一世看的各種令人窒息的電影情節在腦海翻騰，想起影評寫的那句，恐怖片並不可怕，可怕的是「本片改編自真實故事」，梅妍頓時寒毛直豎。

梅妍下意識地看向郞桑和三腳貓，腦子裡一片空白。

郞桑看向梅妍。「這孩子幾歲？」

「大壞蛋！我四歲了！」蓉兒仍然憤怒。

梅妍深呼吸。「蓉兒，妳以前見過他嗎？」

「見過！」蓉兒小拳頭握得緊緊的，略短的衣袖遮不住前臂，上面遍布蚊子包。

「妳胡說！」三腳貓急了。「我們將軍一直在邊陲打仗，這是第一次回來！」然後被郞桑的眼刀封嘴。

梅妍把蓉兒抱到郞桑面前，然後又問：「那個人也有這麼高嗎？身上有藥味嗎？穿的是這種靴子嗎？」

蓉兒先點了點頭，然後又搖頭，比劃著。「我到他這裡，他這裡沒有疤，他身上有好聞的、香香的味道，他還給我們發了糖……」

梅妍努力平復心情，握緊拳頭的同時卻不知為何鬆了一口氣，不是鄔桑，這人身上新傷、舊傷不斷，自帶金瘡藥味，而且他側臉都有疤，完全靠髮型遮蓋。

鄔桑不著急去縣衙，坐到馬車邊上，異常平靜地出聲提醒。「按大鄴律令，她不能當證人，就算育幼堂最大的孩子，也不夠證人資格。」

梅妍默默在心裡罵了句髒話，替蓉兒抹掉眼淚，又從背包裡給了她一小塊桂花糕。「蓉兒，人的名聲很重要。以後認壞人呢，一定要記清楚，這樣既不會冤枉好人，又不會放過壞人。而且，如果好人被抓，壞人反而能乘機逃跑。」

鄔桑吩咐道：「去營地傳令，駐守東西二門，留意倉皇逃離的。」

三腳貓吹了聲呼哨，一匹精壯的好馬從暗巷裡跑出來，他上馬後很快就消失在黑暗中。

鄔桑又道：「梅氏，隨我去縣衙。」

「現在去縣衙？」梅妍先把蓉兒抱上小紅馬，自己再上去。

一刻鐘後，鄔桑和梅妍下馬，看到縣衙燈火通明。

縣衙書房裡，瀰漫著蠟燭燃燒的味道，稍微好轉的莫石堅與師爺硬撐著身體，結合雷捕頭和差役們送來的冰雹災害毀損以及司馬玉川留下的疫病統計表，估算清遠這次的損失究竟有多大。

損失小，可以上報申請減稅；中等損失，上報申請免稅；重大損失，不僅要免稅還要開倉放糧，補貼百姓修葺房屋的花銷。

莫石堅望著師爺算盤上的數額越來越大，腹中絞痛，頭也開始疼了。秋收在即，他們必須在秋稅核算以前呈報送到國都城戶部。

算一下路上花費的時間，莫石堅連眼睛都疼起來了，滿打滿算還有三日。

師爺把算盤打得噼啪響，邊算邊記錄，忽然一彎腰捂住肚子。「哎喲，又疼起來了。」

沒錯，疫病要了他們半條命，就算現在不吐不瀉了，還會時不時腹疼難當，只能一陣一陣地熬，更要命的是，他們還處在禁食、禁飲的狀態，簡直是用剩下的半條命在撐。

正在這時，包著頭布、繫著圍裙的莫夫人，象徵性地敲了一下書房門，推門而入。「夫君，師爺，我燉了魚湯蛋羹，你們先墊一墊吧。」

莫石堅和師爺聞到魚湯的香味，眼睛都直了，好香啊，好餓啊。

「快吃吧，還有這麼多事情要做呢。」莫夫人看著書案上滿滿的帳本直搖頭。

「多謝莫夫人。」師爺感激萬分地接過大湯碗，眼淚都快下來了，莫夫人真是太好了。

正在這時，雷捕頭捂著肚子來報。「莫大人，師爺，鄔桑將軍和梅小穩婆來了。」

「什麼？」莫石堅手中的小湯勺掉在碗裡。「鄔桑？現在?!」

雷捕頭的表情更痛苦了。「是的，莫大人，趕快出迎吧！」

莫石堅握著雙拳咬牙切齒地揮了兩下，硬著頭皮捂著肚子一步步地挪，好不容易走出內院，就在轉角的花牆處看到了比自己高一個頭的鄔桑，趕緊行大禮。「清遠縣令莫石堅，見過驃騎大將軍！」

梅妍抱著蓉兒趕緊讓到一旁。

「免禮。」鄔桑負著雙手，居高臨下地打量莫石堅。

「鄔將軍，裡面請。」莫石堅走在前面帶路，腳底發虛，不是磕到鵝卵石，就是撞到雕花圍欄，臉上的表情越發痛苦。「不知將軍深夜來訪有何貴幹？」

鄔桑扭頭。「梅氏，妳來說。」

梅妍想了想，問：「莫大人，您去過育幼堂嗎？對那裡的運營了解嗎？」

莫石堅聽到育幼堂整個人都精神了，對梅妍更是親切。「梅小穩婆，本官自到清遠至今，定期撥款給育幼堂，鄉紳富戶們出另一部分，用什麼人、每日三餐都有什麼，一年四季的衣物這類，全是他們在管。本官每年上元節、中元節和除夕都會讓廚房做吃食，送到育幼堂去，這些款項是本官自己所出，都記錄在案，也可以向育幼堂管事大嬸詢問。」

梅妍又問：「莫大人，管事大嬸一直是同一個嗎？」

莫石堅點頭。「是啊，這位大嬸不能生養，特別喜歡孩子，將他們打理得還算乾淨。這次落冰雹，也是她一路飛奔過來報信說育幼堂塌了，鞋都跑掉了，滿腳是血。如此關心孩子的，也不多見了。」

鄔桑無意間抬頭又撞上梅妍的視線，再次移開。

梅妍看起來正聽著，卻在觀察蓉兒的反應。這孩子聽到管事大嬸整個人都是繃緊的，而且以她們對自己的喜歡，大嬸照顧他們多年，應該更加喜歡大嬸才是。如果是真愛孩子的大嬸，以蓉兒的性子肯定要問大嬸在哪兒，冰雹有沒有讓她受傷，可事實上並沒有。

梅妍琢磨著各種可能，視線落在魚湯蛋羹上。「莫大人，師爺，你們現在吃這個？」

「是，怎麼了？」莫石堅有種不祥的預感。

梅妍說得直截了當。「現在只能喝米湯，明日天亮以後仍然不吐不瀉、不腹痛，才能吃這個。」

「為何啊？我用了雪白的魚湯燉的蛋羹。」莫夫人忍不住了。

梅妍看到莫石堅搖晃了一下，憋著笑耐心解釋。「所有的湯白，都是大火將油脂乳化的結果，也就是所含油脂較高，腹瀉病人喝了會繼續腹瀉。

「莫大人，師爺，你們現在確實餓，那是胃腸功能恢復的預兆，也就是黎明前最後的黑暗了，堅持到明日就可以了。」

莫夫人對梅妍深信不疑，讓夏喜把大湯碗火速端走，又問：「那現在可以吃什麼？」

梅妍之所以跟過來，一是因為育幼堂的事情，二來就是不放心縣衙這群人。「米湯最上面那層米油，有保護胃腸的功能，少量多次地喝，可以少吃些不辣的醃菜。所有不吐不瀉的人都可以喝。」

莫夫人如釋重負。「我和夏喜燒了一大鍋，夠大夥兒分。」

就在梅妍和莫夫人說話時，鄔桑已經從博古架上抽走了育幼堂開支的帳本，一目十行地粗粗看完，就知道莫石堅對那裡的事情並不了解。

大鄴律法格外保護幼童和幼女，如果育幼堂事發，莫石堅就算沒有參與，官路也會受影響，如果參與了，餘生就得在大牢裡度過。

夏喜端進來兩小碗米湯和兩小碟醃菜，剛進書房，就聽到一陣又一陣咕嚕聲，莫石堅和師爺兩張老臉脹成了豬肝色。

鄔桑記住了帳本裡面的關鍵數據。「莫大人，深夜打擾，實在冒昧，告辭。」微一點頭便離開了書房。

莫石堅趕緊行禮，然後一路殷勤地送到縣衙外，又送上了馬車，這才長舒一口氣。

而想走的梅妍卻被莫夫人拉住，原因既出人意料，又似乎在意料之中，莫夫人喜歡大眼萌蓉兒。

蓉兒只要在梅妍身邊，什麼都不怕，還學著逝去阿娘的樣子行了禮，聲音軟萌地問好。「蓉兒見過莫夫人。」

莫夫人被萌得心都化了，把事情都交給夏喜，回房換了一身乾淨衣服，抱著蓉兒就不鬆手，同時還希望梅妍多留一會兒。梅妍在縣衙，她就不慌。

很快，窩在莫夫人懷裡的蓉兒打了個呵欠。「梅小穩婆，我好睏。」

莫夫人看了看天色。「梅小穩婆，三更半夜的趕夜路實在不安全，這樣吧，妳和蓉兒就睡在之前那個屋子裡。」

「這……」梅妍經過這番折騰，也確實睏了，而且已經四更夜，騎馬趕回去睡覺，天亮還要再趕過來，住就住吧。

即使睏成這樣，梅妍也沒忘記把水龜暫時放在縣衙的荷花缸裡，賺錢計劃必須牢記在心中。

天剛矇矇亮，安靜的梅家小屋又熱鬧起來。

梅婆婆最先醒，緊接著秀兒也醒了，像這兩日一樣，逐個兒搖醒妹妹們，大的替小的穿衣服，搖蓉兒的時候意外發現薄毯下只有一個大枕頭，頓時嚇壞了。

秀兒強作鎮定地到梅妍的臥房裡一看，頓時心涼了半截，飛奔去小院裡找人。「婆婆，梅小穩婆和蓉兒都不見了！」

「什麼？」梅婆婆並不太擔心梅妍，但才四歲的蓉兒不見了可是天大的事情。

秀兒壓底音量。「蓉兒在薄毯下面塞了枕頭，應該是跑出去的，不對，我半夜還醒過的，那時候蓉兒明明還在呢！」

然後，梅婆婆和秀兒還沒來得商量對策，姑娘們都發現蓉兒不見了。一時間在小屋各處找，床底下、櫃子裡、前門小院……花了兩刻鐘將小屋翻了個底朝天，都沒看到蓉兒。

秀兒快急瘋了，抓著梅婆婆的手。「婆婆，現在怎麼辦？」

梅婆婆點了兩根火把，交給秀兒一把，自己留一把，將姑娘們都叫過來。「孩子們，婆婆和秀兒一個向東，一個向西，去尋蓉兒。」

「如果蓉兒跑回來，妳們看好她，不用出來找我們。我們會在兩刻鐘內回來。還有，」秀兒舉著火把，難得嚴肅道：「關好門窗，不管誰來敲門，都不能開！」

「好。」姑娘們眼巴巴地看著梅婆婆和秀兒，好想一起去找。

這時候，梅婆婆也顧不上秀兒為何這樣說，出門後，兩人各奔東西，邊走邊喊：「蓉兒！妳在哪兒？蓉兒……」

姑娘們關窗拴門，都窩在裡屋，每個人都很害怕，但每個人都沒有表現出來。

兩刻鐘後，梅婆婆回來了，沒有找到蓉兒。

姑娘們一臉驚慌，卻又力持鎮定。但梅婆婆萬萬沒想到的是，蓉兒沒找到，向西走的秀兒也沒回來，她不放心，又向西走了兩刻鐘，既沒有蓉兒，也不見秀兒，一下子慌了神。

梅婆婆畢竟是經歷過大風大浪的人，站在西邊的路口猶豫了五秒，果斷回小屋囑咐一番，拿了竹杖，徑直向縣衙走去。

第四十八章

天亮了，喝下米湯的雷捕頭和差役們摸了摸沒有再疼的腹部，心滿意足地舒了口氣，終於好了，老天爺啊，半條命都沒了！

大家望著空盪盪的縣衙外廣場，平日小餛飩攤、芝麻糖擔子的商販們早早就擺開了，可是現在，廣場上都是還沒來得及收走的斷枝敗葉，碎石破瓦，一片狼籍。

有個差役嘆氣。「這些不會也要我們收吧？」

雷捕頭斜了他一眼。「不然呢？」

差役們苦笑著，都說大難不死，必有後福，後福呢？後福在哪兒呢？怎麼還要清掃廣場啊？

雷捕頭一拍手。「來，大夥兒，早收完早歇！莫夫人親手做的魚湯魚肉和麵條，都在廚房等著我們呢！」

「梅小穩婆也說了，這時候適當運動可以促進胃腸恢復！」

於是差役們每個人舉個大掃帚，橫向排成一隊，齊心協力喊著口號。「一！二！三！推走！」

一陣又一陣打掃的聲響，髒污的廣場肉眼可見地慢慢變乾淨，清理前後對比非常明顯。

正在這時，眼睛最尖的胡差役伸手一指。「哎，那好像是梅小穩婆的婆婆，她平日不出門的呀！」

「嘿，還真的是！」雷捕頭看過去，不由得怔住，丟了掃帚趕緊迎過去。「梅婆婆，妳來做什麼？」

梅婆婆喘著氣問：「雷捕頭，可見過梅小穩婆？我有事要找她！」

雷捕頭咧嘴一笑。「梅小穩婆在縣衙廚房呢。」

梅婆婆道了謝。「雷捕頭，麻煩你叫梅小穩婆出來，我有急事找她。」

很快，梅妍就跑出來，驚訝極了。「婆婆，您怎麼來了？」

「蓉兒不見了！」梅婆婆後背的衣服都濕透了，說話帶喘。

「蓉兒在莫夫人房裡，她沒事！」梅妍懸著的心放下了。

梅婆婆卻只放了一半的心。「大早上的，蓉兒不見了，我和秀兒分頭去找，秀兒沒回來。」

梅妍一聽腦袋裡嗡嗡的，一覺醒來就發生了這麼大的事，冷靜下來後想了想。「婆婆，我先送您回去，再騎馬去找。」

「找什麼？還是找誰？」雷捕頭耳朵尖，聽梅妍的語氣就是很著急的事情。

梅妍內心交戰片刻，還是對雷捕頭行禮。「雷捕頭，你擅長追蹤印跡嗎？」

雷捕頭一拍胸膛。「那是當然，我抓的犯人沒有三百，也有兩百！」

梅妍比劃著。「雷捕頭，育幼堂的姑娘秀兒，偏瘦，十二歲，鵝蛋臉，新月眉，杏眼，膚色白，右眼角有顆黑痣，綁雙丫髻繫紅繩，穿深藍布衣、深藍褲子，衣袖和褲腿都短半了掌，黑底布鞋上有七個補丁，腳有這麼大。今早出門向西，至今未歸，能不能麻煩你幫著找一下？」

雷捕頭臉色一沈。「到現在多少時間了？」

梅婆婆皺著眉頭估算。「天矇矇亮時，舉火把出門，到現在不到半個時辰。」

「我去向莫大人稟報一聲。」雷捕頭得了允許又跑出來，將梅婆婆扶上馬車，另帶了一匹馬，向梅家小屋駛去。「梅小穩婆，妳留在縣衙。」

「多謝。」梅妍心慌意亂，只能祈禱秀兒很快被找回來。

雷捕頭將梅婆婆送回梅家小屋，剛好遇上駕著馬車去做早飯的廚娘刀氏，打了照面以後，獨自向西一路尋找腳印，並按腳印深淺估計主人的重量，按梅婆婆所說，秀兒出門時舉著火把，所以火把也是重要線索之一。

向西的路雖然沒有向東的人和車那麼多，但車轍印和腳印也不少，追蹤起來並不容易。因為下冰雹後連續大晴天，泥地被曬得很硬，只能留下極淺的腳印，很快，雷捕頭找到了符合梅妍所說的十二歲偏瘦姑娘的腳印，遁著腳尖方向一路尋去。

雷捕頭手裡拿著一根竹杖，像盯著追蹤獵物的猛獸，極有耐心，走了大約一刻鐘後，腳印突然消失了，在最後一對腳印附近，發現了燒灼的焦黑痕跡，卻沒有發現火把。

繞著腳印轉悠了好幾圈，雷捕頭髮現了兩對不同大小的腳印，印跡相互疊加碾壓，彷彿額外增加了重量……原來如此！

雷捕頭手握竹杖，飛奔回縣衙，如果在平時他不到一刻鐘就能跑到，可大病過後，體力實在不行，花了兩刻鐘才趕回縣衙。

梅妍一直等在縣衙門口，見雷捕頭回來，趕緊迎上去。

雷捕頭胸有成竹。「梅小穩婆，秀兒在向西農田的小池塘附近被人劫上馬車，劫持人是一男一女，我立刻帶人去找。」

梅妍雙腿發軟，鮮花一般的秀兒被劫持，她不敢想也不能想，這幫天殺的！她真的慌了，不知道自己可以做什麼，也不知道怎麼樣才能幫到秀兒，陽光熾烈地照著，她卻渾身冰冷。

沒多久夏喜走出來，把梅妍拉回內院。

莫夫人安慰道：「清遠縣不大，有馬車的人家和商鋪都有登記，雷捕頭是經驗豐富又老道的捕快，是夫君特意調來清遠的，應該很快就能查到。」

梅妍像溺水的人指望一根救命稻草，把所有希望都放在雷捕頭身上。

「來，陪我喝茶。」莫夫人把梅妍拉進平日練字畫畫的廂房，任由蓉兒在裡面東看西瞧，夏喜沏好茶，這兩日雖然遇上許多事，又忙又累，卻難得輕鬆自在。

「梅小穩婆……」蓉兒嗓音軟萌地叫。「我在這裡等妳一起回去好不好？」

「嗯？」梅妍捧著茶盞，心不在焉。

「我昨夜偷偷跑出來，秀兒姊姊知道了肯定很生氣，一定會打我的屁股。」蓉兒噘著嘴，可憐兮兮地撒嬌。「妳和我一起回去，秀兒姊姊就不會打我了。」

梅妍看了蓉兒一眼，實在沒心情哄她。

莫夫人將蓉兒抱起來。「要不，我陪妳回去？」

蓉兒大眼睛眨呀眨，很認真地考慮了一下。「好呀，大家都要向妳行禮，秀兒姊姊就更加不會責怪我了。」

日常都是笑臉的梅妍如今實在笑不出來，不自覺地瞪著蓉兒。

蓉兒很能察言觀色，立刻躲到了莫夫人的身後，探了半個腦袋出來，還伸出一個小胳膊。「梅小穩婆，妳別生氣了嘛，我以後不敢了，妳看我被蚊子咬了好多包呀！」

梅妍看著變成「紅豆冰棒」的蓉兒胳膊，真是哭笑不得，最後還是板著臉。「蓉兒，妳把手伸出來，手心朝上。」

蓉兒小機靈鬼立刻縮回莫夫人的身後，連腦袋都藏得好好的，細聲細氣地說：「梅小穩婆，妳別打我的手心嘛！」

「伸出來！」梅妍這次打定主意要好好教訓人。

蓉兒小嘴一癟，又含著兩泡眼淚，走到梅妍跟前，伸出雙手，手心朝上。「梅小穩婆，蓉兒以後會很聽話的，妳不要生氣，打就打嘛。」

「啪啪」兩下，梅妍沒有手下留情。

蓉兒的眼淚倏地流下來了，兩個小手火速藏到身後。「梅小穩婆，妳已經打過手心了，我知道錯了。」

梅妍一時不知道該用什麼表情看蓉兒，只能梗著脖子裝凶。「妳才四歲，半夜三更走這麼遠的路，這一路上有池塘、有野獸、有蛇，萬一遇上壞人，妳怎麼辦？」

蓉兒覺得梅妍不生氣了。「不只有這些，還有好多好多小點點亮光追我，我好害怕啊，蚊子也好多，咬得哪兒哪兒都疼。」

莫夫人聽得心疼，抱起蓉兒。「梅小穩婆是真的害怕妳出事，知道嗎？妳才這麼小，壞人一下子就抱走啦，抱走以後妳就再也看不到育幼堂的姊姊們了。」

蓉兒靠在莫夫人懷裡，眼淚汪汪的。「蓉兒知道錯了，蓉兒不是壞孩子，梅小穩婆，妳不要把蓉兒送回育幼堂，我不要回去！妳也不要把姊姊們送回去好不好？」

莫夫人輕輕拍著，哄道：「蓉兒乖，過段時間，育幼堂會重新建好，會造得比以前更好，到時候妳就和姊姊們一起住回去，梅小穩婆的家太小啦，妳們都待在那兒太擠了！」

蓉兒立刻大哭，掙脫了莫夫人的懷抱，緊緊抱住梅妍。「梅小穩婆，我不要回去……我不要回育幼堂……那裡不好，那裡一點都不好！」

莫夫人望著異常沈默的梅妍，又注意到蓉兒的反常，試探著問：「梅小穩婆，育幼堂發生過什麼事？」

梅妍想了想，湊到莫夫人耳畔，低聲說了一番。

「怎麼會?!」莫夫人抓緊了梅妍的手。「妳確定嗎？怎麼會這樣？」

梅妍搖頭。「現在不確定，鄔桑將軍回營地向男孩們套話去了，我本來也要回去套話的……我現在最怕的是，秀兒是被那些人劫走了。」

莫夫人站起身，在廂房裡來來回回地踱步，神情越來越凝重，清遠縣山青水秀，陽光也好，百姓們也還算樸實，怎麼會藏了這樣的事情？

最後的最後，莫夫人還是不願意相信。「梅小穩婆，妳覺得姑娘們有哪裡不對勁嗎？」

梅妍沈默片刻。「到小屋的第一晚，她們害怕沐浴，害怕換衣服，見到我買了布疋回去也害怕穿新衣服，像群落入陷阱的小鹿，顫慄著，惶恐地熬過每分每秒。我和婆婆都感覺到了異樣，那種說不出來，又清晰浮現的異樣。」

「妳等著。」莫夫人離開廂房，很快又回來，手裡是這些年負責經營打點育幼堂的富戶鄉紳名錄。

梅妍數學不錯，但想在短時間內看明白大鄴縣衙的官帳還有些難度，於是轉而做更簡單的事情，記下了育幼堂運營的主要負責人——

負責統籌花銷的石澗，觀濤樓掌櫃王財，趙記藥鋪的掌櫃趙滿，醫館胡郎中，俞記茶肆夫婦二人，程記金銀的掌櫃程鵬，以及照看孩子六年的大嬸夏氏。

梅妍簡直不敢相信，這些人如今大部分都被莫石堅關在牢裡了。

莫夫人看得搖頭又嘆氣。

夏喜端著早飯走進來。「夫人，梅小穩婆，廚房只有米湯，綠柳居休業，平日在路邊做早飯的攤子幾乎都沒開，奴婢尋了些糕點，配著米湯一起吃吧。」

莫夫人點頭，三個大人外加蓉兒各自開吃。

梅妍專心吃早飯，意外發現莫夫人也吃得香甜，這真是她見過最真誠而平易近人的縣令夫人，想來，莫夫人就是莫大人清廉公正的基石。

莫夫人對蓉兒很是上心，糕點任選，還替她擦手擦嘴。

夏喜收拾餐具出去，過了一盞茶的工夫才回來，向莫夫人行禮。「夫人，莫大人讓梅小穩婆速去書房。」

蓉兒聽了立刻抱緊梅妍的腿。「我也要去！」

梅妍勸。「蓉兒乖，妳留在這裡陪莫夫人好不好？」

「不好！」蓉兒回答得非常乾脆。

梅妍靈機一動。「那我們玩個遊戲？」

「好呀好呀！」蓉兒聽到遊戲就來勁了，她太小，姊姊們玩遊戲都不帶她。

梅妍湊到莫夫人耳畔，如此這般說了一下。「您看怎麼樣？」

莫夫人點頭同意。「蓉兒，讓梅小穩婆先走，我們和她走不一樣的路，看誰更快？」

蓉兒立刻抱住莫夫人。「好呀好呀。」

梅妍向莫夫人告辭，臨出門時向她微一點頭，大步走去書房。

書房裡，又熬了一個通宵的莫石堅和師爺，絲縷頭髮垂在臉上，黑眼圈掛了半張臉，雙眼裡布滿紅血絲，星星點點的鬍渣，衣服皺皺巴巴的，憔悴又疲憊。

兩人的臉上多少有些不耐煩，不，是很不耐煩。

呈報要寫得盡善盡美，冰雹之後的房屋重建，疫病之後的糧食發放……一樁比一樁著急，偏偏胡郎中一大早又帶著夏氏求見。

莫石堅對胡郎中很是敬重，只能擱下手裡的事情，哪知一問緣由，卻是夏氏想將育幼堂的孩子們帶回家。孩子們安置得好好的，夏氏這不是沒事找事嗎？

師爺對夏氏也沒有好臉色，同樣是礙於胡郎中在場，維持著皮笑肉不笑的樣子。

胡郎中拄著枴杖，白頭髮和白鬍鬚又多了一些，金魚眼更大了，很沈默。

莫石堅和師爺打量著夏氏，精神最好的就是她，彷彿冰雹疫病都避她而過，既沒有歷劫後的惶惶不安，也沒有因為損失而心痛。

夏氏衣服簡樸又乾淨，不時搓著雙手，雙眼含淚地哀求。「莫大人，胡郎中，冰雹以後民婦才發現離不開這些孩子，一直想他們，育幼堂毀了，讓他們都住我家裡吧。梅小穩婆平日裡就很忙，還要照顧那麼多小姑娘，哪顧得過來？莫大人，民婦兩晚沒睡好覺了，時時刻刻地想他們啊，真的……」

胡郎中感動了，看向莫石堅，秉持著對莫縣令的敬重，沒有開口。

莫石堅問道：「夏氏，妳家房屋不大，而且還被冰雹砸損，已經自顧不暇，妳的心意本官已經知曉，回去吧。」

夏氏忽然跪倒，滿臉自責。「莫大人，胡郎中，如果那日我不和孩子們一般見識，沒有離開，下冰雹的時候，我就能保護他們……我、我和孩子計較什麼呢？」

莫石堅不耐煩地皺眉。「夏氏，妳家房子多大，有多少存糧，能收留這麼多孩子？」

夏氏覺得有戲，立刻恭敬回答。「啟稟莫大人，民婦照顧育幼堂已有六年，就算家裡小，沒有多少餘糧，有我一口吃的，也不會餓著他們的，總有辦法安置，請大人放心。」

梅妍剛到書房門邊，就收到莫石堅使來的眼色，毫無聲息地進門找個了角落站著。如果不是蓉兒鬧這麼大一齣，她也會相信夏氏是個好管事，但現在只覺得夏氏這樣的演技不當伶人可惜了。

胡郎中捋著鬍鬚。「夏氏，所謂行善積德也要量力而為，這麼多張嘴，妳該如何養活？」

夏氏大義凜然。「莫大人，師爺，胡郎中，一直以來育幼堂都占著縣衙支出，現在清遠遭災，我雖是一介女流，也願意為莫大人分憂。將孩子們接回去以後，我會帶著他們四處募集善款，不占清遠縣衙的花銷。」

梅妍立刻明白，夏氏是打算把孩子們都帶走，離開清遠以後，孩子們也就成了俎上魚肉，任她處置了。

夏氏極為誠懇地再次行禮。「莫大人，不僅如此，以後清遠的孤兒們也都交給我來照顧，我膝下無兒女，是孩子我都喜歡。」

梅妍看向胡郎中。

胡郎中詫異極了，來這兒以前夏氏不是這樣說的，頓時也感到了異樣。

莫石堅擺了擺手。「夏氏，孤兒也是清遠百姓的孩子，各地設立育幼堂是陛下的仁慈，沒有道理讓妳一人承擔。回吧，本官還有事情要處理。」

夏氏膝行到莫石堅面前。「大人！」

「退下！」莫石堅不耐煩到了極點。

胡郎中率先起身。「莫大人，老夫不該一大早來打擾，告辭。」

「胡郎中！」夏氏又想攔。

夏氏還賴著不走，抬頭忽然看到梅妍，心中怒火驟起，斷人財路如殺父母，恨不得撲過去咬死她。

梅妍看到了夏氏的眼神，也感覺到了這不同尋常的恨意，心中又篤定兩分。

正在這時，莫夫人抱著蓉兒走進書房。「蓉兒，夏氏要帶妳們離開清遠，妳可願意？」

蓉兒驚恐地抱緊了莫夫人的頸子。「我不去！」

第四十九章

正打算離開的胡郎中停下腳步，站在書房門邊回望，格外慈祥又慢吞吞地問：「這是為何呀？」

蓉兒自恃有梅妍和莫夫人在，大聲回答。「因為她是壞人！她對我們一點都不好！」

夏氏驚得跳起來。「蓉兒，妳怎麼在縣衙裡？怎麼能這樣胡鬧？快，跟嬸子回家！」說著，就要從莫夫人手中抱蓉兒。

莫夫人抱著蓉兒在書房外聽了全程，厭惡地避開。

夏氏急忙解釋。「莫夫人，您不知道，這孩子是天生的撒謊精，仗著有一張可愛的小臉蛋，見人說人話，見鬼說鬼話，稍有不順心就罵人……」

「莫夫人，梅小穩婆，我從來不撒謊！她就是壞人！」蓉兒氣死了，眼淚簌簌地流。

蓉兒掙脫了莫夫人的懷抱，撲到梅妍身邊，抱緊她的大腿。「梅小穩婆，梅兒姊姊，蘭兒姊姊，竹兒哥哥，就是在晚上被她帶出門，再也沒有回來的！」

莫石堅、師爺和胡郎中的神情一僵。這是怎麼回事？

夏氏臉色驟變，衝過來要捂蓉兒的嘴。「什麼梅兒、蘭兒、竹兒的，妳這死孩子再胡說八道，妳死去的爹娘是要投畜牲道的！」

蓉兒瞪大了眼睛，癟著嘴，忍了又忍，衝過去對著夏氏拳打腳踢。「妳才胡說，我阿爹、阿娘都是好人，他們才不是畜牲！」

夏氏故意挨著不還手，還強顏歡笑。「莫大人，莫夫人，胡郎中，梅小穩婆，你們看這孩子多凶，沒爹沒娘的，也沒人教，是不是？」

梅妍抱起蓉兒，安撫道：「我知道蓉兒是勇敢又聰明的孩子，不會隨便撒謊騙人的，對不對？」

莫夫人走過來，摸著蓉兒的頭。「蓉兒乖巧又聽話的。」

蓉兒生生把眼淚憋回去，握緊了小拳頭。「我沒有撒謊，前幾日她還給秀兒姊姊量身說要做新衣服，梅兒、蘭兒姊姊和竹兒哥哥都是穿著新衣服坐上大馬車再也沒有回來的！她就是壞人！」

梅妍猛地想起，前幾日姑娘們看到她帶回去的新布料，聽說要做新衣服時，那種驚慌失措又無助的眼神。原來如此！

「妳這死孩子再胡說八道！」夏氏的眼神，像被揭了面皮的惡鬼，死死地盯著蓉兒和梅妍。「是妳讓她這樣胡說的吧？孩子嘛，給個糖，給點笑臉，根本分不清真假。」

梅妍避開夏氏的憤怒狂撲，把蓉兒交給莫夫人，然後第二次避開夏氏搧來的巴掌，順勢握住她的手腕、捏緊手指，猛地反轉。

「啊！」夏氏驚叫出來。「殺人啦！」

莫夫人趕緊捂住蓉兒的眼睛。

梅妍屈膝猛擊夏氏腹部，在她吃痛蜷縮的瞬間，大聲問道：「秀兒在哪兒？」

「梅小穩婆，妳竟然讓一個孩子誣衊我？我哪知道秀兒在哪兒？不，妳把秀兒弄丟了，現在反咬一口是嗎？」夏氏疼出一身汗，豁出去要坑死梅妍，她面目猙獰。「妳把姑娘們當搖錢樹，去綠柳居蹭吃的，去布莊買好布，還有人每天往屋子裡送米糧，妳當然不肯把姑娘們交給我，不然這麼好的財路去哪兒找啊?!」

梅妍冷笑，夏氏終於現出原形了。「妳一大早拉著胡郎中進了莫大人的書房，苦哈哈地哀求，原來是看中了這些？」

莫石堅怒喝。「來人，將夏氏押入刑亭！」

夏氏一下子慌了神。「莫大人，民婦告退。」說完轉身就跑。

胡差役伸手拽住夏氏。「妳當縣衙是什麼地方？想來就來，想走就走啊，晚了！」

夏氏剛邁出一條腿，忽然視野翻轉，等反應過來已經被捆好手腳，像待宰的年豬，立刻大號出聲。「老天爺啊，下場大雪吧，我被死孩子冤枉了！鄉親們！救命啊……唔唔！」接著被胡差役拿破布堵住了嘴，登時乾嘔連連。

梅妍向莫石堅行禮。「莫大人，您公務纏身，忙完公務再審，還是……」

「呸！」夏氏好不容易吐出了嘴裡的破布。「莫大人，您的公正清廉呢？」

莫石堅的耐心全無。「梅小穩婆，現在就把姑娘們都接來，不，去一趟營地把育幼堂所有的孩子都接到縣衙來，當面對質。」

夏氏慌了，立刻改口。「梅小穩婆，妳就是沒安好心，妳去接姑娘們，路上搧風點火，再給點糖，那些孩子就怎麼樣都順著妳說！」

梅妍不怒反笑。「冰雹當日上午，妳衝到胡郎中面前，斬釘截鐵地說，不管他再加多少錢，妳都不會再照顧育幼堂的孩子們。那日，胡郎中、我、柴醫徒，還有幾個病人，證人可多了。」

夏氏氣勢不減地吼回去。「那又怎麼樣？我把他們當自己孩子一樣照顧了那麼久！沒有功勞也有苦勞！」

梅妍懟人從來沒輸過。「哦，當自己孩子照顧是嗎？下冰雹的時候妳在哪兒呢？全城疫病的時候妳又在哪兒呢？哪個正經當阿娘的，在孩子又驚又怕的時候不管不顧啊？」

夏氏穩定發揮。「妳……我那時被氣昏頭了！後來我冒雨跑到醫館找胡郎中，跑得鞋都掉了，腳都破了，到現在還裹著布呢！」

梅妍輕聲說道：「夏氏妳最好想清楚了，莫大人、師爺和胡郎中，是妳能隨意誆騙得了的嗎？」

夏氏此時已經沒有退路。「莫大人，師爺，胡郎中，天地良心，我夏氏在此發誓，如果對育幼堂孩子有半點苛待、對他們做出違法之事，天打雷劈、不得好死！梅小穩婆，妳敢不敢發這樣的毒誓？」

梅妍被逗笑了。「別鬧了，雷公電母很忙的，這世上之人都拿毒誓當飯吃，違法之事自然有大鄴律令管，何必勞動祂們呢？」

夏氏怎麼也沒想到，自己的氣勢就這樣被梅妍給「逗完了」，氣得要吐血。

莫夫人抱著蓉兒，憋笑得肩膀直抖。

莫石堅、師爺和胡郎中三人的嘴角微微抽動，試圖努力控制爆笑的衝動。

夏氏只覺得腦袋裡嗡嗡作響，大吼出聲。「梅小穩婆！妳蔑視神明會遭天譴的！」

梅妍呵呵笑著。「夏氏，人在做，天在看，妳自己作惡還拿神明來說嘴，妳才是蔑視神明，遭不遭天譴我不知道，畢竟在我心裡，神明是拿來敬畏的。」

「莫大人，我去接孩子們。」梅妍行禮告退。

莫石堅發現，梅妍懟人的角度清奇而有理，算得上這苦悶幾日的一點樂子。「去吧！」

夏氏快要急瘋了。「不行！妳不配！只有我配，一定是我去接孩子們！」不在路上威懾住，鬼知道他們能說出什麼來。

梅妍根本懶得理她，正要出去，王差役卻小跑進來。「莫大人，驃騎大將軍帶著親兵和育幼堂的孩子們在縣衙外，請速去迎接！」

莫石堅迅速整理官帽、官袍，整頓腳步，打起十二分精神，高聲說道：「清遠縣衙上下都有，隨本官迎接驃騎大將軍！」

「是！」一群人緊隨而出。

鄔桑大將軍?!夏氏兩眼一翻白差點厥過去。

胡郎中的手緊握著枴杖，指尖不自主地顫動。

兩刻鐘以後，鄔桑被莫石堅請到花廳上座看茶，可他偏偏不吃這一套，開門見山地問：

「育幼堂管事夏氏在哪兒？胡郎中是不是也在？」

莫石堅沒想到鄔桑這樣直接，又不能把他帶去刑亭那樣骯髒的地方，思來想去，還是把他帶到捆綁夏氏的院子裡。

鄔桑和親兵們都著常服，自帶懾人的氣勢，往院子裡一站就讓人有銅牆鐵壁的感覺。

育幼堂的姑娘們嚇得不輕，一見到梅妍立刻撲過去，把她團團圍住。「梅小穩婆……」活脫脫就是一群小雞找到雞媽媽的場景。

莫石堅和莫夫人對視一眼，嘴角不自覺地上揚，孩子的選擇不會騙人的。

六子木只用了一個時辰，就把男孩們訓得服服貼貼，親兵們站哪兒，男孩們就自動地跟到哪兒。

無論是男孩或是女孩，沒一個人管夏氏，她的臉色不斷變化，漸漸轉白。

胡郎中拄著枴杖，忽然有些站不住。

在場所有人都各懷心思，院子裡安靜得嚇人。

六子木收到鄔桑的眼色，率先走到莫石堅面前行禮。「莫大人事務繁忙，還是就地審問吧。」言下之意，我們將軍耐心不好，趕緊把育幼堂的事情解決了。

莫石堅審案無數，剛得到莫夫人提供的信息，隨手招了一個男孩出來。「育幼堂此前是否有一個叫竹兒的孩子？」

男孩有些害怕，但還是點頭。「是。」

夏氏的牙止不住地打顫，眼神四處飄忽。

莫石堅又招了一個小姑娘問：「此前是不是有一個梅兒姑娘和一個蘭兒姑娘？」

夏氏惡狠狠地瞪著盯著。

小姑娘看到了夏氏的眼神，瑟縮一下，搖了搖頭。「沒有。」

夏氏鬆了一口氣，立刻尖叫出聲。「梅小穩婆妳用孩子誣衊我，妳安的什麼心？」

小姑娘的上牙快把下嘴唇咬破了，視線不斷在眾人身上穿梭，最後渾身發抖地跪在莫石堅的面前。「莫大人，她們是沐浴換上新衣服以後才叫梅兒和蘭兒的，那不是她們的真名！莫大人，其中有一個是我的親姊姊，她再也沒有回來過，您能派人找到她們嗎？」

須臾，所有人的視線都集中在夏氏身上。

夏氏一個字都說不出來，連大氣都不敢出，恨不得就此縮到牆裡面變成一塊磚石。

梅妍摸了摸小姑娘的頭。「莫大人是位清正廉明的好官，有什麼話站起來說。」

小姑娘第一次這樣大聲說話，沒有被取笑，也沒有被責怪，梅妍拉著她的手更是給了她無比的勇氣。「莫大人，不只兩個姊姊不見了，還有其他孩子，有些長得不好看，有些是生了病的，他們都會很快不見，不知道去哪裡。夏嬸子總是說他們去了好人家，讓我們什麼都不要問，也什麼都不要說！可那是我的親姊姊啊，我每次問都會挨巴掌……我……」

小姑娘泣不成聲，再也說不下去了。

眾人再次極快地打量育幼堂的孩子們，確實，不論男女，都長得不錯，連長相普通的都沒有；他們都是成年人，都見識過人心的黑暗與險惡，立刻明白。

生病的多半是死了，長得不好看的多數是發賣了；這些長得好看的，等長開了都會被送到煙花柳巷，供人玩樂。

因為他們是孤兒，育幼堂又地處偏遠，一個不大不小的院子，不高也不堅固的土牆就能隔絕他們的存在，湮滅他們的喜怒哀樂。

放聲大哭，沒人聽見；一個個失蹤，沒人看見。他們像荒蕪裡的野花、野草，不論是綻放還是枯萎，都無聲無息，無人察覺，也無人願意關心。

他們也無處可逃，因為百姓們都只能餬口，哪有餘力餘糧多養一個孩子？

他們生活在陽光總是很好的育幼堂裡，光線越強，院子裡越黑暗，無論面前是什麼路，都只能硬著頭皮走，聽話的可以活久一些，不聽話的轉眼失蹤，一念生死。

梅妍只覺得心裡堵得慌，呼吸不暢。

莫石堅一個箭步衝到夏氏面前，厲聲問道：「夏氏，妳還有什麼話要說?!」拳頭捏得咯咯作響，恨不得對她一通拳打腳踢。

夏氏的腸子都悔青了，可她不甘心。這些才到哪兒？她是作惡，可是還有人比她更惡，卻過著比她舒適十倍的生活，不甘心！她不能就此認罪！

夏氏梗著脖子陰惻惻地笑，笑得格外無奈又殘忍。「莫大人，您有俸祿，有地位，有名聲，只要一句開設育幼堂再撥一點款項，就是愛民如子的父母官了。」

夏氏話鋒一轉。「可您知道，養活那麼多孤兒要花多少錢嗎？半大小子、吃窮老子，您知道他們一頓要吃多少嗎？知道他們的衣服只能穿一季就穿不下了嗎？知道他們生病要花多少錢嗎？縣衙那點撥款，給他們塞牙縫都不夠！對，我還能去石澗那裡領錢，可那點錢根本不夠！不僅如此，給我的月錢也少得可憐。我！一個人！要照顧那麼多孩子，哪顧得過來？說了多少次，他們只會說，要麼做、要麼滾！」

師爺氣得跳出來。「縣衙每個月給育幼堂撥三十兩銀子，再加上富戶鄉紳們每個月的錢，怎麼可能會不夠?!」

夏氏笑了，眼神陰鷙又冰冷。「天地良心啊，我每個月去私塾領二十兩支用，買米麵糧油，還要買布做衣服，這些年來，我每次說太少，孩子們吃不飽，您知道他們怎麼回我嗎？他們說，那些兔崽子不餓死就行。」

在場所有人的臉色都變了，除了胡郎中。

梅妍忽然意識到，這恐怕是胡郎中一而再、再而三地要求自己去育幼堂的原因。

莫石堅順著梅妍的視線，落在了胡郎中身上——拄著枴杖的手不抖了，平日有些佝僂的背也挺直了，有些昏花的眼睛裡有光。

胡郎中捋著鬍鬚，視線落在夏氏身上，緩緩開口。「夏氏，妳每次來鬧著要加月錢，我都給妳講一遍為虎作倀的故事，這麼多年了，妳一次都沒聽進去？」

夏氏這時候總算從驚恐中緩過來，既想哭、又想笑，嘴角不斷向上向下地彎，最後還是笑了，有恃無恐。「胡郎中，你別整天地唬人，律令的事情我也知道一點，斷案要人證物證，育幼堂裡沒有一個人可以當人證。」

夏氏瞪眼掃過孩子。「這幫兔崽子動不動就跑出去禍害附近的莊稼，他們說的話有人聽嗎？有人信嗎？胡郎中，這裡的所有人，除了你時常去看望以外，還有誰？你們承認吧，沒人在乎他們！一群沒爹沒娘的，能有什麼出息？沒出息、又沒錢沒勢，自然讓人瞧不起。」

梅妍注意到，夏氏每說一句，育幼堂的孩子們頭就低下一分，像被無形無影的刀捅了一下又一下，心裡很不是滋味，但這卻是殘酷的事實。

夏氏越說越得意。「梅小穩婆，妳就算真是菩薩心腸又怎麼樣？妳養不起她們，育幼堂重建以後，他們還是要回去。既然沒這個能力，又何必覥著臉裝好人？」

夏氏又轉向孩子道：「孩子們，小崽子們，整個清遠沒人願意到育幼堂照看你們，除了我！只有我夏氏照看了你們這麼久！梅小穩婆多美、人多好是嗎？告訴你們，她要樣貌、有樣貌，接生又是最厲害的，她從心底看不起你們這些孤兒，跟我走吧，別傻了！醒醒吧！」

夏氏這一手殺人誅心用得很好，每個孩子的臉龐都皺了一下，齊齊地看向梅妍，每道眼神都複雜且銳利。

梅妍極為坦然，視線與每個孩子交集。「其實，我和你們一樣，但又有些不同。我小時候被扔在山林雪地裡，那時雪很大，能沒到膝蓋，周圍有野獸的嚎叫，月亮的光能照到發亮的獸眼……」

孩子們掩飾不住吃驚的表情。

「不怕告訴你們，我是梅婆婆撿到的，我和她沒有血緣關係，但那又怎樣？我要是不說，你們誰會知道或者誰能猜到？婆婆待我很好，那我就對她更好。實話對你們說吧，那日冰雹時是梅婆婆放心不下，但她的老寒腿很嚴重，著涼受寒就下不了床，所以我才去育幼堂看了。」

梅妍聳肩一笑。「我本就不是什麼菩薩心腸，但也沒打算把你們當搖錢樹。既然把你們接到家裡，那至少在這段時間，會盡我所能地照顧好你們。至於以後的事情，誰也不知道。」

孩子們的眼睛都瞪大了，特別是姑娘們，每個人的眼睛滿是好奇又充滿希望。

莫石堅、莫夫人、師爺和胡郎中，以及在場所有的大人都驚呆了。

梅小穩婆竟然有這樣的過往，一個老婦人帶著一個小女孩輾轉討生活，會經歷多少磨難，大家都心知肚明。可是，梅小穩婆卻長成這樣，比清遠縣任何一個好人家的姑娘都美好。

第五十章

梅妍在陽光照進的光暈中嫣然一笑。「你們被罵的話我都聽過，所以，別管夏氏說什麼，也別管其他人說什麼、罵什麼，更不要聽他們罵你們剋家人、是災星，他們不重要。為什麼要讓那些不知道是誰的人，來決定你們是什麼樣的？」

夏氏笑得更陰險。「呸，梅小穩婆，別在這兒騙他們了，他們是育幼堂的人，就算他們知書達禮，能文會畫又怎麼樣？一樣被人瞧不起，育幼堂就沒一個有出息的！梅小穩婆說得好聽，那是因為她不是育幼堂的！成見這種東西，沒理可說！也改變不了！」

孩子們眼睛的光瞬間熄滅。

梅妍強迫自己冷靜，唇槍舌劍殺人刀，夏氏這話太絕了，卻異常真實，育幼堂的孩子就算有天賦，也遇不上好老師或者好師傅願意教。

夏氏看到梅妍沈默，更得意了。「孩子們，留在清遠是沒有出路的，跟我走！」

正在這時，鄔桑的身影籠罩了夏氏，居高臨下地看著她，眼神並不銳利。

夏氏卻被盯得打了個寒顫。「你、你……你要幹麼？」

鄔桑的嘴角微微揚起，眼神越發平靜，聲音不大但足以讓在場每個人都聽得清楚。「妳是不是忘了，我就是從育幼堂走出去的。」

這下，連梅妍都驚到了。

孩子們的眼睛都瞪得溜圓。威風凜凜的大將軍竟然也是從育幼堂出身的?!

鄔桑又走到莫石堅面前。「莫大人，如果你不能秉公處理育幼堂的事情，下次邊境開戰，我就拿你去祭旗！」

莫石堅嚇得憋氣，生生忘了呼吸，萬萬沒想到，他是為了清查妖邪案來的，沒想到還捅了育幼堂這樣的馬蜂窩，把兩樁連環大案捅上去，他能活幾日？

莫夫人抱著蓉兒腳下一軟，差點摔倒。

虎子卻得意起來，學鄔桑走路的姿態，彷彿自己也是驃騎大將軍，還橫著膀子走到莫石堅面前，挺著胸膛斜眼看人。「莫大人，我知道那些不見的在哪兒。」

莫石堅第一次被小孩看扁，心中煩悶得很。「快說！」

石頭也搖搖晃晃地走過去，伸出兩個手指頭，彷彿得到了驃騎大將軍當靠山。

這兩個小鬼知道自己在做什麼嗎？莫石堅氣得鬍子都要翹起來了。「快說！」

「給我們每人三百兩，就告訴你們。」虎子替石頭豎起三根手指。

剛才被問話的小姑娘衝過去拉著問：「虎子哥，石頭哥，我阿姊在哪兒？她在哪裡呀?!」

虎子一把將小姑娘推在地上。「妳有三百兩嗎？沒有就滾開！」

梅妍剛要出手教訓，就見鄔桑身形一晃，掠過虎子身側，彷彿什麼都沒發生過。

虎子捂著胳膊慘叫出聲，跪倒在地，大喊：「殺人啦！」
鄔桑吩咐道：「把這兩個渾帳東西，扔到縣衙外面，他們從此不是育幼堂的孩子。」
話音剛落，就有親兵把他們提溜出去，扔到了縣衙大門外。
在場的成年人都被這兩個孩子的可惡程度震驚了，說好的「人之初，性本善」呢？簡直不可思議。而胡郎中仍然是例外。
梅妍深刻體會到，胡郎中給自己挖了一個很大的坑，等自己反應過來時，不僅已經跳進去土，還埋到小腿了。
胡郎中捋著白鬍鬚嘆氣。「虎子爹是個爛賭鬼，他娘是個織女，不管賭贏賭輸，他娘都沒過過一天好日子，他從小挨打，每次都是他娘偷偷抱來醫館看病。有次他爹把他往死裡打，他娘為了保護他以命相搏，之後他就成了孤兒，進了育幼堂就成了一霸。石頭家也差不多，所以這兩個孩子有多可恨、就有多可憐，老夫也奈何不了他們。」
不論是莫石堅，還是縣衙差役，聽完都只能嘆氣。
梅妍皺緊眉頭，前所未有的低落，同時又慶幸姑娘們都挺好，心情複雜至極。
虎子和石頭在縣衙外的廣場上罵出最惡毒的髒話，撒潑打滾，烈日當頭，很快就口乾舌燥，沒多久就像霜打的茄子蔫了。
石頭只是渴，還能罵幾聲。
而虎子除了渴還很疼，望著自己使不出力氣的胳膊，又急又怒，最後又衝進縣衙，邊跑邊喊：「只有我們知道他們在哪兒！你們不能這樣對我們！」

莫石堅因為連續熬夜通宵和震驚過度身心俱疲，恨不得立刻摘掉官帽拍屁股走人。

鄔桑看都沒看他們一眼。「育幼堂向西三百公尺有個小山丘，附近有三塊地的樹木長得特別茂盛。」

虎子和石頭呆愣當場。

眾人注意到虎子和石頭的呆愣樣子，倒抽了一口氣。

鄔桑把虎子脫臼的胳膊接上後拽住，又盯住石頭，隨後放了他們。

莫石堅走到夏氏面前，神情無比陰森。「妳是自己說，還是大刑伺候？」

夏氏把頭搖得像波浪鼓一樣。「莫大人，民婦不知道，我真的不知道！那些地方我從來沒去過，我不知道啊……」

鄔桑冷笑。「莫石堅，那幾個老不死的東西，既貪財好色又欺軟怕硬，還特別怕死。他們不會讓那些髒了他們的眼睛和手，肯定會扔得很遠，免得沾染晦氣。而且他們不會讓夏氏知道所有，因為她既貪財又靠不住、還沒腦子，替他們做這些事情的另有其人，甚至可能不是清遠人。」

就在大家都被這一連串的變化震傻了的時候，只有蓉兒始終如一地單純而執著。「莫夫人，您能不能派人去找秀兒姊姊？她還能回來嗎？」

簡簡單單的兩個提問，像晴天霹靂震醒了在場的成年人。

如果不能盡快找到秀兒，只怕她也會成為讓樹木特別茂盛的原因。

莫石堅厲聲喝道：「所有差役聽令，尋找育幼堂的秀兒。」

梅妍立刻補充秀兒的特徵。「育幼堂的姑娘秀兒，偏瘦，十二歲，鵝蛋臉，新月眉，杏眼，膚色白，右眼角有顆黑痣，綁雙丫髻繫紅繩，穿深藍布衣、深藍褲子，衣袖和褲腿都短了半掌，黑底布鞋上有七個補丁，腳有這麼大。雷捕頭已經去找她了！」

一輛大馬車在官道上，在越來越熾熱的陽光下，離清遠城西城門越來越遠。

駕車人穿著粗布衣裳，戴著帷帽，讓人分不清男女。

墨綠絲絨裝飾的馬車內，一位極為美貌的螺髻少女，滿頭的步搖珠釵，白皙的額頭繪著紅蓮花鈿，化了點淚妝，黑亮的眼睛顯出驚惶的神情，菱形的唇瓣繪了蝶紋硃砂，粉蓮抹胸配高腰襦裙，茜色披帛，纖纖十指上繪著蔓枝花葉紋，粉潤的指甲邊緣黏了珠母花瓣，纖細的手腕上繫了銀質細鍊，美得彷彿碧水中走出來被縛的荷妖。

一位年紀頗大、容顏蒼老的婦人，陪在美麗少女的身旁，嗓音溫柔，神情慈祥，拿著一面黃銅鏡左右照著，不住地讚嘆。「好姑娘，看妳多美，美得像天上的仙子一般。」

少女閉上眼睛，眼睫墨如鴉羽，交握疊放在膝上的雙手，指尖微顫。

「好美、好新嫩的歲月啊……」婦人臉上的敷粉塗得很厚，卻掩飾不了歲月刻在臉上的皺褶痕跡，略顯渾濁的雙眼近乎貪婪地黏在少女的身上。「這世上若真有荷仙，也不能比妳更美了。好，妳就叫荷兒！」

老婦人感嘆著。「好姑娘，妳別看我現在這樣，當年我的我也曾美若天仙、令人癡狂。荷兒，妳不僅美而且有膽識，到現在都不需要補妝，既不驚慌也不聒躁，這樣很好。我帶妳去聽最悅耳動人的音樂，走金絲銀線織就的毯子，嚐妳想都不敢想的人間美味。」

老婦人蠱惑著，但少女全然不理會她。

「對，就是這樣，妳只需要這樣，不管見到誰都不要笑，淡漠疏離的荷仙，只可遠觀不可褻玩，所有的人都會為妳瘋狂，會為妳奉上珠玉珍寶，只為贏妳一笑，妳明白嗎？」老婦人越發慈祥，覺得自己慧眼識珠。「我們快到靖安了，那裡有船渡，我會帶妳上船，不是那種骯髒的手搖櫓，是兩層樓那樣高的畫舫！妳知道畫舫是什麼嗎？」

少女指尖不抖了，連眼睫都沒動一下。

老婦人畢竟閱人無數，盯著少女許久，才緩緩開口。「荷兒，妳聽我說。」

少女忽然睜開美麗的眼睛，堅定又沈著。「我叫秀兒。」

老婦人怪笑著，像換了張臉皮，顯出無比的輕蔑和嘲諷。「妳一個孤女，誰會在意妳叫什麼？妳不見了都不會有人發現，因為疼妳的人都死了。這世道就是這樣，每個人都為了自己的前程和錢奔忙到死，有誰會為了素不相識的人操心呢？」

老婦人冷言道：「妳別想了，這一路上都不會有人認識妳，就算妳喊救命，妳的身契也在我手裡，認命吧！」

秀兒閉上眼睛，腦海裡全是冰雹大雨時的梅妍，出手教訓虎子、石頭的她，大喊著快走的她，相信自己不裝病的她，晚上和大家一起說笑的她……如果梅小穩婆發現自己不見了，一定會出來找的吧？

老婦人要掐掉秀兒的所有希望。「妳現在這樣子，誰能認出妳是清遠育幼堂默默無名的秀兒？清遠縣又有幾個人知道妳？就算有人發現妳不見了，誰會有空來找妳？妳已經離開清遠，這裡是靖安地界了。誰會為了一名孤女奔波？妳再不甘又有什麼用？這是命，妳得認！」

秀兒再次閉上眼睛。

老婦人得逞，一路透過車簾向外看，不時開口。「看到靖安城門了。到靖安城南門了，再向西一百二十里就是渡口。」

秀兒的心越來越沈，希望完全破滅，想到之前的幾位姊姊，越想越害怕。

沒過多久，馬車突然加速，顛得秀兒頭上的珠釵亂響。

老婦人怒了。「天殺的，跑這麼快做甚呢？髮髻散了，妝花了，你給重畫啊？」

「有人追來了！」車伕大喊。

「你是不是瞎？誰會追我們的車?!」老婦人簡直不敢相信。

車伕罵了句什麼，馬車越來越快，車廂也顛得越來越厲害，秀兒都快坐不穩了。

老婦人掀開車簾探頭出去的瞬間，秀兒看到一名格外壯實的漢子騎著馬離這輛車越來越近。

「停車！」漢子叫停的聲音越來越近。

老婦人厲聲喝道：「怕什麼？她的身契在我們手裡，就算清遠縣衙的人來也管不著！」

秀兒緊閉的眼睛顫動著，像流逝了生命。

車伕很快停了馬車，不耐煩地問：「什麼事？」

雷捕頭摘下腰牌出示。「清遠縣衙捕頭尋人，馬車內的人立刻下車。」

車伕更不耐煩了。「靖安地界，你一個清遠捕頭能隨意攔車？驚到了我家小姐拿你的命抵啊？」

雷捕頭從來都不是好惹的，轉手抽出佩刀抵住車伕。「下車！」他對自己的追蹤經驗很有信心。

老婦人堵住了車門。「放肆！瞪大你的狗眼看清楚了，這是你能攔能查的馬車嗎？」

秀兒瞅準了這個空檔，將頭探出車簾大喊：「我是清遠育幼堂的秀兒！求捕頭搭救！」同時對著老婦人猛踹一腳。

老婦人毫無防備地向前摔去，撞倒車伕，兩人喊著差點滾下馬車。

雷捕頭立刻調轉馬頭，伸手。「秀兒，梅小穩婆讓我來找妳的，快下車！」

秀兒喜出望外，提著曳地裙襬往外跑，卻突然被絆倒，這才發現繫在手腕上的細鍊子很長，另一頭牢牢地固定在馬車上。「雷捕頭，他們用鍊子把我拴死了！」

雷捕頭一腳將車伕和老婦人踹下馬車，闖進馬車被秀兒的美貌震驚了，好不容易回神立刻吩咐。「雙手舉起來！」

秀兒高高舉起雙手，期待又害怕地望著閃著寒光的佩刀。

雷捕頭舉刀就砍，「噹啷」兩聲，繫得死緊的細鍊子紋絲不動，從來沒有佩刀砍不斷的東西，這麼細的鍊子是什麼做的？

秀兒一咬牙，想將卡在手腕上的細鍊子強行拽下來，沒想到才掙了一下，手腕的皮膚就被刮裂了，鍊子邊緣像細密的牙齒牢牢卡住皮肉，滲出細小的血珠。

「不能硬拽！手腕會拽斷的！」雷捕頭認出了這種細鍊是什麼，憤憤地罵了句髒話，將秀兒護在身後，舉刀想砍斷固定鍊子的木料，隨著一陣拖動聲，才發現鍊子的末端有兩個圓圓的栓頭，牢牢卡在木料裡，木料很紮實。

「他們有沒有打妳？有沒有對妳做什麼？」

秀兒急忙搖頭，同時悲喜交加，喜的是有人騎馬跑了這麼遠的路來救她，悲的是，如果掙不開這鍊子，她豈不是會像戴鐐銬的囚徒那樣過一輩子？

雷捕頭迅速思考出對策，將秀兒摁回原位。「妳坐好，放心，我會把妳帶回去的！」說完他就出了馬車，用刀柄將車伕和老婦人敲暈，扛進車裡才發現走得太急沒帶繩子和鐐銬。

秀兒嚇得捂住了嘴，又很快冷靜下來。

雷捕頭往秀兒手裡塞了一根木棍。「他倆要是半路醒了，妳就用棍子敲暈他們，不要敲太重，下不了手就叫我。別怕！我用馬車將妳載回去！」

秀兒解了披帛，將車伕和老婦人捆在一起，雙手緊握著木棍，不錯地盯著他們。

雷捕頭駕著馬車，帶著自己的馬往回趕，心中暗自慶幸，這裡地處樹林，沒有過往行人，不然老婦人只要大喊搶人啦，他就可能被困在這裡，別說救秀兒，自己能不能回清遠都是問題。

然而，萬萬沒想到，雷捕頭駕著車在經過靖安城門時，卻突然被守門差役攔住。「幹麼？」

差役厲聲喝道：「你立刻下車！」

雷捕頭掏出腰牌。「清遠縣衙捕頭辦理公務，立刻放行！」

差役毫不理會，扭頭大喊：「來人！將這個冒充捕頭、強搶馬車的惡徒拿下！」

秀兒在馬車裡聽得一清二楚，心頓時提到了嗓子眼。

雷捕頭立刻意識到守衛認得這馬車，腦海裡冒出一個可怕又真實的念頭，靖安縣衙與這群人有某種聯繫，看著圍過來的差役們，知道現在束手就擒就百口莫辯了，只有硬闖一條路可走。

「駕！」雷捕頭猛地一揮馬鞭，同時馬屁股上登時現出血痕，馬兒嘶鳴一聲踢開路樁，向城外官道奔去。「秀兒，妳抓緊了！」

「知道！」秀兒高聲回答，內心熱血沸騰。

她可以回清遠了，可以見到梅小穩婆和梅婆婆了！

「站住！」守門差役們沒想到雷捕頭敢硬闖，急忙去找各自的馬匹，騎馬直追。

雷捕頭將馬車趕出了最快的速度，車內顛得人能跳起來，可是馬車再快，也快不過單人單馬，很快，差役們就追上來了。

秀兒充當雷捕頭的後眼。「雷捕頭，離最近的只隔了三棵大樹！」

雷捕頭滿頭大汗，眼看著就到清遠地界了，這時候被追上的話，就前功盡棄了！

正在這時，秀兒不顧一切地大喊道：「是大將軍的副將嗎？我是清遠縣育幼堂的秀兒！救命啊！」

不遠處，押送運糧車的烏雲正騎著良馬，看到雷捕頭駕著大馬車急馳，不遠處的後面就是緊追不放的靖安差役們，連忙向左右吩咐，策馬而去。

——未完，待續，請看文創風1203《勞碌命女醫》3

2023年10月出版

娘子套路多

文創風 1198～1200

應是她執念太深，病死了也無法真正放下，
只能看著未婚夫背棄諾言，成家立業，這種人生不要也罷！
重生的她，要為自己、為家人平反冤屈，男人閃邊去吧！

重生為洗刷冤情，卻意外撿到夫君／遲裘

不能怪她孟如韞重活這一世，變得步步思量、精打細算。
前世的她身為罪臣之女，家破人亡，只得孤身上京投靠舅舅；
但世事難料，她最終落得病死，未婚夫也背棄承諾，另娶他人成家立業……
說不難受是假的，但如今因著莫名機會重新回到十六歲入京時，
既然已知道投靠舅舅後不得善終，不如趁機帶著丫鬟另尋出路！
於是她乾脆在酒樓落腳，靠著賣詞賺錢，也好避開無緣的未婚夫；
但如今的她只是個孤女，想靠一己之力為家人平反，談何容易？

文創風
1202

勞碌命女醫 2

國家圖書館出版品預行編目資料

勞碌命女醫 / 南風行著. --
初版. -- 臺北市 : 狗屋出版社有限公司, 2023.10
冊 ; 公分. --（文創風 ; 1201-1204）
ISBN 978-986-509-463-8（第2冊 : 平裝）. --

857.7　　112013832

著作者　南風行
編輯　林俐君
校對　沈毓萍
發行所　狗屋出版社有限公司
地址　台北市104中山區龍江路71巷15號1樓
電話　02-2776-5889～0
發行字號　局版台業字845號
法律顧問　蕭雄淋律師
總經銷　知遠文化事業有限公司
電話　02-2664-8800
初版　2023年10月
國際書碼　ISBN-13　978-986-509-463-8

定價280元
狗屋劃撥帳號：19001626
網址：love.doghouse.com.tw　E-mail：love@doghouse.com.tw